ロス・クラシコス
Los Clásicos
4

セサル・バジェホ全詩集
Poesía completa de César Vallejo

セサル・バジェホ
César Vallejo

松本健二＝訳

現代企画室

セサル・バジェホ全詩集

松本健一＝訳

ロス・クラシコス 4

企画・監修＝寺尾隆吉

協力＝セルバンテス文化センター（東京）

本書は、スペイン文化省書籍図書館総局の助成金を得て出版されるものです。

Poesía completa

César Vallejo

Traducido por MATSUMOTO Kenji

Instituto Cervantes

GOBIERNO DE ESPAÑA

MINISTERIO DE EDUCACIÓN, CULTURA Y DEPORTE

SECRETARÍA DE ESTADO DE CULTURA

目次

凡例

・各詩集の冒頭に、訳者による詩集についての解説を付した。
・訳注は、詩についての注や説明は❖、人名や語句についての注は＊で示し、各詩の末尾にまとめた。
・その他、底本や翻訳に際しての留意点については、巻末の訳者解説を参照のこと。

黒衣の使者ども

之を受け容れうる者は受け容るべし

福音書

『黒衣の使者ども』

一九一九年七月にリマで出版された詩集。モデルニスモの影響下で詩作を開始したバジェホが、ペルー的なイメージや故郷アンデスを詠んだ詩に敢えて取り組んだり、自己の内面を見つめる作風にも挑戦するなど、試行錯誤しつつも、独自のスタイルを徐々に実践していった過程を見ることができる。初版奥付は一九一八年となっているが近年は実際の刊行年に従い一九年刊行とみなす。同題の巻頭詩以下、それぞれに題をもつ六つの章に分かれ、巻末には独立した詩を一篇配置するという、シンメトリカルな構成になっている。ラテン語のエピグラフはウルガタ版のマタイ福音書第一九章第一二節最後の文で、本書では日本聖書協会編の『文語訳舊新約聖書』（一九九七年）から借用した。

軽やかなる下端

スペイン語のplafónは現代では主として屋内シーリングライトや集合ビルの天井板を指すが、ここではギリシア神殿等の古代建築におけるいわゆる下端（したば）、すなわち柱頭上部コーニス近辺の中間装飾帯を指すといわれる。この章にはソネット等の押韻を原則とする定型詩、またはそれに準ずる精緻な構造を備えた詩が七篇収められている。一九一五〜七年頃のバジェホが、モデルニスモ特有の装飾芸術的で耽美的なイメージに強い影響を受け、さらに押韻を前提とし音声効果を最優先して語句を選択していたことがわかる。

潜る人々

他の章とは趣の異なる象徴的作風の詩が四篇並ぶ。「蜘蛛」は脚韻こそあるものの、後の口語調・呟き調の作風にかなり近付いている。「バベル」は秩序を失った世界の混沌をひとりの女性に託して描いた難解な作風で、『トリルセ』の世界を予感させるものだ。

地上より

もっぱら恋愛をテーマとする詩が一三篇収められている。様々な詩形が試みられているが、音節数調整や脚韻をまったく無視して自由に書くまでには至っておらず、結果としてやや大仰で滑稽な表現が目立つ。モデルニスモやサンボリズムの華麗な詩形を自分なりに消化しようとしてし切れていない、そんな若きバジェホの悪戦苦闘ぶりがうかがえる。

帝国郷愁

アンデスや先住民共同体の情景を中心としたペルー色の濃い一三篇を含む。混血（メスティソ）であるバジェホにとって、先住民共同体とは幼いころ身近にあった《異郷》であり、インディオとは素直に敬慕し得る《身近な他者》であった。ペルーの日常語に入っているケチュア語語彙が多数使用されているもこの章の特徴だ。バジェホと同じ時代を生きたペルーのマルクス主義思想家ホセ・カルロス・マリアテギは『ペルーの現実解釈のための七試論』（一九二八年）でこの章を激賞し、バジェホこそインディオの声の代弁者であると述べた。この章や後にパリ時代に書かれた鉱山小説『タングステン』などを根拠に、バジェホをインディヘニスモ（先住民文化擁護派の欧文文学）先駆者のひとりとみなす説もある。

雷鳴

ここに収められた二五篇のテーマは多岐にわたり、恋愛やセックスをめぐる作品も多いのは事実だが、いっぽうで神と人との関係や、運命にもてあそばれる人の宿命など、より普遍的な問題に及んでいるのが特徴だ。文体面でも限りなく自由詩に近いスタイルが試みられていて、特に「ギリシアの幕屋にて」「白薔薇」「線」「摩耗の指輪」などの難解な作品においては、ほとんど『トリルセ』と変わらない前衛的手法がすでに試されている。この他モデルニスモとの関係を考えたときに重要な「祭壇」、痛みの共有を軸とする対他者関係をイメージした「アガペー」や「我らのパン」などバジェホの詩人としての進化を考えるうえで非常に重要な作品を含む。

家の歌

その名の通りバジェホ自身の家族を題材とする四篇の詩を収める。

黒衣の使者ども

生に打撃ありてその激しさたるや……　わからない！
神の憎しみのごとき打撃　喰らえば
あらゆる苦痛の引き波
心の淵に淀むがごとき……　わからない！

わずかなれどある……　猛々しき顔にも
逞しき者の背にも暗き溝を刻む
それはアッティラ*の猛者が駆る若馬か
死神の遣わす黒衣の使者どもか

心に住むキリストたちは深く落ち
麗しき信心は定めに嘲られ落ちる
それら血ぬられた打撃はかまどの蓋で
ぱちぱち爆ぜるパンに触れた火傷の音か

そして人は……　哀れ……　哀れ！　背後から

肩を叩かれ　その気が触れた目を
振り向けてみれば　生のすべては
罪の溜まりのごとくその眼差しに澱む
生に打撃ありてその激しさたるや……　わからない！

＊アッティラ〔atilas〕：五世紀に東ヨーロッパを支配したフン族の王。

軽やかなる下端

聖なる落葉

月よ！　巨大な頭上の王冠よ
黄の影にその葉を散らす者よ！
哀しく甘きエメラルド色に
沈思せるイエスの紅色の王冠よ！

月よ！　狂える天の心臓よ
なにゆえ漕ぎ出すのか？
青き酒が満ちる杯のなかを西に向け
敗れ悲嘆に沈む艫《とも》のごとく

月よ！　そして虚しく空翔るうち
粉々のオパールとなりその身を屠る

お前はおそらく我が放浪の心臓
詩の涙を流し青をさすらう者……

聖体拝領

やんごとなき麗しの君！　あなたの血管は
我が古からの不在と　我が生の黒き
発泡酒の酵母だ！

あなたの髪は我が葡萄の木の
未知なる細根《ほそね》
我が失われし夢の司教冠の
もつれた糸くずだ！

あなたの体は薔薇色のヨルダン川に
泡立つ激流となり
波打ち　至福もたらす鞭をふり
邪悪の毒蛇をも辱める

あなたの腕は無限への渇望をもたらし
二本の白き救済の道のごとく

十字架を支える二本の瀕死の基底のごとく
純白に輝く昴の星々とともに
我がかなわぬ青き
不敗の血に結実する

あなたの脚は二羽の使いの雲雀《ひばり》となり
我が昨日から永久《とわ》に向け舞う！

やんごとなき麗しの君！　あなたの脚は一粒の涙
我がすでにベツレヘムを永遠に離れ
此の世に入りし棕櫚の主日*に
御霊より零れこの身を溺れさせた！

＊棕櫚の主日〔Domingo de Ramos〕：キリスト教における復活祭一週間前の日曜日を指す。

苦悶の神経嵐*

優しきユダヤの女よ　我が泥沼の道行を
我が神経の緊張と痛みを抜き去りたまえ……
抜きたまえ永久《とわ》の恋人よ　我が執拗なる辛酸を
我が翼に打たれし二本の釘を　我が愛に打たれし釘を！

我は大いに倒れ　その後に砂漠から戻りたる者
毒人参を切り払い　汝の葡萄酒を恵みたまえ
愛の涙で払いたまえ　ロンギヌス*のごとく執拗
盲目に振る舞いたる我が刺客どもを！

我に打たれし釘を抜きたまえ　おお我が新たなる母よ！
オリーブの樹の交響楽よ　汝の涙を注ぎたまえ！
さらに待つべし　我が死せる肉のそばに座して
いずれ脅威は退き　そして雲雀《ひばり》は去り行かん！
汝が去り……　戻り　その喪章は我が苦行衣を編む

慈愛の刃に垂らすのは　クラーレ*の毒液と
汝が純潔に在りし　岩のごとき尊厳と
汝が体内の蜜に流れし　ユディトの水銀*

魔の乳液に包まれたとある朝の八時……
寒気……　犬が一匹そこにはない別の犬の骨を噛み
過ぎ行く……　我が神経で泣き始めるのは
沈黙する朔の中で吹き消したマッチだ！

我が異教の魂で歌う妙なるアジアの祝祭
心惑わす珈琲の吐き気……！

＊神経嵐［nervazón］：造語。モデルニスモの詩人がすでに使用していた語で nervio（神経）と nevazón（吹雪）を掛け合わせた語であるとする説がある。

＊ロンギヌス〔Longinos〕：ローマ帝国の軍人。処刑されたイエスの死を確認すべくその脇腹を槍で刺したと言われる。
＊クラーレ〔curare〕：南米先住民が密林での狩猟に使用する植物成分の毒物。
＊ユディトの水銀〔el juditheseo azogue〕：旧約聖書外伝に現れるユダヤ人ユディト（＝ユデット）はアッシリア王が派遣した敵軍指揮官ホロフェルネスを酒宴でもてなした上で斬首し殺害した。カラヴァッジョやクラナッハやクリムトの絵画でもよく知られる名高い悪女像のひとつで、この詩集で再三登場する。

氷の船縁

君を見に僕は毎日来る
いつも遥かな魅惑の汽船よ……
君の目は二人の金髪の船長
君の唇ははかない紅色のハンカチ
そこには血のさよならが震える！

君が通るのを僕は見に来る
いつも遥かな魅惑の汽船よ
いつか君が時間と残虐に酔い
午後の星が去り行くその日まで！

索を張れ　風は逆向き　過ぎ去った
女から吹く風だ！
君の冷酷な船長たちが号令をかけ
そのとき去っているのは僕でしょう……

降誕祭の夜

楽団黙し　木陰に逍遥す
面を覆いし　女たちの影
落葉より　月の冷涼たる
キメラさす　青き夕焼け

古のアリア　歌う唇あり
象牙色の衣　大菖蒲に似て
法悦の喧騒に　ざわめく言笑
茂みに漂う　絹の香り

汝の帰還に　光の微笑みあれ
汝の華奢な姿　その顕現に
金色に輝く祝祭の　歌降り注げ

そのとき汝の地に　我が詩響かん
もてる神秘の鐘　みな打ち鳴らし
汝の愛の幼子　イエス生まれたりと

燃えさし

ドミンゴ・パーラ・デル・リエゴ*に

悲劇にてティリア*に魅せよう
豊穣に茂る我が詩節を
朗々たるその果実は血を滴らせる
弔いの太陽　暗渠《あんきょ》の葡萄酒が如く
ティリアの抱く十字架は
今際の際に光となろう！

悲劇にてティリアに放とう
我が唇に在る雷鳴の滴りを
口づけを待ち干からびた唇は
血まみれの花弁となり砕け散る
ティリアの握る短刀は
花をも殺す曙の刀なのだ！
闇落ちて　英傑無傷の殉教者たる汝
その足許に生そのものを従え
我が詩行を唱えつつ凝視するは
血塗られた聖餅《ホスチア》の如き我が首！
菖蒲の杯を満たす我が血を
汝はヴィルスの如く飲み干すのだ！

*ドミンゴ・パーラ・デル・リエゴ〔Domingo Parra del Riego〕：ウルグアイ生まれのペルー詩人でバジェホも属したトルヒージョの作家サークル〈ボヘミア〉の名付け親でもある。
*ティリア〔Tilia〕：故郷サンティアゴ・デ・チューコでの初恋相手で同年輩だった姪の名とされる。

薄明

ある逃走を夢に見た　夢を見た
寝室に散らばった君のレースを
桟橋づたいにいくどこかの母と
その胸を一気に開く十五の誕生日を

ある逃走を夢に見た　舳先の段で
ため息をつく「永遠に」を
ひとりの母を夢に見た
新鮮な野菜の茎を
曙の星を散りばめた家財道具を

桟橋づたいに……
そして息つけぬ首づたいに！

柳

冬の叙情　縮緬のさざめき
突如の出立がはや近づきて
寂寞の歌奏でる不吉の声が
午後に別れの祈りを唱えた

我が幻想に出し葬列の光景は
致命的な傷を負った墓にあり
ベロニカの*慈悲咲く未踏の地
命を失うともエーテルを飲む

曙のそばにて泣きつつ発たん
我が歳月が曲がり行くあいだ
我が急ぎの道はその鎌を研ぐ

瀕死の月の冷たき聖油を前に

無精の大地に鋼の音響かせ
犬ども吠えて別れを掘らん！

＊ベロニカの〔verónica〕：聖ベロニカ（＝ヴェロニカ、ベレニケ）はゴルゴタの丘へ向かうイエスに汗をふくヴェールを差し出した女性。

不在の汝

不在の汝！　我明日去り
遥か彼方の神秘を目指し
不可避の線をたどるとき
汝の両足は墓地にて滑る

不在の汝！　我明日去り
闇の海　沈黙の国の浜目指し
鬱なる鳥の如くに漂うとき
汝は白き霊廟で囚われの身となる

汝の目にすでに日は暮れ
汝は苦しみそこで帯びるは
引き裂かれた悔悟の白衣

不在の汝よ！　その苦悶のなか
一粒の青銅の涙に交わるべきは
一群の自責の念である！

駝鳥

憂鬱よ　優しきそのくちばしを今は抜け
我が光の麦に汝が断食を育むこと莫れ
憂鬱よ退散せよ！　汝の短刀はなおも飲む
我が青き蛭の吸い出したるその血を

落ちた女のマナ*を飲み干すこと莫れ
明日そのマナより十字架が生まれ
明日に我が目を向ける相手もなく
棺が大いなる嘲笑の文字O*を開かんことを

我が心臓は苦汁に満ちる鉢だ
そこでは草を食む老いた鳥もいる……
憂鬱よ　我が命を枯らすこと莫れ
そして汝のその女の唇を脱げ……！

＊マナ〔el maná〕：旧約聖書出エジプト記第一六章三一節で語られる、神が飢えに苦しむモーセ一行に与えた食べ物。
＊大いなる嘲笑の文字O〔su gran O de burla〕：アルファベット大文字のO（オー）で開いた口の形をイメージしていると思われる。数字のゼロとみなす説もあるが、バジェホが強い影響を受けていたアルゼンチンのモデルニスモ詩人レオポルド・ルゴーネス（一八七四―一九三六）の詩に「開いた口の呼格のO（オー）」なる一節があることから考えてもアルファベット説が妥当であろう。

ポプラの木陰で

ホセ・エウロヒオ・ガリード[*]に

囚われの厳かなる詩家の如く
血のポプラたちは眠りについた
暮れたる陽に草花のアリアを吟じる
ベツレヘムの小山に集う民草

老いたる牧人　光の末期の
殉難にその身奮わせ
復活祭の如き目に摘む
貞淑なる一群の明星

寄る辺なさに刻まれた時は落ち
祈りの野には埋葬のさざめき
鈴の音は闇を帯びて秋に暮れ
鉄絡む青はなお死なず

両の眼　そこに経帷子纏い
犬は羊追い　その咆哮きざむ

*ホセ・エウロヒオ・ガリード〔José Eulogio Garrido〕トルヒージョの文学サークル仲間。

潜る人々

蜘蛛

それはもう歩けない巨大な蜘蛛
色のない蜘蛛　頭と
胴に裂かれ　血を流す

今日間近で見た　そして彼のなんと必死なことか
あらゆる方向へ
無数の足をもがくその様
そして僕は彼の見えない目
蜘蛛の死に行く船頭を思った

それはぴくぴく震える蜘蛛
石の刃を間に挟み
胴はこちら
頭は向こう

あんなに脚がありながら哀れな蜘蛛には
どうにもならない　どうにも動けない
その有様を見た僕は今日
あの旅人にどれだけ心を痛めたことか

それは胴が頭についていけない
巨大な蜘蛛
僕は彼の目を思った
彼の何本もの脚を……
僕があの旅人にどれだけ心を痛めたことか！

バベル

どこにでもある安心の家　一息で
造られ　ヒマワリ蝋でできた部屋が
一間あるのみ　そして家の中で
彼女は壊し　整え　時に言う
「けっこうな隠れ家だわ　ここで十分ね！」
そしてまた泣き始めるのだ！

巡礼

我ら共に行く　夢が
我らの足を舐める　そっと
するとすべては蒼ざめ
あきらめ過ぎ去る　どっと

我ら共に行く　死せる
魂　我らの如くに
愛を横切り
病んだ乳白の足どり
厳かな喪に服し
我らの間を波打つ

恋人よ　我らは山なる大地の
脆き縁を伝い行く
翼に油と純潔とを
塗って　しかしそこへ一撃あり

その落ちる先は分からぬが
涙をひろって研ぐのは
憎悪に漲る一本の歯だ

そして一人の兵士　偉大な兵士が
肩の記章に傷を負い
猛る午後に意を決し
微笑みながらその足もとで
おぞましい化粧馬具の如く
命の脳をひけらかす

我ら共に行く　ひしと寄り添い
不敗の光　病んだ足どり
我ら共に行く　墓場の
黄色いリラの花々を抜けて

窮屈な桟敷席

もっとこっち　もっとこっち　僕はとても楽です
外は雨　天気は残酷な限界模様
さあ前に　足を前に

木苺の茂みにも似たあの手は
いつになれば幕をあげるんだ？
見ろ　ほかの連中を　居心地も身なりもよさそうだ
もっとこっち　もっとこっち！

外は雨　今日の遅くに縮緬を積んだ船が
もう一隻通るだろう
黒く歪んだ乳首みたいに
スフィンクスみたいな幻を引きずってくるだろう

もっとこっち　もっとこっち　そんな端では
船に巻き込まれて海へ落ちてしまうよ

ああ微動だにしない幕よ　象徴の幕よ……
僕の拍手は黒い薔薇たちの祝宴
君に席を譲る合図だ！
そして僕が退席する轟音のなか
無限の糸が血を流すだろう

僕はこんな楽をしてはいけない身の上です
前に　さあ足を前に！

地上より

¿…………*

「僕が君を愛していたら……　どうなる?」
「バッカスの祭!」
「では彼が君を愛していたら?」
それは
まったくの型通りだろうが実につまらない……

では君が僕を愛していたら?
影は君の可愛い尼僧たちの
まっとうな挫折を耐え忍ぶことになろう

主人を愛する犬が
鞭で打たれたりするだろうか?
「いや　でも光は僕たちのもの
君は病気だ……　出て行け……　眠いんだ!」

(夜明けの並木道で
薔薇の雷鳴が裂ける)
「瞳たちよ　出て行け　今すぐ……」
僕のグラスではもう密林が芽生え!

*スペイン語は疑問文の文頭に疑問符を逆さにして配置するが、この詩の題は文頭の疑問符に省略記号が続くのみで文末には疑問符がない。

詩人より恋人へ

恋人よ　今宵　汝は架けられたり
我が口づけの木が交わる十字架に
汝が苦痛は我に言う　イエス泣き
その口づけより甘い聖金曜日ありと

汝にかくも見つめられた奇怪な今宵
死神は大いに楽しみその骨にて歌う
九月の闇夜に執り行われたるは
我が二度目の転落と人の人たる口づけ

恋人よ我らひしと寄り添い共に死なん
我らが至高の悲嘆も次第に乾き
我らが死者の唇はいざ闇に触れん
汝のめでたき目にもはや咎めの色はなく
我もまた汝を怒らせず　そして同じ墓にて
我ら共に死に行かん　兄妹の如く

夏

夏よ僕は行く　君の午後の
そのか弱い従順な手とは別れ難くも
君は恭しく現れ　そして老いて現れ
そして僕の心にもう誰も見出せない

夏よ！　そして我が欄干を伝い行け
巨大な紫水晶と金のロザリオを握り
彼方より来る悲しき司教の如く
死せる恋人たちの
壊れた指輪を祝福せよ

夏よ僕は行く　彼方の九月に
薔薇の花を一本託しておくから
君は罪と弔いの日々を送り
その薔薇に聖水を撒け

霊廟があまりに泣くうち
信仰の光で大理石を動かせば
君は祈りを高く掲げ神に請うがいい
彼女を永久に死なせてくださいと
だがすべては遅きに失し
君は僕の心にもう誰も見出せない

夏よ泣くこと莫れ！　あの溝で
滅ぶ薔薇は幾度も生き返るから……

九月

あの九月の夜　君は僕に
とても優しかった……　痛いくらい！
それ以外はわからない　そしてだからこそ
君は優しくすべきじゃなかった　絶対に

あの夜　君は僕を見て　奇妙で傲慢で
病気の哀しい僕を見て　すすり泣いた
それ以外はわからない……　そしてだからこそ
なぜ……　ああも哀しかったかわからない！

あの甘い九月の夜にようやく僕には
君のマグダラの目のなかに見えた
神との距離が……　だから君に優しくした！

そしてまたあの九月のある日の午後
僕がある審判で君の炎に撒いたのは
十二月の今宵に澱む汚水だったのだ

澱

今宵はいつになく雨だから僕は
生きる気になれない　愛する人よ

今宵は甘い夜　きっとそうだよね？
君は優美と痛苦をまとった　女をまとった

今宵リマは雨　そして僕は思いだす
我が忘恩の残虐なる洞穴どもを
彼女のひなげしに乗る我が氷塊を
彼女の「やめて！」より力強い氷を！

我が荒ぶる黒い花と野蛮で
巨大な石の一撃　そして凍りついた距離
すると彼女の威厳は黙りこみ
その焼ける絵具で終着点を刻むのだ

だから今宵はいつになく行こう
このフクロウと　この心臓と共に

そして他の女たちが通りかかり　哀しむ僕を見て
この深い痛みの峻烈なる皺から
君をほんの少しだけ取り出してくれる

今宵は雨　しとしとと雨　だから僕は
生きる気になれない　愛する人よ！

不敬な女

主よ　あなたはガラスの向こうで
近づく日暮れに人のように悲しんでおられた
そしてその女があなたの弔いの最中
　どれほどに泣いたことでしょう！

女の両目は聖金曜日に
苦い光を放つ黒い粒となりました！
女は血と涙を痛々しく流して
　あなたの十字架に釘を打ったのです！

不敬な女！　あなたが逝ってから
主よ　女は二度とヨルダンへ行かず
赤い水にその肌をぬらして
卑劣なユダヤ男にパンを売るのです！

黒い杯

夜は悪の杯　守衛の鋭い笛が
ピンを震わすようにしじまを貫く
聞けあばずれめ　お前が去った今
波はなぜまだ黒く私を燃やすのか

闇のなか大地は棺の如くに果てしない
聞けあばずれよ　二度と戻るな

私の肉は泳ぎに泳ぐ
今なおこの身を苛む闇の杯を
私の肉がそのなかを泳ぐ
これは女の心臓の泥沼のようだ

星が煌き……　そして私は感じた
粘土の乾いた感触を
私の透ける蓮に落ちるのを

ああ女よ　本能でつくられた肉は
お前のために存在する　ああ女よ！

だからこそ　おお黒い杯よ！　お前が去って
なお私は塵に喉を詰まらせ
私の肉でさらなる飲酒の欲がその脚を跳ねる！

時ならぬとき

この目が見るに至らなかった
聖なる純潔　不条理なる純潔よ！

君が僕の肉にいたことはわかっている
僕がまだ命の繭を紡いでいたころに

学校の中性のスカートの純潔
柔らかい小麦のなかの青い乳

雨の午後に　心が
退却の剣を折った

空っぽの試験管みたいな容れもので
生意気な石がそのとき固まった

満ち足りた人々がいて　盲目の瞼が

紫の縁から涙をそのとき流す
おお純潔よ　哀れな泥から出るとき
君は言伝ひとつ残さなかった

その声の一粒すらも　その明星の
雄雄しい宴の神経一本すらも

僕から離れろ　心正しき悪意よ
舐めると辛い　甘美な唇よ

君たちを見ると彼女を思い出すのだ　ああ女たちよ
この不滅の午後の生から
生まれたのは僅かだが死んだのはたくさん！

フレスコ画

僕はついに彼女と混ざり合った
あんなにも……！　彼女の魂の
曲がり角を僕は進んだ
青い苺畑で戯れながら
あのギリシアの朝の手のなかを

それから彼女は僕のネクタイの黒い
流浪の結い目を整えた　すると
またあの茫然とした石が見えた
疎んじられた腰かけが　そして
終わりなき回転を繰り返すうち
そこに僕たちを包み込むあの時計が

あのころの懐かしい夜も
今日は彼女の笑いを誘う
僕の変な死に方や

考え込んで歩く様がおかしくて
金の菓子
砂糖の宝石が
この世の痛苦の石臼に潰され
ついに砕ける

でも愛の涙にすれば
明星は麗しきハンカチで
薄紫色
オレンジ色
緑色
魂を濡らす

そしてその絹に苦い汁が沁みていたら
そこには決して生まれない慈愛が
決して死なない慈愛があって

もう一枚の巨大な黙示録的ハンカチを
神のいまだ編まれざる青い手が振るのだ！

石膏

沈黙　ここはすでに夜となり
墓場の陰に陽は去った
ここでは千の瞳が涙を流している
君は戻るな　僕の魂はもう死んだ
沈黙　ここはすべてが厳粛な
痛みを装い　この情熱が
腐った灯油のごとくに燻る

春が来る　地平線上の一秒から
君はエロスの甘松香《ナルド》から
燃える竈《へっつい》から《イヴ》を歌う
詩人への詫びの気持ちをせいぜい込めよ！
それでもなお僕の心は痛むはず
棺を閉じる釘のごとくに！

されど……　いつか叙情の夜に君のその
豊かな胸　君のその赤い海は
十五歳の波へと向けて寄せ
そして追想に襲われ遥かに
見える僕の私掠船　僕の忘恩

それから君の林檎畑　その結んだ唇も
ついには僕を思って萎れ
愛しすぎて血に塗れて死ぬ
異教徒が描くイエス像のごとくに

愛する女よ！　そして君は歌うのだ
すると僕の心で女が震えるはずだ
喪に服す大聖堂にいるかのごとく

帝国郷愁

帝国郷愁❖

1

黄昏マンシーチェの情景に
刻むは帝国への郷愁
我が言葉に刻まれたる民族
肌の上に血の星のごとく

鐘が鳴る……　扉開く者なき
礼拝堂……　この黄昏の
アジア的感情抱く言葉に
死せる聖書の一節なりや

壺を三つのせた壁椅子は祭壇《レタブロ》
昏が唱和を以て称えたばかりの
金のチチャ酒*の聖体拝領

農場の彼方より立ち昇る
夢と厩の香り漂う煙
天球ひとつ蘇るがごとし

2

沈思せる老女　プレ・インカの
石像の浮き彫りのごとし　そのママの指*で
軽やかな錘《つむ》にひたすら紡ぐは
静かな老い織る　灰色の毛糸

雪病みに白みたる双眸を
光なき盲目の太陽が控え断つ
その口は侮蔑をたたえ　帝国の疲労
裏切りの静けさに目を光らせる

ガジュマルの木
敗れしインカの長髪詩人が想うは
この呆けたる十字架の萎えし痛苦

はや去り行く真紅の時刻
曇りたる鏡をはりつけた湖では
流浪のマンコ・カパク*が慟哭す

3

老いた族長のごとく牛たちは行く
トルヒージョ目指し　思いに沈み……
宵の鉄に牛たちは王にも似て
死の王国を泣き泣きさ迷う

我　塀に寄りて思いを馳せるは
幸と苦悩を替え行く　理《ことわり》
牛たちの老いさらばえし双眸に
いるべき時を持たぬ夢が腐りゆく

村はその歩みを前にし　灰色に
褪せる　雌牛の鳴き声は
墳墓《ワカ》*の夢と情念に塗れる

黄ばんだ青の空に祝宴ありて
悲しき鈴の聖杯にて呻き声立てるは
追放されし老いたる神鷲《コレケンケ》

4

寂しき影が差す狭き空地《グラマ》
人知れず咎めの声に咽ぶ
詩人の枯れたる魂に似て
敗北の構えに身をすくめる

東屋《ラマダ》その影　刻めり
骸の如き檻　寄る辺なく朽ち果て
我が病みたる心そこに和む
土器《テラコタ》の冷たき倦怠に

海その塩なき歌を　滑稽なる
悪人の仮面に刻みて届ける
涎垂らし　躓き　首括りて！

海霧　紫の山に包帯を巻き
山　千年の夢想に聳え立つ
眠ることなき巨大な土偶《ワコ》のごとし

❖この四連詩はペルー北部沿岸都市トルヒージョの北西にある植民地時代につくられた小さな町マンシーチェ界隈を歌ったもの。インカなる言葉も登場するが、実際はプレ・インカ時代に最大の版図を誇った沿岸文明チムー王国の遺跡などが背景となっている。トルヒージョ郊外の沿岸砂漠地帯に今も残るチャンチャン遺跡は、若き日のバジェホも詩人仲間とよく訪れたという。

＊チチャ酒〔chicha〕：トウモロコシの芽を発酵させてつくられるアンデス特有の醸造酒。
＊そのママの指〔sus dedos de Mama〕：ママとは母の幼児語ではなく固有名詞。同じ詩内にマンコ・カパクが登場することから、その姉妹であるママ・オクリョであると推測できる。水と海に関係するプレ・インカ時代の神性ママコチャだという説もある。
＊マンコ・カパク〔Manco Cápac〕：インカ帝国の創始者で最初の太陽神とされる。
＊墳墓〔huaca〕：先住民文明が沿岸部に数多く残した墳墓。リマ一帯やトルヒージョ一帯の生活空間に今なお点在する。

黒檀の葉

煙草が瞬き
光が警戒の火薬に白む
そしてその黄色の揺らぎに合わせて
牧歌を口ずさむのは
死の影に覆われたタマリンドの木

白い光が薄々照らしだすのは
屈強な闇のなかで息を殺す
家屋の面影だ
夕立の微かな香りが悶える

扉はいずれも老いさらばえ
その朽ちた褐色に淀むのは
千の目の隈の眠らぬ慈悲だ
別れた時には若かったその目も
今では蜘蛛の巣がはり

柱の芯にまで
忘却の匂う影の塊を編んでいる
道に女がいて　僕が来るのを
震えつつ悲しげに見つめ
その両の腕を開き
喜びの嗚咽に打ち震えた
その皺いっぱいに
その愛深き目に　眠れる
花嫁の真珠が　見えざる涙が伝う

なにかの記憶に突き動かされ
僕の不安な心がささやく
「どうしましたか……?」「はい旦那様　あのお方が村
で亡くなりました
ショールに包まれた御顔がまだ目に浮かびます……」

するとその老女は
賤民の衰弱した歌のように苦く
ああ敗れし伝説の女神!
暗い夜空の下
その朗々たる涙の奔流を響かせる
底のまたその底
口を開けた墓の
砂利のように濁ったその瞳で
久遠の弔いを祝ぎながら
見えざる短剣を折るかのがごとく

雨が降る……　雨が……　驟雨が
古びた樟脳が放つ空気を
弔いの匂いにくくりつけて流す
氷の羽織《ポンチョ》に無帽の樟脳は
道に四散《タワシャンド》して忌みの夜を明かす

❖一九一八年八月バジェホの母が故郷サンティアゴ・デ・チューコで亡くなった。バジェホが二五歳の時だった。一九一六年に雑誌掲載された当初は、語り手がある村で瞑想するだけの作品だったが、母の死を受け大幅に書き改められることとなった。

土着三歌❖

1

耕す拳　滑らかさ帯び
皆の唇　十字に開く
祭だ！　鋤打つ音飛翔し
鈴の音　青銅の聖歌手となる

粗野が形を帯び　巾着は語る……
原住民の動脈に煌くは
血に沸き立つヤラビ*
瞳に溢れて陽を懐かしむ

楽団　ケーナで深々息をつき
古の稀な肖像画にいるがごとく
その身を回してロザリオの印刻む

やがて聖ヤコブ*が玉座に輝き
香が舞い　蝋燭が灯り　歌が響く中
近代の農耕太陽神となりたる

2

悲しきインディオの老婆も気紛らし
村の衆は煌々たる祭壇目指して進み
黄昏の目は　集落に燃え盛る炎を
見ること叶わず

牧婦　毛糸をまといて雪駄履《ジャンケ》き
盛装の満身に純真の襞《ひだ》刻み
雄雄しく悲しき毛糸は慎ましやかに
その白く猛りたる魂　豊満なり

歌の音と　ベンガルの花火の間に
響くアコーデオンの音色！　店から
風に叫ぶ声「こいつは最高だ！」

火花舞い立つ　綺麗に　愉快に
大胆なるその金の小麦を
農夫が天と星雲に向けて撒く

3

夜明け　チチャ酒ついに弾け
人々咽び　淫し　殴り合い
尿素と胡椒の臭い漂い
道行く酔人下手な絵を刻む*

「明日に去る我……」と嘆きしは

途切れつ歌う　田舎のロミオ
朝餉の鍋*　街角にて振舞われ
皿と皿たてる音　食欲そそる

女が三人行き……　浮浪児が口笛鳴らす……
酔いたる川は彼方を流れ　歌い
古の時代　水の先史を思い嘆く

そしてタジャンガの箱《カハ》*鳴り
青きワイノ*を奏でるとき
曙もその馬脚を跳ね上げる

❖故郷の町の守護聖人祭を歌った三連詩。

*ヤラビ〔yaraví〕：ペルーアンデスの伝統歌曲。先住民の間に伝わっていたメロディとスペインから持ち込まれた吟遊詩の伝統が合わさって発展してきた。日本でも知られる『コンドルは飛んでいく』もヤラビの一種とされる。

*聖ヤコブ〔el Apóstol〕：十二使徒のひとりでバジェホの故郷サンティアゴ・デ・チューコの守護聖人。スペイン・ガリシア地方サンティアゴ・デ・コンポステーラの守護聖人聖ヤコブは、新大陸に渡ったスペイン軍人たちにとって最大の守り神だった。キューバやチリにある大都市サンティアゴも同じ由来の名である。

*道行く酔人下手な絵を刻む〔traza un ebrio al andar mil garabatos〕：立ち小便の様子を描いている。バジェホの詩において重要なモチーフとなっていく排便行為がはじめて登場した作品である。

*朝餉の鍋〔Caldo madrugador〕：サンティアゴ・デ・チューコでは、早朝から方々の街角で屋台が営業を始め、農民や行きかう行商人たちに温かいスープなどを振る舞う光景が今も見られる。故郷におけるこうした農業を軸とする原始的集産体制ともいえる人間関係のあり方は、この後のバジェホにおいて、一種のユートピア的イメージの原型へと変貌していくことになる。

*タジャンガの箱〔caja de Tayanga〕：タジャンガ村名産の箱状打楽器、太鼓。沿岸部ではカホンとも呼ばれる、ゴミ箱をひっくり返したような楽器の亜種。

*ワイノ〔huaino〕：ペルー（とボリビア）アンデスの伝統舞曲。祝祭時の集団舞踊には欠かせない、賑やかで陽気な、生命力と野趣に溢れる音楽だ。

道の祈り

この苦さが誰のためかはわからない！
おお太陽よ　死にゆくお前　この苦さを運び去れ
血に塗れたキリストのごとくお前の胸に
我が放蕩の痛みを打ちつけよ
　谷は苦き金からなり
　旅は淋しく長く

聞こえるか？　ギターが小言を言っている　黙れ！
あれはお前の民族　哀れなる老婆だ
お前が居候で憎まれているのを知り
その顔を紫に腫らす
　谷は苦き金からなり
　杯を傾けること長く……　長く……

道が青く輝き　川は吠え……
その汗を流す冷たい額は俯いて
獣のごとく歪み　人殺しの剣から
折れた柄が落ちる！

そして聖なる金のミイラの谷では
汗の燃えさしが涙に消える！

詩行に込められた時の匂いが残り
聖別される大理石が芽吹いて継ぐのは
黄金の歌
僕の心臓で腐りゆく雲雀《ひばり》が囀る歌だ！

土偶《ワコ》

僕は盲目の神鷲《コレケンケ》だ
古傷のレンズより遥かに望み
地球に結ばれたるその様は
回転する見事な土偶《ワコ》のよう

僕はリャマだ　歯向かう愚鈍が
その毛をようやくにして刈る
ラッパの渦巻き模様の毛
嫌悪に輝き
懐かしいヤラビの音色が銅色に輝く

僕はラテンの銃で羽を吹き飛ばされた
コンドルのひな鳥だ
人類の頭上アンデスを舞う
死なざる光のラザルスのように

僕はインカの誉れだ　過ちのリン酸塩と
毒人参で洗礼を受けた　金色の
太陽神殿《コリカンチャ》で我が身を噛む時に
僕の石たちの中で跳ね上がるのは
絶滅した豹《プーマ》の切れた神経だ

太陽の発酵
影と心臓の酵母だ！

五月

竈《かまど》の煙が曙の光に注ぐ
落ち穂の香り
羊飼いの女が薪集め歌う
野生のハレルヤ！
セピア色と赤色に響く

竈《へっつい》の煙　この雄雄しき
朝の武勲詩が食欲をそそる
はかなき最後の明星がそれを
飲み　その甘さにすでに酔う
ああ天駆ける夜伽の青年！
暁の空の路地にて眠りにつく

昼餉を待つ麗しき欲ありて
川の水飲み　嬌声上げんと欲す！
彼方　山上にて煙もて羽ばたき

あるいは秋の風に身を任せ
聖なる純潔の聖ルツ*の後追い
小麦畑にユダヤの塗油授かり
その慈愛の穂を追い求めん

なで肩に鎌担ぎ
無愛想にも颯爽と
若き農夫がイリチューゴ*の畑へと向かう
その頸木《くびき》のごとき太腕には
脈打つ鉄の汁が漲り
日々の弛まぬ努力に
悲劇のダイヤのごとく
両手の毛穴より煌き
退廃の手袋いまだ知らず
緑のカバノキ形作る弧の下
ああ襤褸服をまとう実り多き聖戦よ！

羊飼いの女　曙に向け
ヤラビの歌に咽び
ああこの貧しきヴィーナス！
匂い立つ新鮮な薪を拾う
　銅《あかがね》色に彫られし
その剥き出しの傲慢な腕に
こちらには一頭の子牛
犬に追われて
猛る坂を
駆け　花咲く日に手向けるは
鈴もて鳴らすヴェルギリウスの賛歌！

小屋の前にて
インディオの祖父煙草を吸う
山の薔薇めく薄明

その原始の祭壇に
煙草の煙が焚かれる
叙事詩の土偶《ワコ》がかくして
その素晴らしき内臓から放つ
青銅の蓮より発する神秘の香り
途絶えし息がつなぐ青き糸を！

＊純潔の聖ルツ〔Ruth sagrada, pura〕：旧約聖書ルツ記で語られ、いわゆる「落ち穂拾い」のモチーフとともに近代以降も様々に変奏され続けている信仰に厚い女性。バジェホはルツを残酷なユディトの対極にある母性的女性としてイメージしていたと思われる。
＊イリチューゴ〔Irichugo〕：サンティアゴ・デ・チューコ近郊の村。

村唄

物憂い鈴の音が彼方で響き
空に撒かれる
田舎の苦悩の香り
静寂の中庭に
夕暮れが別れの血を流す
四方は秋の琥珀色
痛切な灰の冷気を帯びる！

家の扉は
時の鉤爪で黒く刻まれ
そこに静かな姿を現し
最寄りの牛舎に向かうのは
金色の畑牛の
穏やかな姿
鈴の音を聞きつつ
聖書の眼で懐かしむ

逞しき雄牛だった頃を！

畑の土塀の上で
その苦悩の歌を羽ばたかせて
優しい雄鶏が跳ねる　すると死んだ午後が
淋しく身構えまるで二滴の涙のように
その目をぶるぶると震わせる！

老齢の村を
鬱々と引き裂き
ギターが奏でる甘美なヤラビ
深い悲痛の永久《とこしえ》に
インディオの哀しき声は低く響く
墓地の古びた大鐘のごとくに

僕は土塀に肘をつき

心では暗色が勝ち誇り
そして風は硬い枝々に祈りの声と
臆病で不安なケーナの涙を響かせ
僕は嘆息する
黄と赤の闇のなかに
死せる牧歌の悲劇的な青色が泣くのを見て！

死せる牧歌

今ごろ何をしているかな　アンデスの我が優しきリタ
イグサとカプリン*の子は
この身が退廃に息を詰まらせ　この血が
うすめたコニャックのごとく淀むこの瞬間

まだ来ぬ午後の白にアイロンをかけていた
あの悔やむような両手はどこにいるのかな
この雨が我が身から
生きる気力を奪う今

あのネルのスカートは　あの生真面目さは
あの歩き方は健在なのかな
あの五月の地酒の味は

戸口に佇み夕焼けでも見ているのだろう

最後に震えて言うのだろう「寒いわ…… 神様!」
そして屋根では山の鳥が鳴くのだろう

＊カプリン〔capulí〕：アメリカ大陸原産の果樹。現地では実が食用にされることもある。カプリンチェリー。

雷鳴

ギリシアの幕屋で

そして魂はおびえた
あの褪せた青の午後三時に
唇は麻布のあいだで心に請うた
許婚《いいなずけ》に膨れ面を見せるが如く

思考すなわちかの大将軍が
神殺しの槍を掴んだ
このとき心は踊っていたがやがてすすり泣いた
奴隷の舞姫は傷でも負っていたのでしょうか?

まさか! 虎となりやおら駆け出して
あの隅に陣取り哀しげに見ていましたよ
アテネから届く日没をね

この神経病棟にもはやつける薬はない
この夕暮れ時の苛立った大野営地には!
そして将軍は不吉な悩みが飛翔するのを見る
彼方へ…………………
我が神経の細い小道を!

アガペー*

今日は誰も何も尋ねにこなかったし
今宵は何も求められませんでした

墓の花ひとつ見かけませんでした
光たちがこんな楽しげに行進するのに
主よ許したまえ　僕は死ななすぎました！

今宵はみんなが　みんなが僕に
何も尋ねず何も求めず通り過ぎていきました

僕には分かりませんが　実は他人のものが
この手に忘れられ残されているのでしょう

戸口に出ました
するとみんなに叫びたくなりました
探し物があるならここにあるよ！　と

だってこの世のどんな午後にも
きっとどこかの扉が誰かの前で閉ざされ
僕の魂は他人のものをとりあげているのですから！

今日は誰も来ませんでした
今日の今宵　僕は死ななすぎました！

*アガペー〔Agapé〕：キリスト教神学において神による《無償の愛》を指す。

鏡の声

かくして生は過ぎ行く　奇怪な蜃気楼のごとく
アザミを照らし存在を与える青き薔薇！
人殺しの荷を負う教義のそばには
善と理性の詭弁が

手に触れたものを偶然掴めば
舞い立つ香りとそこに漂う
黴臭さ　行路の半ば　死の幻の
枯れた林檎の木より発した臭い

かくして生は過ぎ行く
やつれし巫女の背信の賛歌もて
僕は恥じ入り進むのだ　前へ　前へ……
我が葬送行進曲をぶつぶつ唱えつつ

バラモン王宮の象の足許を
水銀の沸く汚らわしき音を立てて
男女が岩に彫られた杯を掲げ
忘れられた黄昏は口に十字を刻む

かくして生は過ぎ行く　スフィンクスの大楽団が
虚空にその葬送行進曲を放つ

白薔薇

気分がいい　今
禁欲の氷が輝く
僕のなかで
この縄は笑わせる
色はルビー
僕の体内でキリキリ音を立てる

どこまでも続く縄
まるで
悪
から
生じる
渦巻きだ……
血塗られた左利きの縄
その形を支えるのは
千本の短剣

行くがいい　その縮緬の
筒を編みながら
恐怖に震える猫を
凍った巣に
最後の竈《かまど》に結ぶがいい

僕はいま心穏やかで
光と共にある
そして僕の大海原では
難破した棺がニャーと鳴く

大当たり

大当たりが出るよ！　と叫ぶくじ売りは
計り知れない神の本質を孕む

唇たちがみな通り過ぎる　不快が
皺から《俺にかまうな》を噴き出す
くじ売りは行く　おそらく神と同じで
おざなりに　人の世界の愛の無力を
タンタロスのパン*を撒きつつ
こそこそ貯えながら

僕は彼の汚い身なりを見る　ひょっとすると
番号がわかるかもしれないが
結局のところ残酷な鳥のように
大声でくじを売り歩く彼の
手中にあるあの運命は
この退廃の神が知る由もなければ

知るつもりもない場所に行き着くのだ

そして陽の下を斜めに歩く
この生ぬるい金曜に僕は言う
なぜ神の意志は
くじ売りなどに身をやつしたのか！

*タンタロスの〔tantálicos〕：ギリシア神話に登場する王。神の怒りを買い、果樹から池に吊るされた。彼が果実を食べようとすれば果実は逃げ池の水を飲もうとすれば水面が下がる。永遠に満たされない飢えと渇きに苛まれた人間の象徴とされる。

我らのパン

アレハンドロ・ガンボア*に

朝食を流し込む…… 墓地の
湿気った土は愛する血の匂いだ
冬の街…… 荷車のきしむ嫌な音は
ずるずる続く断食の感情を
引きずるようだ！

できることなら家々の扉をたたき
誰でもいいから尋ねたい　それから
貧しい人たちに会い　黙って涙し
焼きたてのパンを分けてあげたい
そして金持ちから葡萄畑を奪うのだ
あの聖なる両手　光の一撃で
十字架から解かれ　飛翔した手で！
朝の睫毛よ　まだ起きるな！

日々のパンを我らに与えたまえ
主よ……！

俺の骨はすべて他人のもの
たぶん盗んだものだ！
実は他人のものだったはずなのに
俺が勝手に奪ってしまった
俺は思う　俺さえ生まれていなければ
別の貧しい男がこのコーヒーを飲んでいるのだと！
俺は卑怯な泥棒だ…… どこへ行けばいいのだろう！

大地が人みたいな土埃を放つ
哀しく寒いこの朝の時刻
できれば家々の扉をたたいて
誰でもいいから許しを請いたい

そして焼きたてのパンを分けてあげたい
ここから　俺の心臓という竈《かまど》から……！

＊アレハンドロ・ガンボア〔Alejandro Gamboa〕：トルヒージョ時代のバジェホの親友。

絶対の

古着の色　影差す六月と
刈りたての八月　そして
倦怠のべたつく松の木に
腐った実を接ぐ水の手

古着よ　碇を下ろしたお前は
豪華な匂いに濡れて戻る
きっかりこじんまりと……　そして
俺は弾けた斜めの祝宴を歌った

だが主よ　あなたも死の前では
限界の前では　滅び行くものの前では無力なのか？
ああ！　古着のカラフルな傷が開いて
焼けた蜜の匂いが漂っている！

おお崇高なる単一性！　おお皆にとり

常に一であるもの！
空間と時間を超える愛！
心臓のただひとつの脈動
単一のリズム　神！

抑えようもない野生の侮蔑に
境界線たちが肩をすくめると
1の処女充満に
蛇どもがばら撒かれる
一筋の皺　一つの影！

泥のなか裸で

大気のおぞましい両生類のように
どす黒いしかめ面が唇を上る
実体の青いサハラ砂漠を
灰色の詩行　ヒトコブラクダが歩く

残酷な夢の膨れ面がちかちか光る
そして雪の声に満ちて死んだ
盲人　そして夜明け　詩人　流浪
人という過酷極まるこの日に

時たちは豊穣に行き　四隅で
幸運の金髪世紀たちを流産する
紐を引くのは誰だ！　我らの神経を
すでにずたずたの紐の束を
墓に降ろすのは誰だ！

愛する人よ！　君もだ　黒い投石が
君の仮面に生まれそれを砕く
墓はいまだに
男を惹きつける女の性器だ！

降伏

昨夜真紅の四月たち数名が降伏した
俺の若さの丸腰の五月たちを前に
彼女の口づけは狂乱の象牙となり俺の死を見た
俺はその象牙を愛の嘆息に封じた

奇妙従順なる穂　その目が俺を責めた
俺が彼女に応えて歌ったアマランサスの午後に
そして昨夜乾杯の最中　乾きに焼ける
彼女の胸の二枚の舌が俺に語りかけた

あの哀れなる小麦娘　哀れな彼女の武器
四海の塩辛き泡にぶつかった乳白の帆も
同じく哀れ　彼女は勝者にして敗者

憂いに沈み　目に隈つくり　肌は赤黒く
俺は曙とともに発った　そしてあの会戦以来
二匹の奴隷の蛇が夜な夜な俺の生に入りこむ

線

俺が愛を求めて投じる
火の帯が
哀れな薔薇のなかで震え
俺のために前夜の埋葬を産み落とす
その埋葬の場所を探していると太鼓が鳴るが
それが岩の喘ぎ声なのか
心臓が絶えず生まれる音なのかはわからない

存在の奥底へと張られた
超神経質な軸　深い下げ振り糸
運命の繊維！
そんな生の法則を
愛が人の声に向けて歪めるだろう
そして俺たちに至高の自由をもたらすのだ
青い御利益のある全実体変化*のなかで
盲目なものと宿命的なものを撥ね退ける自由を

すべての数字で脈打て！
ひ弱な曙光に監禁された
もうひとりな偉大な黄身よりも優れたイエスよ！
そしてその後に……　もう一本の線……
洗礼者がひとり待ち伏せ　待ち伏せ　待ち伏せ……
そして不可侵曲線に跨り
紫に浸る一本の足

＊全実体変化［transubstanciación］：キリスト教においてイエスの肉体がパンに血がワインに変化する現象を指す。

禁断の愛

君は唇と目の隈から煌めいて昇る！
僕は君の血管を昇る　柔らかい道に
救いを求める傷ついた犬のように

愛する人よ　この世で君は罪だ！
僕の口づけは悪魔の角が散らす火花の
先端だ　僕の口づけは聖なる使徒信条だ！

聖霊は移ろう単視軌跡
その罵倒なかでも清く！
脳を産む心臓！
それが僕の哀れな泥を抜けて君の心臓に移る
観念の羊毛は
君の魂が存在する聖杯にこそ在る！

なにかの不吉な悔悟の沈黙？

ひょっとして聞いているのか？　無垢の花よ！
……　そして我らが父なき場所では愛もまた
罪犯すキリストたることを知れ！

みじめな夕餉

いつまで僕たちはもらえるはずもないものを
待ち続けるのだろう……　この哀れな膝をゆっくり
伸ばすにはどの隅に行けばいいのだろう！　僕たちを
励ます十字架はいつまでその櫂を漕ぎ続けるのだろう

疑念は僕たちが苦しんだという証拠の紋章を
いつまで授けるつもりだろう……
　　もう僕たちは何度も
テーブルについた　深夜に眠れず
飢えに泣く子の苦しさをかみしめ

そしていつになればみんなと一緒になれるのか
永久《とわ》の朝の端でみなが朝食を食べるのか
いつまでこの涙の谷が続くのだろう
連れてきてくれと頼んだわけでもないのに

肘をつき
涙にずぶ濡れ　頭を垂れうちひしがれて
繰り返す　この夕餉はいつまで続くのだろうと

酒をたくさん飲んでから　ふざけて
僕たちに近づき遠ざかる誰かがいる　人という
この苦い本質の黒い匙みたいな奴　つまり墓だ……
だがその暗闇とて知らないのだ
この夕餉がいつまで続くのかを！

我が恋人のありえぬ心に

愛する人よ　君は僕の神聖な愛が
描いた形になろうとはしなかった
　神の存在のように
盲目で不可知の
聖餅《ホスチア》の中にいろ
僕は懸命に歌ったが　それ以上に君を思って
泣いた　ああ崇高なる愛の放物線よ！
　脳の中にいろ
　僕の心臓の
巨大な神話の中に！
信仰というこの熱い炉で僕は焼いた
度を越した女の土色の鉄を
冷酷な金床で君を磨こうとした
　果てしなき

　星雲の中にいろ
あの甘美な非在の多元性に
そして君が僕の愛の形而上的感情に
実体化するつもりがなかったのなら
　僕に我が身を鞭打たせてくれ
罪人のごとく

永久《とわ》の閨《ねや》

愛は愛でなくなり　はじめて強くなる！
そして墓は大きな瞳となり
その底で息づき泣くのは
愛の苦悩だ　甘美な永遠や
黒い曙を注いだ杯のように

そして唇は口づけのために縮れる
まるで満ち溢れて死ぬ何かのように
そして痙攣する結合の最中
各々の口が相手の口のために
悶絶して生きる生を手放すのだ

そしてこう考えると甘美なのは墓だ
そこではすべてがついに融合する
同じひとつの炉の中で

甘美なのは影だ　そこではすべてが結合する
愛の宇宙的合流のなかで

石たち

今朝石たちの上に
身を屈めた　ああ石たちよ！
そして石どうしをけしかけ
取り替え　戦わせてみた

我らが母よ　僕の歩みが
世に痛みをもたらすのは
それは不条理な夜明けの
閃光になっているからだ

石たちは逆らわず　何も
欲しがらない　ただ皆に
愛を求め　無にすらも
愛を求めるだけだ

もし石たちのどれかが
うなだれていたら　もし
恥じ入っていたら　それは
人らしいことをしているのだろう……

でも単に気まぐれから
石を痛めつける奴もいる
白い石が蹴られて
飛ぶ月になることも

我らが母よ　今朝僕は
蔦をよけて場所を空けてやった
なぜなら青い行列を見たから
石たちの
石たちの
石たちの……

祭壇❖

自分に言い聞かせる　やっと雑音を逃がれた
この聖なる身廊を誰にも見られず歩こう
背の高い影たちが馳せ参じる先には
あの弔いの竪琴を手に進むダリーオ

優雅な詩神が足どりも細やかに現れ
そして僕の目は餌を摘む雛鳥のように彼女を追う
彼女にまといつく霊妙の薄布とまどろむ黒ビーズ
その手の上では生命《いのち》の黒歌鳥が夢を見る

神よあなたは慈悲深い　あなたが授けたこの身廊で
これらの青い呪術師どもはお勤めに励めるのだから
天界のアメリカス＊のダリーオよ！　奴らはあなたに
そっくりだ！　奴らはあなたの髪で己の苦行衣を編む！
ありもしない地中の金を探す亡霊のごとく
あの魂も空ろな放浪の首席司祭どもが
祭壇に入りそしてまた現れ……　そして遠くから
神の退屈な自殺を涙ながらに嘆いてみせる

❖ニカラグア生まれの詩人ルベン・ダリーオ（一八六七―一九一六）は一九一〇年代のスペイン語圏文学界におけるスーパースターだった。ダリーオは無数の模倣者を生み、バジェホもその影響下にあったが、自らの道を模索しつつあったバジェホには、モデルニスモの路線は、もはや時代遅れに見え始めていた。この詩は、一九一六年に亡くなった敬愛するダリーオにバジェホが捧げたオマージュであると同時に、模倣者ばかりが跋扈しすでに時代から取り残されつつあったモデルニスモという《ひと昔前の流行》に対する決別のメッセージであるともみなせる。

＊アメリカス〔las Américas〕：ダリーオが米国の功利主義や物質中心の生活に対する批判の眼差しをもっていたことを意識し、ラテンアメリカを含む複数形のアメリカスという語が選択されている。

異教の女

死につつ歌いながら行く　そして高貴な
剣闘士のバビロンの血で影に洗礼を与える
小夜《さよ》鳴鳥《なきどり》の羽根を青い苦痛のインクに浸し
金色の絨毯に楔形の文字にて花押をしるす

生とは？　変化自在の女　偽りのユディトが
裏切り怯えヴェールに隠れるのを見つめる
傷口から彼女を見　その視線に彼女を掴み
紅玉の表面に気ままな蝋細工でも刻むのだ

バビロニアの葡萄酒　軍勢無きホロフェルネス
僕はキリスト教徒の木に自分の巣箱を吊るした
贖罪の葡萄棚は僕の杯に愛を授けるのを拒み
ユディトこと背信の生はその贖いの体を傾けた

これが異教の祝宴　たとえ死すとも彼女を愛し
いっぽうで血管から悪の紅真珠をばら撒くのだ
かくして塵に帰すのは運に見放された征服者
その短剣には無数の血の眼が飛び散って残る

永久《とわ》の賽《さい》

マヌエル・ゴンサレス・プラーダ*に
偉大な師から熱烈な賛辞を頂戴した
この勇壮かつ選り抜きの感情を改めて

主よ　俺は自分という存在を思い泣いている
あなたのパンを盗んで心が重いが
この考える哀れな泥は
あなたの脇に固まった瘡蓋ではない
それにあなたのマリアたちは去ったりしない！

主よ　かつて人であったならば
あなたは神のあるべき姿をご存知のはず
だがあなたは常に平然としておられた
あなたはあなたの造った者に何も感じない
でも人はあなたを思い苦しむのだから　人こそ神では
ないのか！

今日　罪人のごとき俺のこの邪教の目には
燭台がある
我が主よ　そのすべてに火を灯せ
それから二人で古びた賽を振ろう……
おそらく　この賭博師め！　全世界の命運を
決したその暁には
忌まわしい泥のエースのごとくに
死神の黒い目がぴたりと揃うのだろう

だが主よ　音もせずひたすらに暗い今宵
もうあなたに賭けはできない　なぜなら地球は
でたらめに転がり続けたせいで
角のかけた丸い賽となり果て

穴でもなければ止まることもできないからだ
人が死に行く巨大な墓穴でもないかぎり

*マヌエル・ゴンサレス・プラーダ〔Manuel González Prada〕：ペルーの思想家、モデルニスモ詩人（一八四四―一九一八）。アンデスのインディオを国民として文化的に統合する必要性を説くなど開明的な知識人として多くの若い作家から崇拝されていた。バジェホは一九一八年にリマで国立図書館長をしていたゴンサレス・プラーダと面会していて、そのときに受けた深い感銘をトルヒージョの新聞に記事として報告している。

磨耗の指輪

戻りたい　愛したい　消えたくない気持ちがあり
相対する決して地峡化すべきでない二つの水に
攻められて死にたいという気持ちがある

生に屍衣を着せる大いなる口づけを願う気持ち
アフリカで灼熱の苦悶のうちに自害して果てる
口づけを！

気持ちがある……　これ以上欲をもたない気持ちだ
主よ　俺はあなたをこの神殺しの指で差そう
心臓などなければよかったという気持ちがある

春は戻り　また戻り　そして去り行くだろう
そして神は次第に丸みをおび　何度も現れ　通過し
さらに宇宙の背骨を背負って幾度も通過する

両のこめかみが陰鬱の太鼓に触れるとき
短剣に刻まれた夢がひどく痛むとき
この詩行に固定されたい気持ちがある!

聖人伝(の数段落)

古のオシリスよ!* 私は生のその先にある
壁にまでたどり着いた

そして見たところこれまでずっとこの壁に
対峙してきたようだ

私は影だ 裏だ すべては永久《とわ》の柱列を
歩く私の足もとを行く

三つ編みの髪にはなにも持参していない すべては
私のもとへ楽々と降ってきた 遺産のように

サルダナパロス* かくして夢の機械の
電気ボタンが私の口になった

こうして正面の壁にたどり着いたが

この壁は常に私の手のなかにあったのだ
古のオシリスよ！　私を許せ！　結局は何からも
求められなかった　何からも　何からも……

＊オシリス〔Osiris〕：古代エジプトの死を司る神。
＊サルダナパロス〔Sardanápalo〕古代アッシリアの享楽家として知られた王。

雨

リマは……　リマは雨だ
苦痛の汚い水が
忌まわしい　この雨は
お前の愛の水漏れだ

眠った振りをするな
お前の詩人を思い出せ
俺にはわかる……　わかるんだ
お前の愛の人間方程式が

秘密の縦笛に轟く
激烈などす黒い宝石
お前の《いいわよ》の妖術

さらにしとしと小雨が落ちる
俺の道に横たわる棺
お前を思って骨と化す場に……

愛する君

愛する君よ　僕の死んだ目に二度と戻るな
そして僕の理想主義の心臓は君を思い今も泣く
僕の聖杯たちはみな開かれたまま待っている
君の秋の聖餅《ホスチア》と夏の葡萄酒を

愛する君　聖なる十字架よ　僕の砂漠に潤いを
君の星々から滴り　夢を見　涙を流すその血で潤いを
愛する君　僕の死んだ目に二度と戻るな
僕の目は君の曙の涙を恐れ　焦がれるのだ！

愛する君　すでに遠い君をもはや愛してはいない
陽気な娼婦の化粧道具か　か弱い真平らな顔に
叩き売られてしまったような君のことはね

驚くべきイコル*に浸る君よ　肉体なしで来たまえ
そうすれば僕は　神と同じやり方で君を愛し
官能の喜びを抜きにして産ます男となろう！

＊イコル〔icor〕：ギリシア神話における神々の体液。

神

午後と海を連れて歩く神を
俺の体の奥深くに感じる
俺たちは彼と共に去る　日が暮れる
俺たちは彼と共に夜を迎える　寄る辺なさ……

でも俺は神を感じる　彼が俺に綺麗な色を
描き写させているようにすら思う
救護所のように居心地がよく哀しく
恋する男の甘い侮蔑に顔をくもらせ
彼は心をひどく痛めているはずだ

おお我が神よ　あなたにようやく追いつけた
今日のこの午後　あなたをかくも愛す
今日いくつかの胸の偽りの均衡に
ひとつの脆い創造の跡を見て俺は泣く

そしてあなたも大いに泣くのだ……　回転する
あの巨大な胸に恋焦がれて……
神よ俺は尽くす　あなたの愛がかくも深いから
あなたは決して笑顔を見せないから　いつも
心をひどく痛めているに違いないから

合一

今宵　俺の時計が喘ぐ
黒ずんだこめかみのそばで
引き金の下で回転するばかりで
鉛に当たらぬ拳銃の弾倉のように

白く動かぬ月は涙を流し
狙いを定める目だ……　俺は感じる
大いなる神秘が憎憎しい卵形の思考に
真紅の鉛に鋳造されるのを

ああ遮る手よ　あらゆるドアの向こうで
脅かす手よ　あらゆる時計のなかで
息づき　退き　過ぎ去る手よ！

お前の骨組みの灰色の蜘蛛の上で
光でできた別の大いなる手が
青い心臓の形をした鉛を支えるのだ

ラバ追いたち

ラバ追いよ　汗で艶出し　お前は桁違いに歩くよ
メノクーチョ*の農園は
命と引き換えに日々千の辛苦を取り立てる
十二時　一日の腰
じわじわ痛めつける太陽

ラバ追いよ　赤いポンチョを羽織り　お前は遠ざかる
そのコカの葉のペルー風ロマンセ*を味わいながら
そして俺はハンモックで
一世紀積もった疑いのとば口から
お前の行く手を思い　蚊と
パカパカ鳥*の可愛い病んだ
反復詩句を気にしつつお前をうかがう
いずれお前は着くべき場所に着くだろう
ラバ追いよ　信心ぶったラバを追ってお前は
行ってしまう……

行ってしまう…………
あらゆる欲望とあらゆる動機がいきり立つ
この暑さなのに　お前はなんて幸せそうなんだ
体にまったくやる気を与えないこの怠惰な精神が
コカもなく　自らのラバを永久《とわ》の酸西側《さんせいがわ》にある
アンデス*へ向けられずにいるというのに

*そのコカの葉のペルー風ロマンセ〔el romance peruano de tu coca〕：ロマンセは八音節詩行を組み合わせて作るスペイン語のもっとも伝統的の吟遊詩の形。高地アンデスの肉体労働者は疲労緩和にコカの生葉を咀嚼する習慣がある。ラバ追いがコカの葉を噛む様子があたかも詩を吟じているかのように見えたのかもしれない。

*パカパカ鳥〔paca-paca〕：ペルーにいるフクロウの一種。

*永久の酸西側にあるアンデス〔los Andes oxidentales de la Eternidad〕：oxidentalはoccidental（西の）とóxido（酸化物）を合わせた造語（単なる綴りの癖だという説もある）。楽園の西側（カインが追放された東側ではなく）というイメージのなかに高地特有の酸素の希薄さを連想させる語句がはめ込まれていると考えられる。

*メノクーチョ〔Menocucho〕：トルヒージョ近郊の町。サンティアゴ・デ・チューコへ向かう街道の中継点だった。

家の歌

熱のレース編み

両の瞳が壁に掛けられた聖人画から
夕暮れが叫ぶアア！の声を引きずる
腕を組み熱に浮かされ震えていると
俺という存在を非在*の奴が曖昧に訪れる

疲れた箪笥にはりついて泣き言を言う蠅は
俺にはよくわからない神話を訳そうとしている
襲われて逃げてくるオリエントたちの見る夢
生まれてすぐに死ぬ雲雀《ひばり》たちの青い巣

古びた肘掛椅子に父は座っている
悲しみに沈む聖母のように母は出入りする
去るのを拒んでいる何かがあるのだけはわかる

科学の手でつくられた聖餅《ホスチア》がある以前に
啓示によってつくられる聖餅があるだろう
こうしてなにかが訪れ俺の善き生を助ける……

*非在〔Noser〕：造語。他の詩ではno serとも。ser（存在、生物）vida（生、生命）などの対概念と思われるがmuerte（死）とは違った意味で用いられていて、むしろ真空や虚無といった意味に近い。

遠い道のり

父眠る　端厳な顔は
安らかな心臓の形
今かくも穏やかだが……
彼に苦いものがあれば俺だろう

家は孤独で祈りの声がし
今日　子らの便りはなく
父は目を覚まし　耳をすますのは
エジプトへの脱出　血が止まるさらば*
今かくも近くにいる父に
遠いものがあれば俺だろう

母はむこうの菜園を歩き
味なき味を味わって
今あんなにも柔和で
翼で　出口で　愛で

家は孤独で音もなく
便りも緑も幼年期もない
今日の午後に何かが折れ
下りきしむなら
それは二本の白くくねる旧道だ*
俺の心臓がその道を歩いて行く

*エジプトへの脱出　血が止まるさらば〔la huida a Egipto, el restañante adiós〕：聖書を読む父から連想された語句で「エジプトへの脱出」についてはいわゆる出エジプト記のことではなく、ヨセフとマリアがヘロデによる子殺し令を恐れてイエスを連れエジプトに逃れたエピソードを、あるいは父と大勢の（彼方へ去った）子どもたちというバジェホ家の状況を考えた場合、創世期におけるヤコブとその子たちのエジプト移住のエピソードを指すと考えられる。故郷を発つごとの父との別れの場をイメージしたと思われる「血が止まるさらば」という表現は二行目の「心臓」に関係する。
*二本の白くくねる旧道〔dos viejos caminos blancos, curvos〕老いて腰が折れ曲がり白髪となった両親の姿がイメージされている。

我が兄ミゲルに*

In memoriam

兄さん　今日　家の壁椅子《ポジョ》*の前にきた
あんたがいなくて底なしに寂しいよ！
この時刻によく遊んだのを思い出す　母さんに
撫でられたものだ「あなたたちったら……」

今度は俺が隠れる番だ
昔と同じ夕方の祈りの言葉を最後まで
唱えろよ　見つからなければいいんだが
居間　戸口　中庭の回廊
そのあと兄さんが隠れ　俺には見つけられない
そうやって泣かしあったのを覚えている
兄さん　あのころやった隠れん坊さ

ミゲル　八月のある夜
明け方に　あんたは隠れてしまった
でも昔みたいに笑わず寂しく隠れてしまった
あの今はない午後を分かち合った双子の魂は
あんたが見つからず飽き飽きしている　そして魂に
はや影が落ちる

なあ兄さん　そろそろ
出てこいよ　な？　母さんが心配するぞ

＊我が兄ミゲルに〔A mi hermano Miguel〕：ミゲル・バジェホはセサル・バジェホの二歳年上の兄で、幼いころの遊び相手だった。一九一五年に二五歳の若さで亡くなっている。

＊壁椅子〔poyo〕：家屋の主として中庭に面した壁からせり出したベンチを指す。バジェホの詩においては幼少期の温かい思い出を象徴する場所として極めて重要な意味をもつ。

一月の歌＊

鳥舞う朝
父はようやく
その七十八年を　その七十八本の
冬の枝を　陽にさらす
新年の喜びに浸った
サンティアゴの墓地が見える
あそこに父は　幾度　足を向け
倹《つま》しい埋葬に立ち会ったことだろう

今日父はなかなか家を出ようとしない！
子どもたちが散り散りにふざけあう

父は母に何度も語ったものだ
都会の印象や政治の話を
そして今日その父は町長時代に床で鳴り響かせた
あの有名な杖にもたれかかり

俺の知らない脆い人間に見える
父は大晦日だ
遺物や様々な物や思い出や示唆を
うわのそらで運び携えてくる
爽やかな朝がカリタス修道女の白い翼を広げ
父に付き従う

これぞ永遠の日　無垢の幼い
合唱の祈りの日
時はその頭に鳩たちを抱き
未来は不滅の薔薇の
隊列で満ちる
父よ　すべては今なお目覚めつつある
今日は歌う一月だ　音も高く
永遠を行くあなたの愛だ
あなたは子どもたちをなおもからかい

虚空に勝利の賑わいがもたらされるだろう
なおも新年は続く　肉入りパイ《エンパナーダ》が振舞われ
俺はおなかをすかせ　そのときミサの鐘が鳴る
学校時代に書いた最初の詩と
あの頃の絶対的な無垢とが向き合った
歌がうまくとても気のいいあの盲人
彼が教会の鐘楼に登ったのだ
すると恵みに満ちた朝が
二つの諦めと二つの愛の進行であり
引き伸ばされた果てしない永遠の生を求める
この時間という奴の懐から
歌い　複数形の動詞を
あなたの存在の切れ端を
カリタス修道女の白い羽に沿って
飛翔させるのだ　おお我が父よ！

＊一月の歌〔Enereida〕：一月を指す名詞eneroにヴェルギリウスの叙事詩『アエネーイス』（スペイン語Eneida）を合わせた造語。

同工異曲

俺が生まれた日
神は病んでいた

俺が生きていること　悪人であることは
皆が知るが　その一月に含まれた
十二月のことは知らない
なぜなら俺が生まれた日
神は病んでいたから

俺の形而上的空気には
誰も触れてはならない
空虚がある
それは火の間際で話した
沈黙の回廊だ

俺が生まれた日

神は病んでいた

兄弟よ聞け　聞け……
よし　いいか俺を行かせるな
十二月を身につけず
一月を置かぬまま行かせるな
なぜなら俺が生まれた日
神は病んでいたから

俺が生きていること　ものを噛めることは
皆が知る……　そして俺の詩が
なぜキリキリ音を立てるかは誰も知らない
俺の詩がなぜ棺のように暗く辛く
砂漠でもの問うスフィンクスが吹く
擦れてほどけた凪なのかは

皆が知る……　そして知らない
光が結核を病んでいることを

肥えた影が……
そして神秘が統合する……
神秘が実は曲つきのこぶで
境の中の境の日中の歩みを遠くから
哀しげに告発することを知らない

俺が生まれた日
神は病んでいた
重く

トリルセ

『トリルセ』

一九二二年にリマで二百部が刊行されたバジェホ二冊目の詩集。極めて個人的な体験に特化したあまりに自由奔放なテーマ設定、伝統的修辞を徹底的に無視した独自の語選択、頻出する造語、数学などの専門用語の氾濫等、前作『黒衣の使者ども』ではまだまだ実験的な試みに留まっていた様々な手法が一気に開花し、生命力とカオス、創造性と破壊性に満ちた抽象詩とでも呼ぶしかない驚くべき詩的世界が誕生した。最初はまったく意味不明に見える詩も、全体として眺めているとぼんやりとではあるが非常に強固なイメージが現れてくる。単なるナンセンスだけを目指した詩ではなく、文学における既成秩序の破壊を目指した実験でもなく、先端的な創作姿勢をアピールするアジ文書でもなく、そこにあるのは紛れもなく詩だ。言語が意味を失い崩壊するぎりぎりのところで《その配列でしか表現しえないイメージ》を立ち上げる。バジェホはその絶妙のタイミングをこの詩集で発見した。

とはいえ、刊行当初はその面白さが理解されず、その後に読み継がれ、語り継がれ、引用され、さらには地道な学術的研究の対象となり、各国語に翻訳され、ようやくその世界的評価が固まるまでにはバジェホの死後さらに数十年を要した。

バジェホは渡欧後の一九二九年、スペインの詩人ヘラルド・ディエゴらの協力を得て、第二版を刊行している。バジェホが生前に刊行までこぎつけた詩集は、この『トリルセ』第二版が最後となった。

題trilceは造語である。諸説あるが有力なものは形容詞triste（悲しい、淋しい、哀れな）と同じく形容詞dulce（甘い、優しい、穏やかな）の混成説だ。実は『黒衣の使者ども』にはこの二つの形容詞が過剰なほど頻繁に使用されている。自分でもそれにうすうす気づいていたバジェホがこの題を思いついた可能性は高い。本書では、もとのスペイン語の音感が世界中で親しまれていることを考慮し音訳にした。なお、同じアジア圏では赵振江による中国語訳が『特里尔塞』と音訳を採用している。

七七篇の詩はすべて無題で、ローマ数字が振られている（本書では漢数字）。特にグルーピングされているわけではないが、隣接する詩のテーマが関連していたりする等、バジェホが詩集全体を見渡しつつ一種のデザインをしながら各詩編を配置したことは明らかである。冒頭の一は脱糞をイメージ化した詩で、まず人を食ったその文体に驚かされる。いっぽう、末尾を飾る七七は、バジェホ自身の詩作のメカニズムに言及したものである。

一❖

誰だこんな騒ぐのは　だんだん残る
島を遺言させてもくれないのは

もう少し気をつかったらどうだ
遅く早くなるすべてに
そうすればグアノ*の値は上がる
その単なる至宝の腐臭は
塩辛いアホウドリが
島の心臓にうっかり捧げるもの
ガラス質の驟雨が
　降るたびに

もう少し気をつかったらどうだ
そうすれば液状の腐葉土が午後六時に
　モットモソウレイナフラットデ*

すると半島停止
背中で　致命的な均衡の線に
轡《くつわ》をかけられ　びくともせず

❖バジェホが刑務所拘留中に体験した排便の様子とされる。中庭の共同便所は便座の数が少なかったため朝と夕刻の利用時には大行列になったらしい。この詩では降り注ぐ糞や小便のイメージが様々に変奏されている。謎めいた最後の三行は肛門周囲の気持ち悪さ（糞切れの悪さ?）を表現している。

*グアノ〔guano〕：海鳥の糞。インカ時代から肥料として利用され一九世紀以降のペルーで貴重な輸出資源となっていた。

*モットモソウレイナフラットデ〔DE LOS MÁS SOBERBIOS BEMOLES〕：最も壮麗なフラットで。フラットは《半音下げる》を表す音楽用語。糞が落下したときの音を表現していると思われる。

二❖

じかん　じかん
夜露のあいだによどむ正午
獄舎の退屈したポンプが縮める
じかん　じかん　じかん　じかん

だった*　だった
雄鶏たちがむなしく掘り返して歌し
すみきった日の口が活用させる
だった　だった　だった　だった

あす　あす
であるの今なお熱い休息
現在が考える　私を守れ
あす　あす　あす　あすまで

なまえ　なまえ
われらを傷巻く*あらゆるものの名は？
その名はまさにそれ自体　奴がもがく
なまえ　なまえ　なまえ　なまエ

❖同じく刑務所拘留中の無為を詠んだ詩とされる。

*だった［era］：動詞serの線過去形一人称および三人称単数形（英＝was）。鶏が歩く（啄む）リズムを連想させる。

*われらを傷巻く［herizanos］：造語。動詞herizar（herida「傷」とrizar「巻き毛にする」を掛け合わせた造語動詞の直接法現在三人称単数形）＋目的格代名詞nos（私たちを）。

三

大人たちは
何時にもどるだろう？
盲目のサンティアゴが六時の鐘をつき
あたりはもう真っ暗だ

母さんは遅くならないと言った

アゲディータ　ナティーバ　ミゲル
そちらを行くなら気をつけて　たったいま
弔いの亡霊たちが
鼻声で思い出を語って通ったばかり
行った先はひっそりした囲い場
寝支度をしていた雌鳥たちが
おびえて大騒ぎをしたところ
僕たちはここにいたほうがいい
母さんは遅くならないと言った

僕たちはもう悩まなくていい　舟を見に
行こう　僕のがいちばんかっこいい！
それで一日ずっと遊ぶんだ
決められたとおり　けんかもせずに
舟は井戸に浮かんだまま　帆を張り
明日のお菓子を満載して

こうしておとなしく　仕方なく　待って
いよう　大人たちが帰って謝ってくれるのを
大人たちはいつも先を行く
僕たち小さな子どもを家に残して行ってしまう
お前たちは
　ついてくるなといわんばかりに
アゲディータ　ナティーバ　ミゲル？

闇のなか僕は呼び　手探りで求める
僕を一人ぼっちにしないでくれ
囚人が僕だけだなんて

❖刑務所拘留中のバジェホが故郷の家族と過ごした幼少期を回想している詩。盲目のサンティアゴなる人物は『黒衣の……』の「一月の歌」に出てくる《歌がうまくとても気のいいあの盲人》と同じ。アゲディータ、ナティーバはそれぞれバジェホの実の姉、ミゲルは『黒衣の……』の「我が兄ミゲルに」を参照。

四❖

二台の荷車が涙の口論に向け
ハンマーと衝突してきしむ
俺たちは何もしていないのに
あのもうひとつはたしかに憎まれ
一なるものにより野外のトンネルで
苦くされた硬く決定的な
心霊の　　　試練で

俺は三分の一の態度で横たわったが
午後は――　いっららいこいつをろろう始末すれば――
俺の頭でみずからに輪をかけ怒り狂い
調合されて母になるつもりもない　だからそれは
　　指輪
叩き潰された婚礼回帰線
遠ざかることが何よりも何よりも上手に
坩堝《るつぼ》を壊すんだ

あの何をもってしても変色
しなかった　運命と隣りあわせに泣いて
泣く　歌はみな
三沈黙の中で四角化

熱　卵巣　ほとんど透明
すべて泣き尽くされた　すべてはまるごと看取られた
左ど真ん中で

❖『トリルセ』の詩を書いているときバジェホはリマで勤務していた学校の経営者の娘と肉体関係をもち、それがこじれて相手方の家族を巻き込む大問題に発展していた。結局一九一九年に別れたこのオティリア・ビジャヌエバという名の女性との泥沼の関係は『トリルセ』のかなりの詩に反映されている。

五❖

双子葉類　海燕たちが
そこから序曲する　三位一体の性癖
始まる終わり　アアのオオ
異質さに値上がりしたと思い込み
二つの子葉をもつ種！

さて　あれはそれ以上になるな
さて　外側に向かって漏れるな
聴かれることなき音調で考えろ
クロームめっきしろ　見られるな
そして大いなる虚脱に滑り落ちるな

つくった声はばれるし　網にも愛にも
なりはしない
恋人たちは永遠に恋人のままでいること
だから1を出すな　無限に響くから

そして0を出すな　黙りすぎたあげく
1の目を覚まし立たたせてしまうから

ああ双心房類

❖男女の性行為を植物のイメージに託して描いた詩。男性と女性の性器が
それぞれ数字の1と0で表現されている。

六。

明日俺が着たスーツを
俺の洗濯女は洗わなかった
オティリアが彼女の血管で洗っていた
彼女の心臓を流れる血で　そして今日俺は
問わずにいられない　自分が不正に汚れた
スーツを置いてきたか

水辺に行く者なき今時分
俺の下書き罫線紙では
羽を生やすためのキャンバス地が軸を挿し
俺はどうなるんだよを重ねたナイトテーブルの上の
すべては俺のそばで
俺のものではない
　　彼女の持ち物から残った
鏝でならされ　彼女の小麦の善意で封印され

そして彼女が戻るか仮に分かっていたら
どの明日に俺のあの心の洗濯女が
洗い立ての服を渡しに入ってくるか
仮に分かっていたら　どの明日に入ってくるか
満足げに　手仕事向きのカプリン色でうれしそうに
そうよ簡単よ　そうよ　できるわ　と言いながら
　　ワタシニデキナイハズガナイデショウニ！
あらゆるカオスを青くしアイロンをかけることが

❖オティリアとのこじれた関係がテーマの詩（以下「オティリアもの」と称する）。

七❖

勝手知ったる縞目の道に
何事もなく足を向けた　文字通り
何事もなく　そしてそうしたものに沈み込み
俺は過去になった

道に出た　善意をもって
通ることはまずない道　あの
生きた曲がり角の傷のせいで　決して
半端ではなく英雄的な出口だ

それは巨大さたち
あの叫び　面と面を合わす明快さ
　　いますぐ！
の機能に沈潜したつるはし
道が扉たちの隈をつくり
裸足の書見台から

弔鐘儀礼の延期を告げ
いま分刻みの蟻たち*が
先を行く　甘美化されまどろみつつほとんど
やる気がなく　そしてぐったりと疲れるのは
焼けた火薬　一九二一年頃

❖別れたオティリアの住む街を再訪した際の記憶をもとにした詩、あるいは娼婦街を訪問した記憶をもとに書かれた詩とも言われる。

*分刻みの蟻たち〔hormigas minuteras〕：娼婦を指しているとする説がある。

八❖

明日には明日の風が吹き　いつかは
欠子力《けつごりょく》*に永久《とわ》の入り口を
見出すこともあろうか

明日いつの日か
発情した肉食獣の
番いに　つまり二枚の心嚢で
メッキした幕屋になることもあろうか

それはすべて立派に定住し得る
でもいつか明日なき明日に
我々が連れ合いを失くす輪と輪の間に
鏡の余白ができて
そこに俺はこの額を突っ込み
やがては残響も消えて
額が背を向いたままになって

九❖

パンパンパンを返そうと懸命＊
被乗数から乗数への
おいしい接待に開く
彼女の二枚の葉　彼女のバルブ
快楽にとって上質なその条件
なおすべては真実があった

パンパンを返そうと懸命
彼女のお世辞に俺は三二本のケーブルを
様々に組み合わせてボリバル的難路＊を息切れ制覇
尊大な二枚の下唇　偉大なる創作の二巻が
体毛一本ごとにきりきり締め付け
かくして俺は不在を生きることもなく
　手探りも無駄

パンを返そうとして挫折

❖オティリアもの。
＊欠子力（けつごりょく）〔hifalto poder〕：hifaltoは名詞hijo（息子）と形容詞falto（欠けた）を合わせた造語の形容詞だと考えられる。この《欠けた子ども》のイメージについては「一〇」を参照。

エゴイズムとシーツのあの致命的遊戯の
お宝泡吹き馬に鞍をつけるのは
もうやめましょう
だってこの女は
　　全体的にはなんてなんて重い奴なんだ！

そして女は不在の彼女の魂
そして女は俺の魂

❖男女の性行為を詠んだ詩とされる。
＊パンパンパンを返そうと懸命〔Vusco vvolver de golpe el gople〕：スペイン語では動詞buscarとvolverのスペルを変換する表現となっていて、文面だけを直訳すれば「その衝撃をバタンと（orすぐに）返そうとする」という風になる。男女の性行為を表現していると思われるため、本書では敢えて音を意識した意訳を試みた。
＊ボリバル的難路〔bolivarianas fragosidades〕：南米の独立革命の英雄シモン・ボリバル（＝ボリーバル）がイメージされていると同時に、詩全体で強調されている子音bとvがここでも意識されている。

一〇❖

根拠なき偶然の汚れなき最後の
石がたった今死んだ
魂とすべてを連れて十月部屋と妊娠中
不在の三か月と甘いの十か月の
運命の奴が
司教帽かぶった一本指が高笑い

うしろで反対同士の結合が
見捨てまくられ　全輪廻線のもと
つねに数字が頭を出しまくり

鯨たちが鳩たちを護りまくり
いっぽうの鳩たちが第三翼に嘴を
三乗しまくり
俺たちは単調な尻に向き合って鞍かけまくり

十か月が十二へ向け　さらに先へ向け
曳航され
二か月は少なくともまだおむつに残存
それと三か月の不在
それと九か月の妊娠

暴力はただのひとつもなし
男性患者は体を起こし
静かな混ぜ物を座ってべとべと塗りたくって

❖オティリアもの。バジェホと別れた際に彼女は妊娠していたらしく、世間体を恐れた家族の手でリマ近郊の農場に蟄居させられた。バジェホは二度と彼女に会うことはなかったが、彼女がその後に流産（か死産）をしたという説もあり、これ以降彼の詩には死んだ胎児のイメージがしばしば現れることになる。石のイメージがバジェホの詩においてしばしば人間、特に子どもに結びついていることを考えても、最初の数行は胎児の死を連想させるものだ。

二❖

道で一人の娘に出会い
抱きしめられた
注釈つきのX嬢　彼女と会った者も会う者も
彼女を思い出すことはない

この子は俺の従姉　今日彼女の腰に
触れた俺の手は彼女の年齢に
一対の下手に塗りなおした墓地みたいなその中に入った
そしてまさにその悲嘆を抜けて彼女は去っていった
　　闇暗き太陽にデルタが
　二人の間でさえずる

「わたし結婚したの」
彼女が言う　そのとき亡き伯母の家で子どものころに
俺たちがしたこと
　　彼女は結婚した

彼女は結婚した

遅れてやってきた横に広がる歳月
俺たちはいっしょに遊びたくてしかたなかった
闘牛ごっこに二頭立て馬車ごっこ
でもすべてはウソの無邪気な遊びなわけで実際のところ

❖亡き伯母の家で従姉とした遊びはエロチックなものだったようだ。

二❖

産毛ごとにフェイントでかわす
どこに落ちるか分からない放物線
不確実　日の入り　首関節

飛行中に死んで地面に
落ちる大蝿がチッと舌打ち
さてニュートンはなんて言うでしょう?
でももちろんお前たちは息子なのだ

不確実　回転しない踵たち
結ばれたページ　片面を五本の棘
もう片面も五本の棘で
つくられて　シッ！　もう出てきた

❖誰かを待っていたときの思索。蝿がいるのでトイレかもしれない。バジェホはニュートン、ダーウィンなど歴史上の人名を好んで使用する傾向があった。

一三❖

お前の性器を思う
こころを単純化してお前の性器を思う
日の熟した腹娘《はらこ》*の前で
幸福のボタンに触れるとちょうど食べごろ
そして脳内で堕落した
昔の気持ちがひとつ死ぬ

お前の性器を思う　闇の腹より
多産で調和のとれたその溝
たとえ死は神自身から
受胎し生まれようとも
おお意識よ
やりたい場所やれる場所で楽しむ
自由な野蛮人を思う

おお薄明の蜜の騒ぎ！
おお無音の轟き
きろどとのんおむ！*

❖オティリアもの。
＊腹娘（はらこ）〔hijar〕：造語。名詞 ijar（脇腹）に無音の h がついた誤植、アルゼンチンのガウチョが用いる道具、諸説あるが、この語の前半には hija（娘）と読める部分もあり、《娘＋脇腹》の混成語とする説が有力だ。文脈を考えると「一日の脇腹（中間）」という感じであろうか。
＊きろどとのんおむ〔odumodneurtse〕：スペイン語 estruendo mudo（無音の轟き）を逆さに綴ったもの。「無音の轟き」のようないわゆるオクシモロン（衝着語法）をバジェホは好んだ。

一四❖

俺の説明の通りだ
このことは俺をその早期性で傷つける
空中ブランコを伝うその歩き方
その偽者みたいな腐れ心の蛮人ども
水銀を内側に貼り付けたそのゴム＊
逆さに座るその尻ども
それはあり得ない　なかった
不条理な
狂気

でも俺はトルヒージョからリマにきました
でも俺は給金を五ソル＊もらってます

❖一九一八年暮れにリマへやってきたバジェホの都会観が詠まれている詩。
＊水銀を内側に貼り付けたそのゴム〔Esa goma que pega el azogue al adentro〕：水銀は人間の精子を指すと考えられる。だとするとゴムはコンドームということになる。
＊五ソル〔cinco soles〕：ペルーの通貨単位。五ソルは当時の感覚でもはした金だったようだ。

一五◆

部屋のあの隅　幾夜も俺たちが
一緒に寝たあの場所に　歩くために
今座ったところ　亡き恋人たちのベッドは
取り払われたか　あるいは何があったのか

お前は別の用件で早めに来て
もういない　あの隅である夜
お前のそばで読んだっけ
おまえがそっと編み物するあいだ
ドーデ*の短編を　あそこは愛された
隅だから　他といっしょにするな

過ぎ去った夏の日々を思い出してみた
お前が部屋から部屋へちっちゃく
うんざりした青白い顔で出入りするのを

雨がしと降る今宵
そいつらのどちらからも離れていきなり俺跳ねる……
そいつらって開いたり閉まったりする二枚の扉のこと
風に吹かれて行ったり来たり
影　から　影

◆オティリアもの。
＊ドーデ〔Daudet〕：フランスの作家アルフォンス・ドーデ（一八四〇―九九）。

一六❖

俺は強くなると信じている
頼む　片腕の空気君　やらせてくれ
左側のゼロたちの*雑魚勲章をつけさせてくれ
それとお前　夢君　あんたの容赦ないダイヤをくれ
あんたの時ならぬ時間を

俺は強くなると信じている
あそこをへっこんだ女が進み
色のない量であるあいつらの魅力が
閉じるところで俺は自分を開く

過去坊主よ飛んでいけ　蟹さんたちは鈍っ！
緑の大統領旗が見えてます
残りの六枚の旗は降ろされて
　ぜんぶお帰り用の壁掛けというわけ

俺は俺のままでいると心に誓っている
これまであまり俺じゃなかったということも含めて

ああ！　いい感じの最初！

❖得体のしれない楽観的気分が伝わってくる詩。娼婦街に一番乗りした興奮を歌った詩だという説も。

＊左側のゼロたちの〔de ceros a la izquierda〕：ふつうスペイン語で ser un cero a la izquierda は「役立たずである、雑魚のような存在である」を意味する成句だが、ここでは数字のゼロが複数形になっているため敢えて直訳も残すことにした。

一七❖

この2がひとくくりで蒸留されて
俺たち二人で空にする
誰も俺の声が聞こえていなかった　ひりひりする妊娠線
民間のアブラカダブラ

朝は最初の朝のようには触れない
秘密の力で
最後の排卵石*のようには　裸足の朝
中途半端な泥は
灰色と以上と未満のあいだに

顔たちは顔についても　出会いへの行進
についても知りはしない
そして当てもなくコインの文字は頭を振れ
熱意の先は道を外れる

六月よ　あんたは俺たちのもの　六月よ　あんたの肩に
つかまって俺はケタケタ笑うよ　俺の韻律と
俺のポケットをあんたの二一の
季節爪で乾かすことにするよ

よかった！　よかった！

❖かなりわかりづらいオティリアもの。前半では性行為が描かれているようだ。
＊排卵石〔piedra ovulandas〕：造語 ovulandas は動詞・形容詞 ovular（排卵する、卵子の）に関係するものであろう。

一八。

おお独房の四つの壁よ
ああどうしようもなく同じ数を示す
四つの白色化の壁よ

神経の飼育場　不細工な割れ目が
四隅から鎖につながれた日々の
末端たちをもぎ取る

無数の鍵もつ優しき鍵番のあなた
あなたがここにいたら　何時になっても
この壁が四つのままなのを見てくれたら
あなたと二人　これまでになく二人きりで
壁に立ち向かえるだろう　あなたは泣きもしない
だよね　救い主のあなた！

ああ独房の壁たち
なかでもとりわけ俺を痛めつけるのは
二枚の長い壁だ　今夜こいつらが
臭素を含む傾斜をひとりずつ
子どもの手をとって連れて行く
すでに死んだ母親めいて見える

そして俺だけが残るのだ
両腕の役目を果たす右手を
高く掲げあの第三の腕を探し
俺の場所と時間の間で
人のこの不自由な大半を見つめているはずの

❖刑務所拘留中の情景。亡き母が「鍵番」としてイメージされている。

一九❖

引っかき回せ　優しきエルピスよ　お前は片付ける
俺たちのなんと残るの残り様

今日お前は俺が起きるとすぐに来る
厩舎は無邪気な牝牛と
無垢な驢馬と無邪気な雄鶏の
神々しい小便大便にまみれ

偏在するマリアを貫くのだ
おお聖ガブリエルよ　魂を孕ませよ
光なき愛を　天の不在を
もっとも石なもの　もっとも無なもの
司教の夢をも孕ませよ

船はみな燃やしてしまおう！＊
最後の実在を燃やしてしまおう！

だが神話から神話へと苦しむべきなら
お前が氷を噛んで俺と話しに来るなら
俺たちは真っ赤な熾《おき》を噛もう
もう降りるべき場所はない
もう昇るべき場所はない

雄鶏が不安になったよ　あんた

❖この詩における対話の相手はエルピス、ギリシア語の「希望」を指すと考えられる。これはパンドラの箱のいちばん底に残ったまま出て行かなかったもので、ここでは何らかの宗教的な神性に言及している可能性が高い。とすると二節目は明らかにイエス生誕の場（馬小屋）を指していると考えられる。つまりイエス降誕の場面に動物たちの糞便をぶちまけた詩なのである。ただし朝の起床後の情景と捉えた場合には語り手の尿意と便意、さらに性器の勃起などにも連想が行く。

*船はみな燃やしてしまおう！〔Quemaremos todas las naves !〕: nave（船）には教会の身廊という語義もあるので「あらゆるキリスト教会に火をつける」とも読めるが、同時にこの表現は、エルナン・コルテスがベラクルスに上陸した際に部下の覚悟を求めて乗ってきた船を焼き払った故事も連想させる。

二〇

理想の石で装甲された波打つ白濁液
と同じ高さ　落ちないよう
かろうじて1を1に近づけるから

その口ひげ男　太陽
彼の片側車輪は金属加工済みで五つ目で完璧
そこから上も同様
ズボンの前開きボタンの空騒ぎ
　なんて自由なボタンたち
家来の縦A*を叱責する空騒ぎ
法的排水　すてきな尻軽女

でも耐え忍ぶ　彼方を耐え忍び　此方を耐え忍ぶ

そして俺はそうやってここで涎を垂らす
素晴らしい人間なのですが　いっぽう

ヴィルヘルム二世男*は
必死にぼたぼたと幸福の
汗を垂らし三歳の小さな娘の
靴を磨いている

ひげ男は胸を張り片側を擦る
いっぽうの娘は人差し指を
舌で舐め　こんがらがりに
こんがらがったこんがらがりを呟いて
もう片方の靴をこっそりと触り
ほんのちょっとの唾と土を塗る
　でもほんのちょっと
　　だ
　　　け

❖刑務所拘留中に同部屋の髭もじゃの男に娘が面会しに来たときの様子を詠んだ詩だとされる。前半が男の排尿の様子、後半が娘との面会の様子である。娘の靴を磨いてやる囚人の優しい姿が目に浮かぶようだ。

＊家来の縦Ａ〔A vertical subordinada〕：排尿の際に開かれた両脚と思われる。

＊ヴィルヘルム二世男〔el hombre guillermosecundario〕：男の髭からドイツの皇帝を連想しているものと思われる。

一二❖

悪循環の動脈注射された判決に従い
変わり果てた十二月が戻る
災いの黄金を連れて　まったく見ものだ
破れた三十一枚の皮をもつ十二月
　　情けない奴

あいつのことは覚えている　俺たちは華麗に存在し
どちらも無限の不信を引き摺る
ひどい自惚れの輪を巻いた口をしていた
あの偉大なる十二月殿のことを
思い出さないわけがない

あいつのことは覚えている　そして今日十二月が戻る
変わり果てた姿で　不幸の息をつき
凍えて　屈辱の鼻水垂らしながら
そして優しみのダチョウ*のことを
まるで愛していたよう　崇拝していたよう
でも彼女はあらゆる差異を履いてしまった

❖一二月を前にオティリアと愛し合っていた前年の一二月を回想している。

*優しみのダチョウ〔la ternurosa avestruz〕：ternurosa は造語で ternura（優しさ）を元にした形容詞と思われる。ダチョウは男女同形名詞だがここでは女性名詞扱いされているので、明らかにオティリアをイメージしていると考えられる。

二三❖

戻った俺は四人の判事たちから追われる
かもしれない　判決でペテロ*と呼ばれるかもしれない
四人の公正なる合同人類！
ドン・ジャン・ジャック*が大災難にあい
孤独から引きずりだされて阿呆みたいに
野次られる　はいよくできました

日が襤褸をまとった街灯に何かを与えようとして
そして引っ掛かる
おそらくここを修正してくれと自分で自分に請うている
星印《アステリスク》のように

今こんな素敵な天気雨*になって
このたった一行分の平和よ
俺はここにいる
俺はここにいる　相手のいいなりだ

俺の街角を満たせばいい
そしてその街角が満たされて
仮にお前が最大の善意にこぼれるなら
程度と愛の
癒し難い欲望がない場所から
その他の沈殿物を掬いとって
狂気で鍛えてやることにしよう

俺たちはいつも向こう側から入るもの
すべてを出迎えているわけだから
永遠のあらゆる天気雨が降る今
我ここにあり　相手の言いなりです
まだ刃をやっています　我ここにあり！

❖刑務所拘留の原因となったサンティアゴ・デ・チューコでの放火事件のあと友人の農場に身を潜めていたとき書かれたとされる。

＊ペテロ〔Pedro〕：十二使徒のひとりを指す。同じ人物が「二四」にも現れる。
＊ドン・ジャン・ジャック〔Don Juan Jacobo〕：仏の哲学者ルソー（一七一二—七八）を指す。
＊天気雨〔chirapa〕：ケチュア語。

二三

俺のあの菓子を焼いた灼熱のパン窯《がま》
無数の子どもじみた純正卵黄　母

おお驚くほど下手くそにめそめそする
四人のチビども　母よ　あなたの物乞いたち
いちばん下の妹二人と　死んだミゲルと
そして俺はまだ活字表の文字ごとに
妙な紐をくっつけて

朝から昼から　二重の積荷から
上の部屋であなたにあの美味しい
時間の聖餅《ホスチア》を分けてもらった末に
今の俺たちには24ぴったりに
活用したままの時計の
ぬけ殻ばかりだ

母よ　それが今はどうだ！　いったい誰の
肺胞　誰の毛細血管にあなたはまだいるのだろう
俺の首に今日しがみついて離れようとしない
ある種のパンくずは　あなたのただの
骨までもが粉と化す今日
パンをこねる場所すらここにはない
優しい愛の菓子皿よ！
過酷な影にも　あの気付かぬうちに
生まれたての握りしめた両手によって
耕され増殖する――　あなたも何度も見たはずの――
乳のえくぼで歯肉が脈打つ大臼歯にも優しかった

かくして大地はあなたの消えた声に聞くだろう
あなたに置いていかれたこの世界の賃貸料と
あの終わりなきパンの値を
俺たちみんながパン代を払う様を

これからも俺たちは払わされ続けるのだ
俺たちが幼かったころ　あなたも知っているように
誰から奪ったわけでもないものの代償を
あなたにもらったパンの代償を
だろう　母さん？

❖亡き母の焼いたパンを回想している。パンはバジェホにとって《被造物》あるいは《イエスの生まれ変わり》として重要なモチーフとなっているのだが、この詩では、無償の愛としてのパンを作り出すのは母、贖いとしてのパンを差し出すよう求めるのは現実の世界とされている。『黒衣の……』の「我らのパン」と比較されたし。

二四❖

花咲く墓地の縁に沿って
二人のマリアが泣き泣き越えていく
わんわん泣いて

羽根をむしられた記憶のアメリカダチョウが
いちばん後ろの羽根を伸ばし
それとペテロの否定の手が
棕櫚の主日に
葬儀と石の残響を刻む

かき回された墓地の縁に沿って
二人のマリアが歌って遠ざかる

月曜日

❖一九一八年はバジェホにとって大切な二人の女性が亡くなっている。ひとりはトルヒージョで恋い焦がれた少女《ミルソ》ことマリア・ロサ・サンドバル、もうひとりは母である。おそらくこの詩は聖母マリアとマグダラのマリアのイメージに亡き二人の女性を重ね合わせていると思われる。

二五❖

オランダフウロ*がいきり立ち
関節に　底に　前額部に
歩く分子の下面にぺとぺと貼りつく
狼の群れなす*オランダフウロとオナモミ

アメリカ化せずにもつれた
カラベル船ごとの風除けがくるまると
鋤の柄は屈して災いのひきつけを起こし
しつけの悪い幼稚な脈を打って
手の甲で鳴り響く
するといちばん高いソプラノ音が
頭を刈られ　足かせを噛まされ　長々と
無限の悲しみの氷柱に向け
鼻輪をぶっすり刺され
凛々しい背中は息荒く

しおれた胸の帯から垂れる
零下七色のリボン飾りを
グアノ*の島々から
グアノの島々へと運ぶ
これぞ哀れなる信仰の野ざらしの
ハチの巣
これぞ堂々巡りの時間　これぞ回り道の時間
命なきこの斜字隊*がただひたすらに
失敗した沈黙型十字軍を語る未来図のための

そのときオランダフウロが貼りつきに来る
偽の扉や下書き草稿にまでぺとぺと

❖もっとも難解だがなぜかその異様な生命力にひきつけられる奇妙な詩。詩を書こうとしている語り手と、それとは関係なく自立して存在する自然や歴史の強力なエネルギーが対比されている作品だとされている。

＊オランダフウロ〔alfiles〕：名詞alfil（チェスの駒のビショップ）の複数形。チェスの駒と解釈しても問題はないように思われるが、バジェホがalfilerillo（オランダフウロ）という雑草を意識してこの語を選択したとする説がある。オランダフウロは種が降水などによって水分を含むとドリル状に回転して大地に刺さっていくという不思議な生態をもち、また花が咲き終わると鋭いピン状の胞子嚢が何本も突きだし異様な姿となる。バジェホは学校の教師をしていたころから植物の生態に興味をもっていたようで、青年時代に「植物の発汗」と題する詩も書いている。後期の詩を見てもバジェホが鉱物や植物を人と同等の生物とみなしていた可能性が高く、本書ではこのオランダフウロ説を採用することに決めた。

＊狼の群れなす〔lupinas parvas〕：parvaが名詞だとすれば「積み重ねられた穀物」「積み重ねられた麦束」「群れ」などを意味しlupinoはそれを修飾する形容詞となる。lupinasがlupinosの誤りだとすればこちらが名詞で植物の「ルピナス」を意味しparvoはそれを修飾する形容詞となる。本書では前者を採用した。

＊グアノ：「一」を参照。

＊斜字隊〔grifalda〕：造語。grifa（斜字体）が元になっていると考えられる。バジェホの詩では字体等の表記記号がしばしば人格化されているが、ここでは十字軍遠征のイメージに重ねられているため「たい」を体から隊に変えた。

二六

夏が三つの年を結ぶ
紫のリボンで飾られ
　泣き通しで
瀕死のアレクサンドリアたちと
瀕死のクスコたちの
さび付いた人差し指を御す三つの年を

疲れ果てた下腹部の結び目　片脚はそっち
もう片脚はそれより向こう
　ちぎれて
　ぶらぶら
シナマイ＊を売る女の
乳腺の疲れ果てた結び目
輝くアルパカたちや
役立たずの羽毛コートにはうってつけ
腕よりも脚っぽい腕たち！

こうして終わりが色づく　すべてと同じく
割れた殻から
永久にひよこっぽい光へ向け
ぴょんと跳ねるまどろみの雛鳥と同じく
こうして卵形から肩に四たちを背負い
　　もはや寂寞も意味はなし

あれらの爪は
自分の指孤児院を硬化させて痛んでいた
そのときから爪たちは内側に向けて生え
　　外側に向けて死に
　　真ん中では行きも来もせず
　　行きも来もせず

爪たち　脚の悪い焼けるダチョウが這い回る
失われた南たちから
統一した両胸の盲目地峡まで

　　わき目も振らず

哀れな**頑張り屋**の傾斜の
一先端の熱に触れて
ギリシャの金色のジャック*が
島の紫のジャックに
湖の赤銅のジャックに変わる
瀕死のアレクサンドリアの前で
瀕死のクスコの前で

❖オティリアもの。
＊シナマイを売る〔sinamayera〕：シナマイはフィリピン産の麻布を指す。
＊ギリシャの金色のジャック〔la griega sota de oro〕：このジャックはスペイントランプの札を指している。

二七❖

そのほとばしりには怖くなる
いい思い出には怖くなる　強くて容赦ない
冷酷な甘美君*には怖くなる
この家はとても居心地がいい　この
寄る辺なさにはぴったりの場所だ

入るまい　吹き飛んだ橋を通って
分に向かって曲がる好意が怖くなる
俺は進まないよ甘美君
勇敢なる哀しい思い出よ
歌う骸骨よ

どの中身か　この魅惑の家の中身は
俺に水銀の死をもたらし　乾いた
現在への入り口を
鉛でふさぐ

俺たちがどうなるのか知らないほとばしりが
怖く　恐ろしくなる
勇敢なる思い出よ俺は進まない
金髪の哀しげな骸骨よ口笛吹け吹け

❖オティリアもの。
＊甘美君〔señor dulce〕：dulceはバジェホが『黒衣の……』で過剰に使用していた形容詞。

二八◆

たった今お昼を食べた　母もなく
お願いもおあがりなさいも水もなく
チョクロ*の多弁な奉納儀礼で
己のイメージをあとに残そうとして
音の最大の留め金について尋ねる父もなかった

よくお昼を食べる気に　あんな冷ややかな皿に
ああしたものをよくよそえたものだ
すでに家庭そのものが壊れ
唇には母すら現れないというのに
よくつまらないお昼を食べる気になったものだ

親友のテーブルについてお昼を食べた
世界から戻ってきたばかりの彼の父と
染め直した陶器の葦毛馬語で話し
そのやもめの歯茎でぼしょぼしょ呟く
彼の白髪伯母たちと
陽気にちんちんいう気さくなフォークたちと
なにしろそこは彼らの家だ　そうさ　愉快だね！
そしてこのテーブルのナイフが
俺の舌には痛かった

自分の愛の代わりに他人の愛を味わう
こうしたテーブルでの食事は
母
が運ぶのではない一口を土に変え
飲み込む食べ物は喉を蹴り　甘味は
苦みに　コーヒーは弔いの油になる

自分の家がもう壊れてしまっていたら

墓からも
暗闇の台所からも愛の乏しさからも
母のおあがりなさいは出てこない

❖友人の家でお昼を食べた際に故郷のもう見ることのない食卓を回想した詩。
＊チョクロ〔los choclos〕：親指の爪大の白い粒をつけるトウモロコシ。ペルーの食卓には欠かせない食材であると同時に、バジェホの故郷アンデスの食事光景を連想させる。

二九❖

瓶詰めの倦怠がブンブンうなる
産まれない瞬間とサトウキビの下

一本の平行線が
幸福の恩知らずな折れ線に移行する
その遠ざかる水　鋼とサトウキビを
笑う水のそばにいると　それぞれの硬さが不思議だ

活力みなぎる糸　糸　二項糸
戦争の結び目よ　お前はどこで解けるのか？
月よ　この赤道を装甲せよ

❖倦怠感を詠んだ詩。バジェホは算数や理科の用語を好んだ。

三〇❖

欲望の柔らかきお肉に
いきわたる瞬間の火傷
そこはかとない唐辛子《アヒー》*の辛味
淫らな午後の二時に

縁たちの手袋は縁から縁に
セックスのアンテナを
俺たちが知らずになってるものに
連結するとき　生で触れる芳しき真実

至高の沐浴が出す汚水
移動するボイラーが
ぶつかり合い満場一致の新鮮な影を
色に　端数に　辛い生に　辛い永久《とわ》の生に
　撒き散らす
恐れるまい　死とはそういうもの

こんな馬鹿げた点を通って
これだけ運んだと甘味をつけて
文句を言う恋人の血液性器
そして俺たちの哀れな日と
大いなる夜のあいだの循環
淫らな午後の二時に

❖男女の性行為を扱った詩。
＊そこはかとない唐辛子［ají vagoroso］：アヒーは唐辛子を指す南米スペイン語。vagoroso は古語で「漠然とした」の意。

三二❖

希望が綿布のあいだで泣きじゃくる
巣晴らしき胞子たちで編まれた脅威の
生まれついての守衛のボタンがついた
制服を着たしわがれた声の芒《のぎ》たち
太陽の六はこすれますか？
降誕祭　黙れ恐怖

キリスト教徒として待つ
俺が顔を出すこのなんとも曖昧な
運命の街角に置かれた
環状石にいつも跪いて待つ

するとびっくりした神が　いかめしく
黙って　俺たちの脈を抑え
そして娘に接する父のように
　　　　かすかに
でもかすかに　血まみれの綿布を薄く開けて
その指で希望をつまみとる
主よ　望んだのは俺です……
だからもういいでしょう！

❖希望と信仰をめぐるテーマが扱われているが、オティリアの流産（か死産）もイメージされているとする説もある。

三二❖

九百九十九カロリー
ブルルル……　シュプルルル　ルルッツ……　キキ
菓子売り屋の語末Uが蛇になり*
キリン化して鼓膜に到達

氷だったらな　でも違う
過不足なく行くものだったらな
ちょうど真ん中だったらな

一千カロリー
よそものの天空が蒼ざめ
なんとも悠長に笑い　不機嫌な
太陽は下がり　いちばん冷たい奴の
頭蓋をも揺さぶる

毛虫の真似してロロロロロロ……

可愛い路面電車は喉がカラカラ
海を目指して駆けていきます

風　風！　氷！
せめて暑さが（——　いや
　何も言うまい

そして手にしたペンまでもが
とうとう折れる

三千三百京三百三十
三カロリー

❖リマを襲った熱波がモチーフになっている。スペイン語詩には珍しいオノマトペが使用されている。

＊菓子売り屋の語末Uが蛇になり〔Serpentínica u del bizcochero〕：菓子売りが触れまわる「ビスコーチョ！」の語尾に母音のuがくっついて「ビスコーチョウウウ！」と聞こえる様を表現したもの。

三三

今夜が雨だったなら　ここから
千年後退しているだろう
百年にしておこうか
まるで何も起きなかったかのように
俺はまだ来るとか考えたりしているだろう

あるいは母もなく恋人もなく　奥で
独力で待ち伏せするのにしゃがむ
根気もなかったら
こんな夜にはヴェーダの繊維＊を
叱りつけているだろう
俺の最終的結末のヴェーダの毛糸　くそったれの
糸　つまり鼻から抜けて
同じ一つの鐘を鳴らす
時間の不釣り合いな二つの舌を
　もった痕跡

自分の命を考えようが
まだ生まれていないと考えようが
自分を解放するには至らないだろう

それはいまだ来ざるものではないだろう
それは来てすでに去ってしまったもの
来てすでに去ってしまったものなのだ

❖リマには霧雨しか降らず、雨が降っているか否かは屋外に出てみなければ判明しない。霧雨の夜は空気の密度が異様に濃くなる印象があり、バジェホのように憂鬱な連想に入りこんでもおかしくはない。
*ヴェーダの繊維〔la fibra védica〕：ヴェーダはバラモン教の聖典。

三四❖

お前が夜更けに喋りに喋って
連れ帰ったよそ者はくたばった
俺を待つ者はもはやなく
俺の場は整い　悪しきものが善に

熱き午後はくたばった
お前の大いなる入り江　お前の叫び
午後の満杯の茶で俺をもてなす
お前のくたばった母との談笑も

ついにすべてはくたばった
休暇　お前の両胸の服従　出て
行かないでと請うお前の声

そして縮小辞はくたばった　俺の

終わりなき苦痛における大半　俺たちかくして
理由なく生まれたることのため

三五❖

恋人とのかつてあれほどの出会いは
ただの細部となり
ほとんど紫色の競馬予報で
長すぎて簡単には折れない

彼女なら昨日俺たちが好んだ皿を
置いているであろう昼食が
今繰り返されるが
芥子《からし》はやや多めで
フォークはなにかに夢中　彼女の五月の
めしべの媚び　どうでもいいことへの
わずかばかりの恥じらい
そして彼女のホップ抜きの二つの乳首が見張る
叙情的にして神経質なビール
飲みすぎはだめよ！

❖別れたオティリアを回想した詩。

そしてあの結婚適齢期の遠征が
午前中ずっと作動し続けた
自らの萌芽電池で縫い付ける
その他テーブル上の魅惑の数々
俺には明らかなこと　俺には
すなわち彼女の私生活と
彼女の十本の魔法の杖と
彼女の膵臓の指の愛の公証人たる俺には

あまりよく考えもせず
口火を切って俺たちに話しかける女
その優しい言葉は
採りたてのしゃきしゃきのレタスのよう

もう一杯飲んだら行くよ　一緒に出かけようよ
そろそろ仕事だし

その間　彼女はカーテンのなかに
もぐりこみ　そしてお我が引き裂かれし
日々の針よ！　彼女は針仕事の岸辺に
腰掛け　俺のわき腹を
自分のわき腹に縫いつけ
またちぎれてしまっていたそのシャツのボタンを
くっつけたりして　そうこないとね！

❖オティリアもの。

三六。

俺たちは競って針の穴をくぐる
互いに向き合い　早い者勝ちで
輪の四隅はほとんどアンモニア化
公算の高い両胸が原因で　まさしく
花咲かないすべてのものが原因で
雌は雄につながる！

そこにいるのかミロのヴィーナス？
両腕をほとんど欠いて増殖するお前
実在の
永久の不完全を
《今なお》に留め置くこの実在の
本式の両腕に埋もれたお前
ミロのヴィーナス　その切り株　非造の
腕がぐるぐる回り　吃音症の緑色がかった
砂利たちを通じて　出《い》ずるオウムガイを通じて
《たった今》たちを滴らせる《まだ》たちを通じて
不滅の夜明けを通じてお前は肘を突こうとする
切迫の投げ縄師　括弧書きの
投げ縄師

拒絶せよ　諸君　調和のもたらす
二倍の安全に両足を休めることを
無難なシンメトリーを拒絶せよ
競い合う先端たちの
戦いに加われ　発情しまくった
この馬上槍試合に臨め
針の穴くぐりに参加せよ！

と左側の余分な小指に対して
感じるわけで　小指を見て考える
これは絶対に俺のじゃない　少なくとも

小指の本来いるべき場所は違うぞと
すると怒りがこみ上げ　うろたえるのだが
小指から逃れる方法などあるわけもなく　今日は木曜か
とでも思うしかない

新たなる奇数に
　寄る辺なさの力もつ数に降伏せよ！

❖有限の時間をやみくもに生きる人間の不条理を描いた詩とも言われ、またバジェホが自身の新しい詩法を叫んでいる詩だともされる。「針の穴をくぐる（↑イエスが金持ちに放った言葉を想起させる）」や「馬上槍試合」といった《実現が困難な行為、蛮勇が求められる愚行》が『トリルセ』の詩作そのものと重なる。

三七❖

哀れな娘と知り合い
舞台まで連れて行った
母　すごく親切な姉たち　それと
彼女のあの不吉な「あなたは二度と戻らない」

ちょっとした仕事がけっこう順調で
花咲く王宮の空気に包まれていたあの頃
恋人はよく水と化し
勉強不足の愛をたてに
俺を思ってわんわん泣いた

彼女が安い飾り物をじゃらじゃらさせ
おずおずとマリネラ*を踊るのが
彼女のハンカチがハマスゲの踊りの楽譜に
ピリオドや記号を描くのを見るのが好きだった

二人で司教を馬鹿にしたとき
俺の仕事が破綻して　彼女のも
そして球体一掃

❖オティリアもの。二人が出会ってから付き合って別れるに至るまでの経緯がまとめて描かれているようだ。
＊マリネラ［marinera］：ペルーの舞踊。女性はカラフルなロングスカートの裾をつまんだりハンカチを振ったりしながら舞う。

三八❖

このガラスはきたるべき口にちびちび
飲み干されるのを待っている
歯のない口　歯の抜けた口ではない
このガラスはまだ来ぬパンだ

無理を強いると傷つくし
もう動物的な愛情はない
でも興奮すると甘く煮詰まり
我が身を捧げて形容詞化するような
名詞の枠にはまってしまうこともある

そこで寂しい無色の人格となっている
それを見た人たちは　愛のために過去へ
そしておそらく未来へそれを送るだろう
それが自分の肋骨のどれでもないと言うのなら
もはや歯の生えることもないきたる

べき口にいきなり　透明のまま
ちびちびすすられるのを奴が待つなら
このガラスは動物から移行して
左側を　新たなる負数を形成すべく
これから去る
このままひとりで行かせてやりたまえ

❖ガラスは（石と同じく）バジェホにあっては人間の象徴であるとする説や、流産で亡くなった胎児のイメージなのだという説もある。ガラスはグラス、つまり単に酒を飲んでいる最中かもしれない。

三九❖

誰がマッチをつけた！
体を揺する　微笑む
あえてシーソー風に
さらに微笑む　もしみんなが
色のない案内書を見に来たら
俺のところまでいつもちょうどに　どうでもいいが

善人の太陽　喜びで死にそうなとき
すべての肉を解体して影どもに
分け与えるこの浪費家ですら
向こう側で俺を待ったりはしないだろう
ただ出入りしては立ち止まる
他の奴らも同じ

大いなるパン屋が網膜を叩いて
呼ぶ　すると俺たちはその生温かい

紛うことなきオーブン焼きの
超越の価値を面白すぎる身振りで支払う
そしてもう遅いコーヒーに
足りなかった劣化砂糖を混ぜて飲み
バターなしパンを食う　そうするしかない

でもそう　再び締められ封鎖された輪は別
健康は片足で進む　気をつけ　進め！

❖刑務所拘留中の情景だとされる。パンは囚人に分け与えられる食事のことか。

四〇❖

日曜日に蜘蛛坂でこうやって
真正面の影が後ろ足で立つと
誰が俺たちに教えてくれたろう
（ナメクジが座礁した不毛の目を襲う
苛まれた血の半端な喉鳴りに抗う
二つかそれ以上のタンタロス*的可能性に応じて）

するとひと気のない衝立の裏側
ですら　二重の《まだ》の
背面舗装動脈をすすぐこともなかったろう
俺たちまるで出してもらったみたいだ！　まるで
宿命の日々の両側に
いつもがんじがらめにされていたみたいだ！

そして俺たちはどれだけ腹を立てたろうか
そしてさらにどれだけむかつき合い　いがみ合い

また仲良くなっていたろうか
何度も

誰がこんな日曜日を想像できたろう
六つの肘が月曜化する夢精卵の黄身を
こんな風に無理やり舐めるとは

俺たちはこいつに逆らって愛の二枚の
翼の下から浄化する三番目の
羽根を　短剣を　東洋の紙の
新しい通路を抜いていたことだろう
まだほんの額ひとつだけ
生きているのを確かめる今日この日のため

❖オティリアもの。
＊タンタロス：『黒衣の……』「大当たり」注釈を参照。

四一❖

死神が跪いて血ではない
白い血を噴き出す
保証の匂いがする
でも俺としてはもう笑いたい

そこでなにか呟き声がする　黙る
脇から誰かが勇気を口笛し
ついには両脇から二十三本の
互いを偲びあう肋骨たちが
自分の数を一対ごとに数え　さらに
お供の僧帽筋が整列して
これまた一対ごとに自分の数を数える

いっぽう警察の太鼓が
（また笑いたくなった）
仕返しで俺たちをぼこぼこに

いつまでもしつこく
膜から膜へと
ビシッ
そして
ビシッ

❖刑務所拘留中の詩。最初の一節は監房内に消毒用の粉を撒く様子だとする説がある。二節目と三節目では中庭で囚人が整列して運動をさせられる様子が描かれているとも言われる。

四二❖

待てって　すぐにぜんぶ
お前らに話すから　だから待てって
この頭痛がおさまるのをさ　待ってよ

どこをほっつき歩いてたんだ　お前ら？
ぜんぜん要らない連中のくせして

お前らは必要ないんだよ！　わかったね

ロサは下の階から入りなさい
僕は子どもになりました　そしてまたロサ
お前は俺の行き先を知りもしない

死の星は糸巻き車を回すかな？
あるいは左の脇の内側にある
不思議なミシンか

もうちょっと待って

僕たちは誰にも見られていない　純な女よ
自分の腰を触ってみろよ
お前の目はどこに飛び出しちゃったんだ！

日没方向のガラスの大広間に生まれ変わり
突っ込め　ぴったりの音楽が
ほとんど哀れを鳴らす

気分はましになりました　熱もなく熱烈
春　ペルー　目を開ける
アベ！* 出るな　神は引き潮なき満ち潮を
思い浮かべるみたいな　ああ

シャベルが顔面直撃　幕がすべる

プロンプターボックスのそば
小康状態　ティリアは寝ること

❖ロサとはロサ・ビジャヌエバ、すなわちオティリアの姉で、妹とバジェホがビジャヌエバ家の経営する学校内で逢引きする手伝いをしていたという説もある。家人に見つからないよう娘としかも職場で逢引きしていたとすると、バジェホは社会人としては完全に失格だったようだ。二人称で呼びかけられている「純な女」と最後の「ティリア」はオティリアのことであろう。

＊アベ！〔Ave!〕：ラテン語。ようこそ、ご機嫌よう、の意。

四三❖

お前のもとへ行くかも　隠れるな
夜明けかも
撫でてやれ　話しかけるな　追い払われる
ことには辛く当たる奴だぞ
撫でてやれ　さあ！　お前はどれだけ憐れむことか

みんながいいと言うのは
無理だと伝えてやれ
だってお前には去り方を覚えた獣が
引き返し転げ回るのが見える……　よね？
そうさ！　撫でてやれ　反論するな

夜明けにお前のもとへ行くかも
どの毛穴がただの出口で　どの毛穴が
入り口となるか教えたか？
撫でてやれ　さあ！　でも俺が頼んだから
やっているということは知らせないこと
さあ！

❖オティリアもの。話しかけている相手は彼女で、夜明けにその彼女のもとへ行くのはバジェホ自身だとも読める。

四四❖

このピアノは内向きに旅をする
はしゃいで飛び跳ね旅をする
それから十の地平で釘を打たれ
鋼鉄の休息のうちに瞑想する

前進する　トンネルの中を奥へ
苦痛トンネルの中を
ひとりでに逃げる脊椎の下を這っていく

そうでないときはそのホルンたちが
生きるのに黄色い緩慢なアジアたちが
蝕に入り
創生を告げる使者たる雷鳴にとって
すでに死んだも同じ昆虫的悪夢をむしる

暗いピアノよ　俺の声を聞く
その聾の耳で　俺の口を閉ざす
その唖の口で　いったい誰を見張るのか？

おお　神秘の脈

❖自らの詩作のメカニズムを表現した詩だとされる。ピアノは詩人自身の象徴でもあり、あるいは詩的言語そのものであるとも言える。楽器や聾唖者のイメージをバジェホは好んで使用した。

四五❖

水が寄ってくると
俺は海と絶縁する

常に出ていこう　素晴らしい歌を
欲望の下唇にうち震える喜びの
歌を味わおう
おお驚異の処女膜
塩なきそよ風が渡る

遠くから骨髄の匂いがし
引き波の鍵盤を狩る
探査音が聞こえる

仮にそうやって不条理に鼻を
　突っ込むことがあったとして
そのとき俺たちは素寒貧の黄金に包まれ

夜からいまだに生まれぬ翼　つまり
昼から生まれたはいいが一であるせいで
もはや翼ではないこの孤児の翼
その妹を孵化させることになるだろう

❖バジェホの詩に登場する海はリマやトルヒージョのそれであり、フンボルト海流が運んでくる冷たくどす黒い水だ。この詩は男女の性行為を表現しているという説もあれば、四四と同様詩作のプロセスを表現しているという説もある。

四六。❖

お前が食事をしたテーブルで
料理番の夕方が立ち止まる
お前の記憶が腹ぺこで
悲しみに沈み水も飲まずに来る

だがいつも通りお前の卑屈さは
いちばん哀しい善意の進呈に同意
そしてお前は味わおうとせず食後の
テーブルに子どもらしく来る人を見る

料理番の夕方がお前に泣きつき
俺たちの話を聞きすぎて愛し始める
まだ汚いそのエプロンで涙をぬぐう

俺も努力はしているよ　だって
これらの鳥をいただく勇気はないから
ああ！　でも今さら俺たちは何をいただけと

❖オティリアもの。友人と連れ立ってあるレストランへ来たところ、以前そこで恋人と食事したのを思い出し、その場で書いた詩であるそうだ。

四七❖

俺が生まれた繊毛岩礁
二度目の恩寵により
記された家族の唇たちの略年代記と封書が
語るところの

繊毛群島　お前は島から完全にちぎれる
　　完全にだ　我が群島よ！
道とのつながりはまだ
頑丈で　俺たちが人から請われ
一歩も譲らなかったころのよう

閉じた瞼を見て
もう大きい羽のない子たちは青い飴をしゃぶり
年寄りネズミたちはけたけた笑う
生まれるときにはいつもまだその時ではないかのごとく
しっかり閉じられた瞼

祭壇は去り　蝋燭は
母が無事でありますように
あと神のお望み通りいつかは
司祭か教皇か聖人になる俺
いや単に柱のてっぺんの頭痛になる俺のために

そして反り返る小さな両手は
浮かんだ何かにつかまって
置いていかれまいと
そしてすでに1本になって

❖故郷に残してきた家族への憧憬をイメージした詩だと言われる。岩礁とはサンティアゴ・デ・チューコの町全体を、あるいはバジェホの家族全員を指し、それがバジェホも含めて離散していく様が群島という語で表現されている。読み書きが得意だったバジェホは子どものころ両親からよく司祭になれと言われていたそうだ。

四八❖

俺が今もっているのは七〇ペルーソル
最後から二枚目のポエニ的*六九倍を
鳴らすコインをつまむ
ほらこれです　己の役割を終えたので
自ら火を放ち　めらめら燃えまくる
　　めらめら
俺の錯乱した鼓膜と鼓膜のあいだでまん丸く

こいつは六九のくせに七〇にぶつかって
それから七一に這い上がって七二に激突
そうやって倍々になって他のあらゆる歯車に
絡まりつつも余裕の表情でキラキラっと

ぶるぶる震えてもがいて
アギャンと叫んで*
苦しくパチパチ沈黙を弾ませ

生まれつきの巨大から小便を垂れ流し
満場一致の湧出ポンプで
ついには全数字
　　まるごとの生となる

❖バジェホが愛した数字と排便のイメージが揃い踏みをした素敵な詩。
＊ポエニ的［púnicas］：バジェホは歴史用語も好んで使用した。ここではポエニ人（＝フェニキア人）が交易によって栄えた史実を連想していると考えられる。
＊アギャンと叫んで［pegando grittos］：grittosは名詞grito（叫び）に子音を付加してつくられた造語の一種の複数形。

四九。

そわそわと呟かれて
長い感覚のスーツたる俺は
　真実の月曜を毎週横切る
誰からも探されず誰にも認められず
俺自身　自分がいったい誰なのか
　もう忘れたし

ある種の着替え部屋　こいつだけが俺たちを
白い出生証明書の紙の上に
　はっきりと認めるかも
その着替え部屋　そいつだけが
目鼻だちのそれぞれから戻るときに
　生まれつき目が見えない
　それぞれの燭台から戻るときに
理性の月曜を毎週虹色めかすこの腐葉土の
下では俺にも見つけることはできない
　誰ひとり
そうなると顔見知りを必死で探して
鉄柵の先端に刺さるごとに
　笑うしかなく

善良なる着替え部屋よ　お前の白い書類を
　俺のために開いてくれ
せめて1の顔を見つけたい
よりどころが欲しい　せめて自分の存在くらい
　確かめておきたい
俺たちが着替えをする舞台裏では
誰も　誰一人いず　書類だけがひっそりと
　全開で
そしてスーツはいつも

グロテスクな短針人差し指みたいに
自力でハンガーから抜け出して
体なしで空っぽのまま出て行き
　原因と揚げた境界線を混ぜた
巨大な鳥の翼の煮込み汁の
絶妙のニュアンスに到達
そして骨にまで！

❖着替え部屋はオティリアとの逢引きに使っていた学校の部屋だとする説もあるが、詩全体を覆っているのはある種の悲観主義だ。数字の1はここでは視覚的に捉えられ、支えとなる杖のようなイメージを帯びている。

五〇❖

ケルベロス*は日に四度
南京錠に手をかけ
おなじみの目配せをして
俺たちの胸骨を開け閉めする

呆けた憂鬱なる尻をさらし
超越的無頓着で小児化して
立ち尽くす哀れな老人は可愛らしい
両の拳を股間にぎゅっと挟んで
囚人たちをからかう　おふざけで
誰かのパンをかじったりするが常に
やるべきことは忘れない

鉄格子のあいだからこっそり
小指の骨を掲揚し
俺たちが話すこと

食うもの
夢みることの跡に
収支符を打っていく
コルビーナ男*は中にはもう何も無しを好み
ケルベロスが望むこれが俺たちには強烈に痛い

切迫するピタゴラスのじじいは
時計装置を駆使して大動脈を
所狭しと遊ぶ　唯一
夜遅くに夜をもって
その金属製の例外をどれかひとつかわす
でも当然ながら
常にやるべきことは忘れない

❖刑務所にいたユーモラスな老看守を詠んだ詩。独房の檻が胸骨、廊下が大動脈というイメージでとらえられているように、バジェホは人体器官を用いた比喩を大変好んだ。
＊ケルベロス〔cancerbero〕：ギリシア神話における地獄の番犬。
＊コルビーナ男〔el corvino〕：コルビーナ（corvina）はペルーとチリの沿岸でとれる魚でセビーチェ（魚のレモンマリネ）によく用いられる。

五一❖

うそだ　こっちはわざとやっただけの
ことだから　もういい　そうじゃなかったら
君もわかるだろうけど
そういうやり方には俺が傷つくし

うそだ　黙って
もういい
何度も同じことをしてきたんだ
だから俺もさっきみたいにしたわけ

君が本当に泣いているのか
前から探っていた
だってこれまでも
ただのウソ泣きだったわけでしょ
まさかそんなのが通用すると思っていたなんて
その涙にはころりとだまされましたよ

もういい

でももうわかってるよね　全部うそだったわけだ
それでもまだ泣き続けるなら　よし　だったら！
もうこれ以上のお遊びにはつきあってられません

❖オティリアもの。意図的に子供っぽい表現が用いられている。

五二

そして僕たちは起きたいときに起きることに
しよう　くっきり明るい母さんに
歌う可愛い母の怒りで
起こされても
こっそり笑えばいい
温いビクーニャ*の布団の歌を
噛みながら　おいよせよ　いたずらするな！

平屋からは朝の煙が――　ああ枝に止まる
やんちゃな子どもたちよ！――　立ちのぼり
青っぽい青みがける爪と戯れて
礫《つぶて》や石ころを握り締めて
芳しい馬糞の刺激を送り届けたのだろう
　そして僕たちを連れ出した
まだ文字すら知らない幼児的空気のなかへ
糸と格闘させるべく

別の日には君は草を食もうとするだろう
君の臍の緒の穴たちと
　がつがつした洞穴たちと
　九番目の月たち*と
　僕の幕たちの間で
あるいは老いに寄り添って
宵闇の栓を抜き
夜から移る水*を昼に
湧き出させようとするだろう

そして君は笑い転げてやってきて
歌響く昼飯に
カンチャ*は弾け小麦粉には
ラードの重ね塗り
君がからから臥位の小作人は

今日またブエノスディアスを言うのを忘れる
例のあのディアスと
そして眠らない唇を噛むvを
尻から蹴飛ばし飛び出そうとする
あの不毛《バルディーオ》のbのブエノスを*

❖故郷の町で幸せだった子供時代を回想している詩。記憶の情景が過去形ではなく未来形や過去未来形を用いて表現されているのが特徴。

＊ビクーニャ〔vicuña〕：アンデス高地に生息するラクダ科の動物。アルパカやリャマと違って数が少なく、標高三千七百メートル以上の高地に住むため、家畜化もされていない。その毛は高級素材として珍重されている。
＊九番目の月たち〔meses nonos〕：九か月の妊娠を経て産まれた子どもたちを指していると思われる。
＊夜から移る水〔el agua que pasa de noche〕：朝の放尿に言及していると思われる。
＊カンチャ〔canchas〕：煎りトウモロコシ。子どもはおやつに、大人は酒のあてにと、ペルーの食卓に欠かせない「家族みんなの食べ物」の象徴。
＊不毛のbのブエノス〔buenos con b de baldío〕：ブエノスディアスのブエノスは形容詞bueno（良い）の複数形。

五三❖

十一時が十二時でないと言い張るのは誰だ！
十一時が押されたかのように十一回
二つずつ互いに向き合う

猛烈な頭突き　頭頂部を突き出し
耳をすませても
永遠なる三百六十度には
踏み込まずとにかく頭を突き出して
無駄に探ってみる　両手があの
真正なる礼拝の冗談のうちに生まれる
もう一本の橋をどこに隠すのかを

同時に同じ場所を占める
には至らない二つの石を
境界がふたたび試す
境界　さすらいの指揮棒

動じず変わらず　振り上げられる
ごとに向こう側へ

拒まれずにいられるものがお前らには見える
いくらひどいめにあおうとも
俺たちが耐えねばならないことが
肘を口まで届かせるには
どれだけ油をさせばいいんだか！

❖時間の非情な経過と人の悪あがきを表現していると思しき詩。肘の先端は口までなかなか届かない。

五四❖

荒くれの苦しみよ　入れ　出ろ
同じ四角い丸穴を通って
疑え　ためらいがぐさりと
刺して刺しまくる

俺はときどきあらゆるぶつかりとぶつかり
少しのあいだ調和の宿命における
先端のもっとも黒い先となる
すると目の隈が神々しく苛立ち
魂の山脈がすすり泣いて
善意の酸素が自分に負荷をかけ
燃えないものがすべて燃え　ついには
痛みが笑いに口を割る

でもいつの日かお前は入ることも
出ることもできない　俺がお前の目に土を
かけてやるからさ　この荒くれ者め！

❖何らかの悩み事が故郷アンデスを思いだしているうちに笑えてきちゃったよ、という感じの詩だと思われる。

五五.❖

風静寂にして哀愁湛えとサマン*なら言うところ。
そこをバジェホは言う、今日死は失われた髪の繊維ごとにその境目を前頭骨の桶から溶接し桶には水がはられて山薄荷の花たちが警戒中の神聖なる苗床を歌いさらに持ち主のない防腐性の詩句を歌うと。

水曜日が廃位させられた爪で樟脳の爪たちを自ら剥ぎ
残響とめくられたページたちと歯石と蝿のブンブンを
土埃だらけの篩にかけて
　ポタポタ点滴するが、
その間も死者はいて明るい泡だらけの苦痛といくらかの希望。

病人が聖書台で聖書を読むみたいに新聞を読む。
もうひとりは寝たままぴくつき面長で
埋葬寸前。
あと気づいたこととして男の片方の肩はまだ同じ場所に
ありこの肩の裏ではあちら側がほぼ完全な待機状態。

すでに午後は哨戒内の下層土を十六回
通過して
ほぼもぬけの殻、
かくも長く誰も寝ていないベッドの
黄色の木の番号のなかで、
　向こうの方まで…………………
　　　　まっすぐ。

❖バジェホ独自の詩法が自己分析されている散文詩。バジェホが自分の名前を詩のなかに書き込んだのはこの作品が初めてである。
*サマン〔Samain〕：フランスの象徴派詩人アルベール・サマン（一八五八―一九〇〇）。スペイン語圏のモデルニスモ詩人たちにも影響を与えた。

五六❖

毎日やみくもに朝を迎え
生きるために働き　毎朝
一滴も味あわず飯を食う
味から飛び跳ねる何かを得たかも
それ以上かも皆無かも知らず
あるいはそれは単に心臓で　それが戻ってこれがどこ
まで
最低限と嘆くことも

子どもは幸せに胃もたれをしつつ育ったろう
　おお曙よ
この世に対する愛の夢から俺たちを
引っこ抜かずにはおれない親が嘆くその前で子供は育つ
神と同じく愛に溢れるがゆえに
ついには互いを造物主とみなし合い
俺たちを傷つけるまで愛した親たちの前で子供は育つ

見えない横糸の房飾り
中立的感情から詮索する歯たち
　柱たちは
土台からも頂点からも解き放たれて
言葉を失った大いなる口のなかに

闇のなかマッチまたマッチ
土煙のなか涙また涙

❖ある種の寄る辺なさを表現していると考えられる。バジェホの詩では故郷での食事は明るく楽しいイメージ（「五二」を参照）だが、いっぽうの都会での食卓には惨めなものが多い。尽きることのない食材が常にあって、さらにその食卓を分かち合う家族が常にいるという子ども時代の記憶こそが、バジェホにとって幸福の原型だったのだろう。

五七❖

愛の先端　大文字であることの先端　一番高い先端が
陥没して　俺は酒を飲み飯抜きでヘロイン注
入　苦痛としなびた鼓動を鼓舞して
あらゆる矯正に反抗

俺たち裏切られたって言えるのかな？　無理
みんないい人たちでしたってのは？　それも無理　でも
そこには間違いなく善意というものが
そして特にそうであるという実態がある

自分のことが大好きだからって何？　俺は俺の作品と
なるはずが無駄に終わった俺自身の計画のなかに俺自
身を探すよ　何一つ自由にはなれなかったし
そしてそれはともかく　誰だ押すのは
五番目の窓を閉めるなんてまず無理なわけで

それと自分のことを愛し　時たちと不当なものの
そばでねばるという役割
そしてそのこいつとあのこいつ

❖ヘロインは一九二〇年代のアメリカ大陸ではモルヒネの代替品くらいの位置付けで、現在のような重度の麻薬患者を連想させる言葉ではなかったようだ。バジェホが実際に薬物を使用していたかについては特に具体的な証言は残されていない。

五八。

牢屋では　堅固な空間では
四つの隅もちぢこまる

色褪せ折れ曲がりぼろっちくなる
裸体たちの世話をする

平手打ちの線と水平線を鼻から
吹き　泡立つ脚を三つの蹄にぶつける
息の荒い馬から降りる
そして背中を押してやる　ほら行けよ！

牢屋では　液状の空間では
たまたま分けるものがあっても
少ない方　いつも少ない方しかもらえない

囚人仲間が丘の小麦粉を
自分のスプーンで食うあいだ
子どもの俺は両親のテーブルで
もぐもぐしながら眠りこけていた

別の奴に息を吹く
戻って来い　あっちの角から出て行け
急げ……　急ぐんだ……　早くしろって！

そして慈悲深いガタガタの簡易寝台のそばで
気づかれずに申し立て　計画を立てる
まさか　あの医者は健康な人間だ

もう二度と笑いません　幼少期に
日曜に　深夜の四時に　母が祈りの
言葉を囚われの病気の哀れな
旅人たちのために

捧げたと
しても

子どもたちの囲い場で誰かを殴ったり
はしません　あの子はあとで
まだ血を流して泣いてました　今度の土曜
僕のごはんをあげるから　だから
もう叩かないで！
よしわかったと答えたりしません

牢屋で　濃縮されてついに丸くなる
この際限のないガスの中で
外で躓くのは誰だ？

❖刑務所拘留中に書かれた詩。幼少時の回想が混じる。

五九❖

下へ取り残された
愛の地上的球体が回り
一秒たりとも止まらず回り
俺たちは軸となって
その回転に苛まれる定め

あらゆる可能性に満ちた
不動のガラスの太平洋
冷たく人たり得ない純なアンデス
ひょっとして　ひょっとして

球体は時の火打石に擦れて回り
尖って
消えてなくなるまで尖って
追放された舷側の前で球体は回転し
あの恐ろしいまでに高名な点を鍛える

というのも球体は回りに回るうち
例のちっちゃな囲い場を
懐胎するから

遠心力でそうそう　そうそう
そうだ
そうそう　そうそう　そうそう　そうそう　ダメ！
それから俺は身を引いて青みがかり退縮して
硬化し最後は魂をぎゅっと締めて！

❖バジェホはesfera（球体）という語をよく使う。『トリルセ』では「三七」の最終行でもつかわれている。いずれも恋人に関係するので、ひょっとするとボッシュの絵画『快楽の園』にあるような天国的時間を生きる男女がイメージされている可能性もある。この詩は男女の性行為を詠んだ詩であると思われる。

六〇❖

俺の忍耐は木製だ
耳は聞こえず植物的だ

裸で生まれたお前が純粋で子どもで
役立たずだった日　お前の何海里もの
進行はお前の十二肢の上を
どれか最後のおむつで
後でほつれるそのしかめ面の折り目に沿い
徐々に走っていく

凝固物の半球たちに覆われ
未編集の永久《とわ》なるアメリカたちの下で
お前の大いなる羽根は
二つに折れて俺を置いていく　曖昧な感情は抜きに
お前の夢の日曜日たちの結び目は抜きに

すると俺の忍耐は虫食いにあって
また自分に向かって叫ぶ　葬式の
口の軽い無音の日曜はいつ来るんだ！
いつになれば引き取りに来るのか
この襤褸切れの土曜を　俺たちをいやいや
生み出す快楽のこのおぞましい縫合を
俺たちを**流刑**にする＊この快楽を！

❖やはり難解だが「五九」と関連しているようにも思われ、だとすればやはり男女の性行為がイメージされているようだ。
＊**流刑**にする〔DestieRRa〕：desterrar（国外追放する、捨てる）の三人称複数形。語頭のdが大文字になり、語中の二重子音rrが大文字になっている。

六一❖

雄鶏の鳴き声に送られた
家の扉の前で
今夜馬を降りる
扉は閉ざされ返事はない

母さんがいちばん上の兄さんを産んだ
壁椅子《ポジョ》　鞍をかけさせてやるためだ
なにしろ俺は鞍なしで乗っていたんだ
通りを　近所を　まさに田舎のお子さまさ
痛い少年時代が陽に黄ばむ懐かしい
壁椅子……　そして玄関にぴったりとはまる
この喪の悲しみは？

異国の平和にいる神が
獣がなにかを呼びよせるみたいにくしゃみをし
石畳をかぎ回って蹴る　それから少しためらい

いななき
耳をひくつかせる

父さんはまだ起きて祈っているはず　たぶん
俺の帰りが遅いと思っているだろう
姉さんたちは近づく祭の準備に追われ
純朴で騒がしい
夢を口ずさみ
じゃあこれでほとんど準備万端ね
俺は待つ　俺は待つ　心臓を
ちょうどいい頃合いの詰まる卵を

ついこのあいだ俺たちが捨てた
大家族　今日は誰も夜を明かさず祭壇には
俺たちの帰還を願う蝋燭すらなく

もう一度呼ぶが返事はない
俺たちは黙り　すすり泣きだし　そして獣は
いななき　さらにいななき

みんなは永久《とわ》の眠りについていて
とてもとても元気だから　ついに
俺の馬は首をぶるぶる振るのに
疲れ果て　夢うつつでお辞儀をするたびに言う
だいじょうぶさ　だからだいじょうぶさ

❖一九二〇年五月に故郷サンティアゴ・デ・チューコへ帰郷した際の記憶をもとに書かれた詩だとされる。当時はロバや馬などを乗り継いで何日もかけて山越えをしていた。この詩にも母の死が影を落としている。『黒衣の……』「黒檀の葉」と比較されたし。

六二❖

絨毯
お前が知るその部屋に着いたら
まず入れ　だが衝立は手探りで少し開け
半開きになるあまり
裏返らないよう留め金が
かけられている

剥いた皮
出かけるときは俺たちを分かつ
運河をすぐに呼び出すと言え
俺はお前の運命の歌曲にしっかと抱きとめられ
お前から離れ難いから
お前の魂の縁ぞいに俺を引き摺れ

枕
俺たちが死んでしまったら　あり得るよ！
いやほんとにあり得るから！

そのときはじめて俺たちは別れているだろう
だがもし歩みを変えたときに未知の旗が
もらえたらあちらで必ずお前を待つ
吐息と骨の合流地点で
昔みたいに
昔みたいに地上の沈みゆく
恋人たちの街角で

そしてそこからあちら側のいろいろな世界で
お前の後をつけまわし　俺の苔むしたひどく寒い
ノーたちがせめて少しはお前の役に立つかも
そこに伸びる無限の坂で七回転落するあいだ
お前は膝を俺のノーたちの上にのせるといい
そうすれば痛みも多少は和らぐし

❖オティリアもの。逢引きの場所に実際にあった絨毯や枕などが想起されている。

六三❖

雨降る夜明け　洒落のめした
朝が細い髪を滴らせ
憂鬱は縛られ
インド家具のろくに舗装されない酸西*で
運命が旋回してかろうじて着地

大いなる愛に気落ちした
プナ帯*の空　プラチナの空　ありえないゆえに
恐ろしく

家畜たちは反芻し　アンデスのいななきで
下線部強調

俺は自分のことを思い出す　でも風の旗ざおは
もう十分で　静かな舵たちは最終的に
一つになる

倦怠のコオロギとコブのある堅固な肘

貴重な山のタールの
気ままなたてがみの朝はもう十分だから
俺は出かけて一一時を探し
時刻はまさしく時ならぬ一二時

❖めずらしくアンデスのどこか、おそらく故郷の町での朝の情景を詠んだ詩であると思われる。
＊酸西〔oxidente〕：『黒衣の……』「ラバ追い」を参照。
＊プナ帯〔puna〕：アンデスの標高四千メートルから四千八百メートルにかけての草原地帯を指す。サンティアゴ・デ・チューコの標高は三千二百メートルだが、朝日が昇る周囲の山々はまさにプナ帯に属す。

六四❖

たゆたう道標たちが産婆する山地秒から恋をするから
大気の反乱巣窟に日付を記してあげなさい。　今日　明日　昨日
(やめてくれ!)
心臓は待ちくたびれて緑になってパナマ運河で私はお
前らと話してる、お前ら半分、お前ら底、お前らてっ
ぺんとだよ!　踏み段が蘇って足あがり
足さが
り。
そして存続する俺、
そして立ちはだかる術を知る俺。

おお母なる高みなき渓谷清流もなく愛の入り口もなく
おぞましい半濃淡にすべてが眠る。おお禿げた統一へ
と伸びる指にまたがって通る声たちと都市たち。いっ
ぽうで大いにから大いにへ大いなる賢人のわき腹をも
つ小作人たちが三つの緩慢な次元を追って通る。

❖六一と六三とは異なる沿岸都市の情景を歌った詩だとされている。故郷アンデスをテーマにした詩では非時間性が際立つが、こうした都会をテーマにした詩ではしばしば時間の過酷な経過が描きこまれている。

六五

母さん　明日サンティアゴへ発つ
あなたの祝福と涙にこの身を濡らすんだ
今は幻滅と　わざとつくった雑用の
ばら色の古傷を片付けている

俺を待つあなたの驚きのアーチ
命尽くすあなたの願いの
剃髪した柱たち＊　俺を待つ中庭
丸い絵の並ぶ祭の飾り付けをした
一階の廊下＊　俺を待つ愛用の乳母椅子
例の王家の皮製の顎が飛び出した素敵な
古道具だ　ベルトとベルト引き遊びの合間に
玄孫《やしゃご》たちの尻にぶつぶつと文句を言うだけの奴だ

今は俺の唯一汚れのない愛を篩にかけている
探っている　探針が息を切らすのが聞こえない？

ラッパが鳴るのが聞こえない？
この地面のあらゆる穴を埋め尽くす
あなたの愛の化学式をこねている
ああ無言のフリル＊がその気になって
遠くはなれたリボンたちに届くなら
みながばらばらになってしまった約束に届くなら

それこそ死して滅びぬあなた　それこそが
あなたの血の二重のアーチではつま先だって
歩かねばならないから　父ですら
そこを行くときは
人の半分以下まで慎ましやかに
あなたが産んだ最初の子どもになる

それこそ死して滅びぬあなた
泣いても倒れぬ

あなたの骨の柱列の間には
そちら側には運命ですら
指一本はさむことはできない
それこそ死して滅びぬあなた
それこそが

❖『トリルセ』の詩のなかでもっともよく知られた美しい作品。亡き母が家そのものとしてイメージされている。

＊剃髪した柱たち〔las tonsuradas columnas〕：家の柱であると同時に亡き母のすでに肉を失った肋骨をもイメージさせる。
＊一階の廊下〔el corredor de abajo〕：バジェホの生家は現在博物館になっていて見学することができる。二階建ての家屋の中心に中庭があり、四方を多くの部屋につながる回廊が囲んでいる。食料備蓄庫と鶏などの家禽を飼う小屋のそばに壁椅子（poyo）があり、そこに座ると内側から家屋全体を見渡せることに気づく。
＊無言のフリル〔tácitos volantes〕：バジェホの母マリアは先住民の母とガリシア人司祭の父とのあいだに生れた典型的な混血（メスティソ）である。一八五〇年生まれのマリアは一一人目の子セサルを産んだとき四二歳だった。現存する写真を見る限り先住民の容貌のほうが色濃い顔立ちで、アンデス特有の民族衣装をまとっている。足首まで届くスカートの縁飾りは背の低い子どものころのバジェホが見た母の原風景だったのかもしれない。

六六❖

十一月二日が弔鐘を鳴らす

この椅子たちは座り心地抜群で
この部屋では
疲れ果てた予感の枝が
行く　来る　上る　汗だくで波打つ
十一月二日が悲しく弔鐘を鳴らす

死者たちよ　汝らの失効したその歯は
短く切られ　もはや盲目の神経を縫い
歌うまん丸い労働者たちが
途切れぬ麻紐で十字路の
脈打つ結び目をつくって繕う
堅い繊維を思い出すこともない

汝ら死者たち　献身に献身を重ね
清らかで純になったその両膝
その白い　温情もまばらな
冠で　もうひとつの心臓を
鋸でギリギリ　そうだ汝ら死者たち

十一月二日が悲しく弔鐘を鳴らす
そして予感の枝を
ただ道を転がるだけの
台車がキリキリと噛む

❖一一月二日はカトリックにおける諸聖人の日、いわゆる死者の日。一九一八年八月に母が亡くなった直後の一一月に書かれたという証言がある。

六七◆

夏が間近で歌い俺たちは
揃って雑多にさまよって肩越しに
曲がり角　杉の木　一本足コンパス
避け難い単直線に大股で

夏が歌い*あの三月の
甘味がついた壁では
憂鬱のクモ網の水彩画がすすり泣き
　もぞもぞうごめく

粉々の環形動物*の額をもつ絵　そこにこそ
大いなる不在の鏡が来ると俺たちが思った
例の場所にはなかった絵
ねえ君　これがなくなっていた鏡さ

でもそういう素敵な心耳*のために

麦わらにせっせと金箔なんか塗ってどうなる
愛する星たちの背後で
いずれにせよ真空が野放しにされるなら

母がいつもこだわりの石炭の身なりで
ぐいぐい入り込んでいたころには
その絵はなくて　そして女の燃える峡谷の
ふもとで育つはずのもののために

それで自分に言い聞かせた　こんなに待った
今にもガラスから移るあの鏡は来るのかなって
俺　命を尽くしてました　何のために？
俺　命を尽くしてました　俺たちが立ち上がるため
　ただ鏡から鏡へと

❖季節の変わり目に終わった恋愛や母の死を回想してとても悲観的になっている詩。
＊夏が歌い〔Canta el verano〕：ペルーでは二月から三月にかけてが夏となる。
＊粉々の環形動物〔trisados anélidos〕：環形動物はミミズやゴカイやヒルのこと。額縁の模様に言及しているのだろうか。
＊心耳〔aurícula〕：心臓の左右にある耳たぶ状の突起部。

六八❖

今日は七月十四日
午後五時　吸取紙の三つ目の角
いっぱいに雨が降る
そしてなんと下から上に雨が降る

両手が潟を二つぶん進める
十列縦隊で
六日間も涙に凍っている
ぬかるみの火曜日から

週が首を切られて
落下　レールなき大いなる酒場＊で
惨めを最高に変え得ることは
全部やりつくしました　俺たちは
もう大丈夫ですよ　体を洗い流し　喜ばせ
ほんわか包んでくれるこの雨があれば

全体重をかけ歩いてきて　たった一度の
　挑戦で
俺たちの動物の純粋さは漂白
そして俺たちが問うのは永久《とわ》の愛
究極の出会い
こちらからあちらへ移るものすべて
そして俺のものがどこからお前のものではないのかを
二人して答えたっけ
人が杖をつくとその杖はいったい何時から
人を支え　自らを支えなくなるか（人体の正味量）

そして俺の外套は黒かった　隅に掛けられ
一言も発せず
は　た
　み　た　く
　　だ　ら　り　と

❖オティリアもの。最終のひらがな三行だが、スペイン語ではこの部分に相当する文が一文字ずつ行頭に配され垂直に伸び、フックに掛けられたコートを視覚的に表現している。日本語でそれとやるとコートが真横に伸びてしまうので、左斜め下に向けて垂らすことにした。

＊惨めを最高に変え得ること〔lo que puede hacer miserable genial〕：飲酒に言及していると思われる。

六九❖

おお海よ　その教育的体積で
俺たちに何を求めるのか！　燃える
陽だまりで悲嘆にくれるすさまじい海よ

お前はその鋤と
その葉と共に跳ね
狂ったゴマに斧を振るいまくり
いっぽうでは波が　牙と静的な
青海亀科《ケロニア》のl《エル》たちに縮約された
タングステン製の紫蘇科のお盆に
四つの風とあらゆる思い出から
槙皮《まいはだ》を剥いだ*あと泣き泣き戻る

日中の両肩の怖がりな揺れに
振動する黒い翼の哲学

海とその起立する版
たった一枚だけのページの表は
裏を向いて

❖冬の太平洋の情景を詠んだ詩。波の動きが様々な角度からイメージされている。

＊槙皮を剥いだ〔descalcar〕：槙皮は木造船の板の隙間などに詰める麻屑などを混ぜたペースト状の素材。それを剥ぐというのは「水漏れ」を連想させる。海岸で漁船を見ているときに思いついた表現かもしれない。

七〇❖

俺が立派な飲み食い細胞となってボンヤリと底に沈むのを見て皆が微笑む。

お陽様たちは飯抜きでも行けるのかな？ あるいは小鳥みたいに誰かから餌をもらっているとか？ 正直言ってそういうことはほとんど分かりません。

おお石よ、結局のところは慈しみ深い枕よ。生きている者は生きている者どうしで愛し合おうじゃないか。素敵な死の物事は後まわしにしていい。あいつらのことは後で散々愛し、抱きしめてやらねばならないのだから。いつまでも今のままでいることはないわけだし、目の前の現実を愛しましょう。* 本質的墓場にバランコの代わりはないのだから。

運搬車は垂直に粘土の上を行く。一日分の仕事は俺たちの中核に衝突、そこには十本ほどの階段、登攀路があって、びくついた空白のサンダルのせいで脚の水平化は挫折。

そして俺たちは震えつつ歩を進め振り子にたどりついたのか追い越してしまったのか分からず。

❖散文詩。リマ近郊の瀟洒な高級住宅街バランコは崖を降りるとビーチがあり、二〇世紀初頭にはリマ市民の手軽なリゾート地として栄えた。バジェホもほろ酔い加減で砂浜に降りて行ったのだろうか。後半は人の生に関する抽象的思弁に移行しているようだが、当時のバランコ断崖にあった運搬用リフトを表現しているという説もある。

＊目の前の現実を愛しましょう［Amemos las actualidades］：いわゆるCarpe diem（その日を摘め）の心情が前面にでているバジェホにしては珍しい表現。

七一❖

太陽がお前の新鮮な手のなかで蛇行し
お前の好奇心のなかでそっとこぼれる

黙れ　お前が俺のなかに丸ごといることは
誰も知らない　黙れ　息をするな　誰も
俺のおいしい合一のおやつのことを　暗闇の
軍団と泣きのアマゾンたちを知りもしない

荷車たちは午後に鞭打たれて去り
それに混じって俺の車たちが後ろ向きで　お前の
指という定めの手綱に引かれて
お前の指と俺の指が互いに守りの両極に
伸びて　それからふさぎこみと　こめかみと
両脇とを実践中

未来の黄昏よ　お前も黙れ

隠れてこっそり笑うがいいさ　見事な赤毛を
振りかざし見事なセルリアンブルーの
後家さんみたいな半円刀を装着する
この赤トサカの闘鶏*じみた発情を笑え
孤児よ楽しめ　そこいらの街角の
雑貨屋から水杯を飲むがいい

❖オティリアもの。

＊赤トサカの闘鶏〔gallos ajisecos〕：闘鶏は雄鶏の足に五センチほどのナイフを装着して闘わせる人気の賭けごと。ちなみにペルー人ならAjisecoという名からは作家バルデロマール（Abraham Valdelomar，一八八八—一九一九）の国民的短篇小説*El caballero Carmelo*（一九一三）を思い浮かべるはずである。ピスコの村を舞台に「紳士カルメーロ」の名で親しまれた闘鶏が若きライバル「赤トサカのアヒセコ」を倒すまでの物語を語り手が回想するという短篇で、教科書等で今なおペルーの子どもたちに読み継がれている。

七二❖

鈍い円錐の部屋よ　お前は閉められた　俺が閉めた
愛してはいるがね　知ってのように
そして今日お前の鍵は誰の手にぶら下がる

俺たちはこれらの塀の上から僅かばかりの
歌う別棟どもを叩き壊した
緑が育っている　農夫たちが働くのが見える
勝利に満ちた山々が見える
そして一月と半分が経過して
経帷子とその他まで届く

四つの入り口をもつひとつの出口もない部屋よ
今日のお前は意気消沈のどん底だから　お前の
六種類の方言をぜんぶ使って話すよ
お前は俺のものだと無理強いなんかしないさ
金輪際二度とね　俺たちはもう別の愛すべき
抜け口に飛び込んだりもしない
七月はあのとき九にいた　愛は
奇数音で計算した　そして温もりは
経帷子全体とその他まで十分行き渡った

❖オティリアものとされる。この詩でも数字に対するやや異常なまでの執着が観察できる。

七三❖

またアアの勝ち　真実はそこにある
そしてそんなことをする奴がネズミ用の
素敵な四足類たち*を飼いならす術を知ることは
あるのだろうか……　ある……　ない……？

またアアの勝ちで誰に歯向かうわけでもなく
おお化学的純水の外方浸透*
ああ俺の南半球たち　おお俺たちの見事な南半球たち
だって俺には権利がある
緑色になり満ち足りて危なくなる権利が　鑿《のみ》になる権利が
バサバサでガバガバの塊を恐れ
どじを踏む権利　微笑みの権利が

不条理よ　お前だけは汚れがない
不条理よ　この過剰はお前の前でのみ
金色の快楽に汗を流す

❖不条理なものへの憧憬を詠んだ詩とされるが、後半は語り手自身の下半身が連想されているようで、やはり何らかの性的な含意があるものと推測できる。
＊ネズミ用の素敵な四足獣たち〔excelentes digitígrados para el ratón〕：猫にしか思えない。
＊化学的純水の外方浸透〔exómosis de agua químicamente pura〕：汗か尿か精液か何らかの体液を連想させる。

七四。❖

去年あんなにおいしい日があった……！
今はそれをどうしていいかもわからない

学校へ導く厳しい母親たちが
考察を包囲し　俺たちは顔を
やっと前に向ける　後になって知るのは
あれのなかで悪戯がちょう番《つが》えて
こめかみが切れること
去年のあれはいい日だったが
それをどうしていいかもうわからない
こめかみが切れたらおしまいなので

これのせいで俺たちはいつか別れることに
それのせいで　二度と悪さをしないよう
それでも技術的な考察はまだ伝えていて
聞こえることはないかな？

二本の暗い離れたギザギザの内側に
まだ子どもだったから　それと
生きている間に大いにくっついたから
囚人になって永遠に閉じ込められるよと

だから身なりを整えなさい

❖オティリアものとされる。彼女との性行為の回想に、大人による禁止の命令表現が混じってくるのが面白い。故郷のアンデスでおそらく動物どうしの交尾をめぐって親たちが子どもに何かを言い聞かせたときの記憶が想起されているのだろう。

七五❖

貴様らは死んでいる。

なんて無様な死に方だ。違うと言う者もいよう。だが実は死んでいる。

貴様らは薄膜の向こう側を無のごとくに漂う。天頂から天底へ振り子状に、黄昏から黄昏へと行き来し、貴様らには痛くもかゆくもない共鳴箱の前で震える薄幕の向こう側を行く。改めて断っておくが生とは鏡の中にあり貴様らはその元の姿すなわち死なのだ。

波が引く間も寄せる間もどこまでいっても罰せられずに人は死んでいられる。水が向き合った両縁にぶち当たって折れてひしゃげてはじめてようやく貴様らは変容し、それから死ぬと勘違いして、もう自分のものでもない第六弦を感じ取る。

貴様らはかつて一度も生きたことなく死んでいる。今は違うが昔は生きていたと言う者もいよう。だが実は一度も生きなかった生き物の骸なのだ。哀れな運命だ。ずっと死んでいるしかなかったなんて。一度も緑になることなく枯葉のままだなんて。寄る辺なさのなかでも最たる寄る辺なさ。

しかし死者とはいまだ生きたことのない生き物の骸などではない。あるはずがない。彼らはいつだって生きた後で死んだのだ。

貴様らは死んでいる。

❖散文詩。首都リマでの波乱の日々を過ごしたあと、久々にトルヒージョへ帰還したバジェホが、地方都市のあまりの停滞ぶりについ憤って詠んだ詩とされる。散文詩ながら『人の詩』に含まれた晩年の詩のいくつかをすでに予感させる作風だ。

七六❖

夜から朝まで俺はちょっとずつ
音の一番聞こえないXを舌で出す
二になるまで見つめる術を知っていた
あの純な女の名において

俺が彼女にとって変な奴だったという名において
互いにとても異なる鍵と鍵穴

この自らのつくるべき運命が決まろうと
したときに声も投票権も
もたなかった彼女の名において

とはいえそこは有能な肉体たちの
沸騰　いつも九九の泡粒までしか
行かなかった沸騰

くっつくことのない　決して
互いに届くことのない二つの日の
自然に結婚させられた最期！

❖オティリアもの。

七七❖

ひょうがこんなに降っている　嵐が来るごとに
その鼻面から集めてきた
真珠を思い出して
増やせと言わんばかりに

この雨が降り止むことなかれ
そのために俺のほうが降ることを
許されない限り　あらゆる火から湧き出る
水に埋め込まれて
ずぶ濡れにでもならない限り

この雨はどこまで俺についてこれるかな？
結局どこかの乾いた船べりと残るしかない気もする
結局は雨に去られて　あの信じ難い声帯の
渇きを味わうことがないような気もする
その声帯を通じて

調和をもたらすべく
常に上昇するべし　下降禁止！
まさか下へ向けて上ったりしないよね？

雨よ歌え　いまだ海なき浜辺で！

❖ひょうや雨や海といった「水分湧出」のイメージに託して詩のインスピレーションの運動を表現した詩だとされる。ペルー沿岸部特有の、空気全体に湿り気がありながら、目に見える雨はなかなか降らない奇妙な気候を想起させる。

トリルセ

僕がよく知る場所がある
ほかならぬこの世にあり
決してたどり着けぬ場所

僕たちがそこをつかのま
踏んだと思っても　実は
そうではないような場所

それは　僕たちが歩む生の
とぼとぼ並んで歩くこの生の
一瞬一瞬に現れる場所

僕自身の　僕の二つの黄身の
もっとこちら側　定めから常に
遠くに垣間見たことがある

君たちは去ってもよい
歩いて　または鞍なしの純情と行け
そこへは切手すら届かないから

紅茶色をした地平線は
その大いなる偏在性からして
そこを植民したくてたまらない

しかし僕がよく知るその場所は
ほかならぬこの世にあって
裏側たちと張り合って進む

「その鏡の内臓で半開きに
なっているあの扉を閉めなさい」
「これですか?」「違う　妹のほう」

「閉まりません　鍵穴たちが
不揃いのまま向かうあの
場所に着くのは絶対に無理です」

という僕がよく知る場所

一九二三年　パリ

❖この詩は詩集としての『トリルセ』には（初版でも第二版でも）含まれず、バジェホ渡欧後の一九二三年一〇月スペインのラ・コルニャで刊行された雑誌*Alfar*に掲載された単独の詩作品である。表題にトリルセの名を冠している以上、これはバジェホがスペインで詩集『トリルセ』を売り込むためのアピールとして自らの詩法を表現してみせた作品であるとみなせる。

人の詩

『人の詩』

バジェホが渡欧後にパリで書いた詩のうち詩集『スペインよ……』収録作をのぞくすべて。そのほとんどはバジェホの死後にタイプ原稿として残された未刊行作品である。

バジェホの渡欧後の詩作は大きく五期に分けられる。

・第一期：一九二六年〜二七年の雑誌掲載詩四篇。

・第二期：一九二八年前後の散文詩。バジェホは同年に芸術と現実との関係をめぐる考察を箴言風にまとめたエッセイを『職業的秘密に抗って』として刊行することを目指していたが、結局実現しなかった。結果として残されたエッセイには散文詩ともみなせる作品が多い。

・第三期：一九三〇年〜三二年頃の詩。三度におよぶソ連訪問によってマルクス主義者となり創作意欲が盛り上がっていた時期に書かれた詩。

・第四期：一九三三年〜三六年頃の詩。ペルーをテーマにしたものが若干増えるが、この時期は全体として詩の数は少ない。

・第五期：一九三七年九月〜一二月の詩。スペインで内戦が勃発して二年目の暮れ、すなわちバジェホ自身の死の半年前の四か月に集中して書かれたもので、これが『人の詩』の大半と『スペインよこの杯を我から遠ざけよ』のほぼすべてを占める。

これらの作品は第一期の四篇を除きバジェホの生前に刊行されることはなかった。それらはすべて、バジェホが残したタイプ原稿（とそこに書き込まれたペンによる加筆）に基づき、バジェホの死後に、第三者が何らかの形で編纂したものだ。最初の編者はバジェホの妻ジョルジェットとペルー人作家ラウル・ポーラス・バレネチェアで、その結果パリで刊行されたのが一九三九年の初版、すなわち *Poemas humanos (1923 - 1938)* である。この初版は右の主として第三期以降に書かれた詩を集めたもので、今では『スペインよ……』に分類されている作品もいくつか含んでいた。ジョルジェットは一九六八年にリマのモンクロア社が刊行した全集編纂にも携わり、その際、すでに『職業的秘密に抗って』や『芸術と革命』等のエッセイ集として紹介されていた散文のうち詩とみなし得るものを『散文詩（*Poemas en prosa*）』と分類した。これ以降バジェホの没後刊行詩を『散文詩』、『人の詩』、『スペインよ……』の三つに分類することが多くなるが、これには異論も相次ぐ。要点をまとめると次のようになる。一．エッセイのどの作品を散文詩と定義するか客観的基準がない。二．バジェホ自身が次の詩集の題を『人の詩』と決めていた証拠がない。三．『人の詩』収録作品の順番に根拠がない。

訳者は、これらの問題につき現段階で次のように結論付けている。

一．エッセイのどの作品を散文詩とするかは、言語を問わずバジェホ全集を編む編者が常識の範囲で自由に決定できるが、その際には過去のもっとも信頼できる版における分類を尊重すべきである。本書では底本とした二〇一三年版全集に従う。二．初版における『人の詩』がすでに定着している以上はこの題を使用すべきである。ただし、この詩集は、渡欧後にバジェホが書いた単独詩「トリルセ」と詩集『スペインよ……』収録作を除くすべての詩を含むとみなす。三．先行研究や過去の版を参考にしつつ可能な限り時系列順で並べる。本書では底本に従う。

『人の詩』の詩はいずれも未完成の作品であり、その学術的評価は難しい。しかし、個々の作品を完成したひとつの詩と割り切って眺めると、そこには、バジェホというひとりの詩人の到達した一種の成熟の境地を見ることができる。渡欧後に得た多様な世界観を『トリルセ』から変わらぬ多面的文体に圧縮すると同時に、荘重な命令文や、リズミカルな反復調を駆使し、いわば読む者の生理に直接訴えかけるような力強い絶叫を次々と繰り出してくる。共産主義思想に影響を受けていることは明らかだが、それが同時期に彼が書いた戯曲やエッセイとは違って安直なプロパガンダに堕すことはなく、見知らぬ他者への限りない共感や希望として表現されている。また、晩年の四か月に書かれた詩には、差し迫る自らの死と向き合った痕跡が記されている。特に、自身に対して「お前」と呼びかけ、このいわば第二の自己を相手に、肉体の様々なパーツを客観的にイメージ化していく様には凄みすら感じられる。バジェホがその詩作において自己の肉体や内面と徹底して向き合うことで獲得したのは、人に普遍的な《生きる意味》をめぐる多様なイメージの迸りだったのだ。

I　雑誌掲載詩（第一期）

渡欧後の一九二六年から二七年にかけて書かれ、バジェホ自身がスペインの詩人フアン・ラレーアと共同で編集した雑誌『好意的な人々―パリ―詩（*Favorables Paris Poema*）』（二号まで刊行）とリマの雑誌『ムンディアル

(*Mundial*)』に掲載された詩四篇を収める。これら四篇のうち最初の二篇はいまだ『トリルセ』の着想と文体が色濃く反映されているいっぽう、あとの二篇「高さと髪」「聖書の裏表紙」はむしろ一九三〇年代のバジェホ作品につながる特徴を備えている。

Ⅱ　散文詩および『職業的秘密に抗って』と同時期の詩（第二期）

一九二八年前後に構想ノートとして書かれた詩的な散文を中心とする。同じ時期にバジェホはペルーの新聞雑誌にヨーロッパ見聞録を投稿しているが、そちらがどちらかといえば明快で論理的な文章であるのに対し、ここに収められた散文の多くは詩と同様に難解で《ねじれたイメージ》が目立つ。バジェホにおける着想から詩作へ至るプロセスを知る上で重要な作品が並ぶ。

Ⅲ　赤字でタイプされた日付のない詩（第三期）

二度目のロシア旅行前後の一九二九年あたりから三六年にかけて書かれた作品のうち、どちらかと言えば前半に書かれたと思しき詩が中心で、マルクス主義に感化されたバジェホがパリの底辺で生きるプロレタリアに強い共感を抱いていたことをうかがわせる。

Ⅳ　黒字でタイプされた日付のない詩（第三期〜第四期）

二度目のロシア旅行前後の一九二九年あたりから三六年にかけて書かれた作品のうち、どちらかと言えば後半に書かれたと思しき詩が中心で、戯曲やエッセイ等の執筆を介して故国ペルーへの関心を高めていたバジェホが積極的にペルーのプロレタリア、すなわちインディオの農民や鉱山労働者のイメージと向き合っていることが分かる。

Ⅴ　日付のある詩（第五期）

一九三七年九月からの四か月に書かれた詩。

Ⅰ　雑誌掲載詩

俺くすくす笑ってる

一粒の砂利　たった一粒のいちばん背の低い奴が
豪奢な災いの砂丘全体を
支配

空気は記憶と欲望に
　張りつめ
陽の下で黙り込み
ついにはピラミッドたちの首を要求
乾き　放浪の民の水和された憂鬱
一滴
また
一滴

世紀から秒へ

それは並行する三つの三
太古の髭で髭もじゃになり
三　三　三　と行進
この大いなる靴屋の広告は時間
時間こそが裸足で行進
死から　さらに　死へ

（無題　一）

ねえ今日は挨拶するよ　首を着けて生きてみるよ
足の裏をこっそり動かし透明に
そんな風に人間を卒業するというか
そんな風にむしろお別れするよ
そして僕の毎時から芽吹く一定の距離

まだお望み？　喜んで
政治的に言って僕の言葉は
下唇に対する攻撃であり
経済的に言えば
オリエントに背を向けるとき
僕は死ぬほど偉そうに客を見分ける

そそそそっっういう正しい規範から挨拶をするよ
見知らぬ兵士に
宿命のインクに追われる詩句に

毎日なにくわぬ顔で
生からも死からも
等しく距離を置く恐竜に

時間は時計に対してムカデの恐怖を抱く

＊

（読者はこの詩に好きな題をつけてよい）

高さと髪

青いスーツをもってない人がいる？
昼飯を食わない人　市電に乗らない人
借りた煙草やポケットの苦痛を持たない人が？
俺はただ生まれてきただけなんだ！
俺はただ生まれてきただけなんだ！

手紙を書かない人がいる？
習慣的に死につつ耳で泣きながら
とても大事な話をしないという人が？
俺はただ生まれてきただけなんだ！
俺はただ生まれてきただけなんだ！

カルロスとかいう名前じゃない人がいる？
猫にネコネコ言わないような人が？
ああ俺はただ生まれてきただけなんだ！
ああ俺はただ生まれてきただけなんだ！

聖書の背表紙

観光過剰に前もって気づくこともなく
代理人もなく
胸から胸へ誰もが認める母へと向かって

今度はパリにまで息子になりに来ている　聞け
汝人の子よ　本当を言うとあなたは永久《とわ》の息子だ
兄にしてはあなたの両腕はほとんど似ていないし
父にしてはあなたの悪意は強いから
俺の母の身長はその動きの性質によって
俺を動かし
俺を真剣にさせ　ちょうど俺の心臓にまで届く
寂しい祖父母と飛行中に落下したあらゆる者たちの重
みを得て
高みで黙る母が俺の声を直径で聞く
俺のメートルはすでに二メートルに達し

俺の骨たちは性数一致
そして受肉した動詞は俺たちの間に在る
そして受肉した動詞は俺が浴槽に沈むとき
高度な次元の完成の中に在る

II　散文詩および『職業的秘密に抗って』と同時期の詩

時刻の暴力

みな死んでしまった。

村で安いパンを焼いていただみ声のドニャ・アントニアは死んだ。

若者や子どもに声をかけられると嬉しそうにし、誰に対しても分け隔てなく「おはようホセ！　おはようマリア！」と答えていたサンティアゴ司祭は死んだ。

あの若い金髪のカルロタは生まれて間もない赤ん坊を残して死に、赤ん坊も八日後に死んだ。

めったにない素晴らしい人だった女中のイシドラのため廊下で繕いものをしながら先祖伝来の時制と叙法を歌っていた伯母アルビーナは死んだ。

名前は思い出せないが、角の金物屋の軒先でいつも座って日向ぼっこをしながらまどろんでいた片目の老人は死んだ。

私の背丈ほどもあった愛犬ラジョは誰かに撃たれて死んだ。

私の経験に誰もいなくなる雨降りの日に思い出す、腰の平和における義理の兄ルカスは死んだ。

母は私の拳銃のなかで、姉は私の拳のなかで、兄は私の血まみれの内蔵のなかで、悲しみの悲しむ種によって結ばれたこの三人は、一年おきに一人ずつみな八月に死んだ。

背が高く、いつも泥酔して、クラリネットの陰鬱なトッカータを吹き、その音で雌鶏たちを日が沈むずっと前からまどろませていた楽師のメンデスは死んだ。

私の永遠は死に、今その通夜をしている。

❖故郷サンティアゴ・デ・チューコの人々を実名で詠んだ詩。バジェホは、一九二四年に入院したのをきっかけに、詩のなかでしばしば死というテーマを直接扱うようになる。

人生最大の危機❖

ある男が言った。

「人生最大の危機は、マルヌ会戦*で胸に怪我を負ったときのことです」

別の男が言った。

「人生最大の危機は、横浜で海底地震*に遭遇し、ある漆器店の軒下に避難して奇跡的に難を逃れたときのことだ」

そしてまた別の男が言った。

「人生最大の危機は、わしが昼寝の最中にいつも来るよ」

そしてまた別の男が言った。

「人生最大の危機は、僕がいちばん孤独だったときに訪れました」

そしてまた別の男が言った。

「人生最大の危機は、ペルーで刑務所にぶちこまれたときのことだ」

そしてまた別の男が言った。

「人生最大の危機は、父の顔をうっかり横から見てしまったときのことでしょうか」

そして最後の男が言った。

「人生最大の危機は、まだ来ていない」


❖第一次大戦後の世相を反映した詩だが、そこに自身のペルーでの投獄体験が織り込まれている。晩年のバジェホは、自身の私生活における苦難を、地球の普遍的問題としてとらえる傾向を強めていく。
＊マルヌ会戦〔la batalla de Marne〕：第一次大戦中の一九一四年にフランスとドイツの間で行なわれた大会戦で、後に大戦が長期化するきっかけとなった。
＊横浜の海底地震〔un maremoto de Yokohama〕：一九二三年九月に起きた関東大震災。西欧では白人居住者の多かった横浜の甚大な被害が主として伝えられていた。

骨の一覧表

大声で頼む声がしていた。

「両手を一度に見せてもらって」

そしてこれは無理だった。

「奴が泣いているあいだ、誰か奴の足代わりになってもらって」

そしてこれは無理だった。

「ゼロが無効の時間にあっていつまでも変わらない事柄を思い浮かべてもらって」

そしてこれは無理だった。

「馬鹿なことをしてもらって」

そしてこれは無理だった。

「彼に入ってもらって、それから彼にそっくりの別の男に彼みたいな人間ばかりの群集に紛れ込んでもらって」

そしてこれは無理だった。

「誰かに彼のことを彼自身と比べてもらって」

そしてこれは無理だった。

「最後に彼のことを誰かに彼の名で呼んでもらって」

そしてこれは無理だった。

良識

「母さん、この世にパリという場所がある。とても大きくて、遠くて、もうさらに一回大きい場所だ」

母は雪が降りそうだからではなく雪を降らせようとして俺のコートの襟元を合わせてくれる。

父の嫁は俺に恋こがれて俺の誕生に向かって後ろ向きに俺の死に向かって前向きに来たり進んだり。俺はさよならとおかえりで都合二回彼女のものになるわけだ。戻ると俺は彼女を閉じる。だからこそ彼女の目は俺のそばで現行犯で完成した仕事と完遂された契約により生じながら俺にあれほどのものを与えた。

母は俺を自白し俺に名づけられる。他の兄弟たちにはどうしてここまで与えないのだろう？　たとえばビクトル、もう年寄りでみんなから「あの人も今じゃお母さんの弟みたいだな！」と言われる長男に。まさか俺が長い旅をしてきたからか！　まさか俺のほうが長生きしてきたからか！

母は俺の帰郷の物語をはじめに色づける手紙を思い出す。母は戻った俺の命を前に俺が彼女のおなかのなかで二つの魂ぶん旅したことを思い出して顔を赤らめそれから死ぬほど身軽になってしまい、そのとき俺は心の協定書でこう言うのだ、あの夜は幸せだったと。でも彼女はそれ以上に悲しくなり、それ以上に悲しくなったら。

「あなた、なんて老けたの！」

そして俺が剣《つるぎ》の面《おもて》で老けてしまったから顔の河口で老けてしまったからと泣いては黄色を練り歩く。俺のために泣き俺のせいで悲しむ。俺はいつだって息子だというのにいったい俺の若さがなくなってどうして困るというのだろうか？　息子が母の歳に追いつくことなど永遠にないはずなのにどうして世の母親たちは息子が老けたのを見て胸を痛めるのだろう？　そして息子というのは萎れれば萎れるほどなぜかくも親に似てくるのだろう？　つまり俺があくまで俺の時間のなかで老けたから、逆に彼女の時間のなかでは決して歳をとらないからこそ母は泣くのだ！

俺のさよならは彼女の存在の一点から、つまり俺が今戻ろうとしている彼女の存在の一点よりも外にある点から出発した。帰還にあまりにも時間がかかりすぎたせいで俺は今母を前にした息子というより母を前にしたただの男だ。そこに俺たちを今日三つの炎で照らし出す無邪気さが宿る。そのとき俺は母に向かって言葉が尽きるまで言うのだ。

「母さん、この世にパリという場所がある。とても大きくて、遠くて、さらにもう一度大きい場所だ」

それを聞いた俺の父の嫁はお昼を食べ、その死すべき眼差しは俺の両腕にそっと降りて。

（無題　二）

　窓が震えて宇宙の形而上学を織り成す。ガラスは粉々だ。病人が文句を言う。半分は彼のヒラメじみた過剰な口から全体としては背中の尻の穴から発せられる。

　ハリケーンだ。チュイルリー公園の栗の木は秒速八〇メートルの風になぎ倒されているだろう。旧市街の柱たちは崩れて壊れ人を殺しているだろう。

　いったいどこから、と大西洋の両岸に耳をすまして俺は問う、いったいどの場所からこの信頼に値する義理堅いハリケーンは病院の窓まで到達しているのだろう？　ああ！　この咳と脱糞による直接的苦痛とハリケーンとのあいだの不変の方向性！　ああ！　こうして病院のはらわたに死をもたらし秘密の時ならぬ細胞を死体のなかに目覚めさせる不変の方向性。

　正面で眠っている病人が仮にこのハリケーンに気づいたら自分をどう考えるだろう？　哀れな男は仰向けにモルヒネの先頭に立ってあらゆる正気の足許で眠る。だいたいほんのわずかばかりの服用、それから埋葬という手順になろう。壊れたおなか、仰向けでハリケーンの音も聞こえず、自らの壊れたおなかの音も聞こえず、そんな彼の前で医者たちは長々と会話をして考え込み、最後にその平たい人間の言葉を発する。

　家族が集まって病人を取り囲み、その退行性の無防備な汗だくのこめかみを前にする。病に臥す男のベッド脇小卓では抜け殻の靴、予備の十字架、アヘンの錠剤たちがいらいらと男を見守り、そして彼の家庭はもはやこの小卓の周りにしかないのだ。家族はたっぷりした被序数のあいだ小卓を囲む。ひとりの女が小卓の縁にカップをのせそれが落ちかける。

　この女が病人にとって何なのかはわからないが、彼女は彼にキスをし、そしてそのキスで彼を治すことはできず、さらに彼を見つめ、そしてその視線で彼を治すことはできず、さらに彼に話しかけ、そしてその動詞で彼を治すことはできない。彼女は病人の母親だろうか？　だったらどうして彼を治せない？　愛人だろうか？　だったらどうして彼を治せない？　姉だろうか？　だったらどうして彼を治せない？　ただの誰でもない女だろうか？　だったらどうして彼を治せない？　この女は今しがた彼にキスをし、彼を見つめ、話しかけ、絶妙の手さばきで首もとに毛布をかけてやり、にもかかわらず、まさに驚くべきことだ！　なんと彼を治せなかったのだから。

患者は抜け殻の靴をじっと眺める。みんながチーズをもってくる。たまった埃を払う。死がその穏やかな水中で眠るべくベッドの足許にうずくまり実際眠りにつく。すると病人の自由になった両足が余計な手間や詳細をいっさいすっ飛ばして波線符状に伸び、それから二人の恋人どうしの肉体のように距離をとって心臓から遠ざかる。

外科医がまるまる数時間かけて病人たちを診察する。その手を手が働くのをやめて遊び始める場所まで手探りで伸ばし、患者たちの肌を擦り、そのあいだ彼の科学的瞼は小刻みに震えて愛の無教養な人間的弱さに満ちる。俺はそうした患者たちが、まさに外科医のその広げられた愛のせいで、その長々とした診断のせいで、その正確な投与量のせいで、尿と糞の厳格極まる検査のせいで死んでいくのを見てきた。患者が死ぬとベッドは即席の屏風で囲まれた。医師と看護師がすでに不在の人間の前を、子どもが蒼ざめた数千の大いなる一元論にのっとって数字を書きまくった寂しいすぐそこにある黒板の前を盛んに行き交った。医者たちはそうやって行き交いつつ他の患者たちの目をまるで盲腸炎や肺炎で死ぬほうが取り返しがつかないことであるかのように、人の歩みが傾いて死ぬのはそうでないかのように見つめたものだ。

このハエは宗教の理想に仕え部屋中を飛行するのに成功。外科医が往診にくると奴のブンブンいう音はたしかに胸を外さないが、やがて改良を加えて風を我が物とし、死に行く連中に向かってお引越しじみた挨拶を送る。患者のなかには苦痛のあいだにこのハエの羽音を聞く奴もいて、だからこそぞっとするような夜に発射の種類はそうした患者の手にかかっている。

人がいうこの麻酔はどれくらい続いてきたのだろう？　神の科学、弁神論！　自分がこんな状態で生きることになったら、つまり完全な麻酔状態で感覚が内向きになったら！　ああ塩の博士たち、本質の人々、基盤の隣人たち！　頼むから俺の意識の腫瘍はそのままに、何が起きようとも、たとえこのままくたばったとしても、俺の苛立った感覚のハンセン病はそのままにしてくれ！　あんたらが望むなら痛みを味わったっていい、でも夢からは覚めた状態にしてくれ、俺のこの埃まみれの体温に全宇宙をざっくりとでもいいから詰め込んでおいてくれ。

俺を苛むこうした見方は完璧に健康な世界では笑われるだろうが、その同じ平面状でカードを切るこちらではもうひとつの対位旋律の笑い声が鳴り響いているのだ。

痛みの家では、俺たちを真剣にむごたらしくあれこれ手を尽くしてくすぐるあの喉首、約束を果たすと今度は恐ろしいまでの不安で凍りつかせるあの性格の喉首に、そして偉大な作曲家の失神に、不満の声が襲いかかる。

痛みの家では、不満の声が過剰な境界線を引きずり出す。こうした痛みからくる不平の声に幸せの絶頂にあったころの、愛と肉がオオタカに啄ばまれていなかったころの、会話にかなりの不和があったころの、あの同じ不平の声を聞き取ることはできない。

では、総合的に吟味すると、どうやら今はある一人の男のベッドから発せられているらしい、この痛みに対する不平の声の裏側は、いったいどこにあるのだろうか？

痛みの家からは、聞こえにくく説明し難い不平の声が、完全無欠で満ち足りた不平の声が立ち上るから、それで泣くのでは足りないし、いっぽうそれで笑うのではやり過ぎになるだろう。

温度計で血が反乱。

生の世界にはなにも残らず、死の世界では生の世界に残されたもの以外のあらゆることが無理ならば、主よ、死ぬのは楽しいことではない！

生の世界にはなにも残らず、死の世界では生の世界に残されたもの以外のあらゆることが無理ならば、主よ、死ぬのは楽しいことではない！

生の世界にはなにも残らず、死の世界では生の世界に残ることのできたもの以外のあらゆることが無理ならば、主よ、死ぬのは楽しいことではない！

❖一九二四年の入院中に書かれた詩とされる。近くにいた危篤患者の死が描かれているが、文体は『トリルセ』を思わせるほど歪んでいて、論理的に筋を追うのはかなり難しい。バジェホの散文詩がたどりついたひとつの極致とも言える。

希望について語ろう

私はこの痛みをセサル・バジェホとして耐え忍んではいない。芸術家として、人間として、単なる生物として痛いのではない。カトリック教徒として、イスラム教徒として、無神論者としてこの痛みを耐え忍んでいるのではない。今日は単に苦しいだけだ。仮にセサル・バジェホという名前でなかったとしても、これと同じ痛みを耐え忍んでいることだろう。芸術家でなかったとしても、やはり苦しんでいるだろう。人間でなかったとしても、生物ですらなかったとしても、やはり苦しんでいるだろう。カトリック教徒でなかったとしても、無神論者やイスラム教徒でもなかったとしても、やはり苦しんでいるだろう。今日はいちばん下のほうから苦しい。今日は単に苦しいだけだ。

今はわけもなく痛む。私の痛みはあまりに深く、もはや原因もなくなり、今も原因を欠く。原因は何だったのか？　もはや原因であるのをやめてしまったあのかくも大切なものはいったいどこへ行ってしまったのか？　どれも原因ではなく、どれも原因であるのをやめることはできなかった。何のためにこの痛みは生まれてきたのだろう、痛み自身のためにか？　私の痛みは、どこかの珍しい鳥たちが風からかえす中性的な卵のように、北風と南風から生まれる。仮に恋人が死んでしまっていたとしても、私の痛みは同じだろう。首を切られていたとしても、私の痛みは同じだろう。要するにこの生が今とは違った風であったとしても私の痛みは変わらないのだ。今日はいちばん上のほうから苦しい。今日は単に苦しいだけだ。

飢えた男の痛みを眺めていると、その飢えは私の苦しみからは程遠いように、私も断食をすれば墓から少なくとも雑草の一本くらいはいつまでも生えてきそうな気がしてくる。恋する男についても同じだ。源泉も消耗もない私の血に比べれば、彼の血のなんと新鮮であることよ！

私はこれまで宇宙のあらゆる物事は必然的に父と子であると思っていた。だが見よ、今日の私の痛みは父でもなく子でもない。夜を迎えるには背中に欠け、朝を迎えるには胸を欠くこの痛み、仮にこいつを薄暗い部屋に置いても光りはしないし、明々とした部屋に置いても影を投げかけはしまい。今日は何があっても苦しい。今日は単に苦しいだけだ。

生の発見

皆さん！ 私は今日はじめて生の存在に気がついた。皆さん！　少しのあいだ私の好きにさせてくれ。生のこの途方もない自発的な生まれたての感情、今日はじめて私を興奮させ、涙が出るほど幸福な気分にさせてくれるこの感情を、味わっていたいのだ。

私の喜びは私の感情の未編集部分からくる。私の興奮はこれまで生の存在を感じなかった場所からくる。一度も感じたことはなかった。いや感じているはずだという人は嘘をついている。それは嘘で、そしてその嘘は私を傷つけ、ついには私を不幸にするだろう。私の喜びはこの生の個人的発見に対する私の信仰からくるのであって、その信仰には誰も逆らえない。逆らう奴は舌が抜け、骨も抜け、私の目の前で立ち続けるために他人の骨を拾って歩く羽目になるだろう。

今を除くかつて生があったためしはない。今を除くかつて人々が道を通ったことはない。今を除くかつて家が、大通りが、空気が、地平線があったためしはない。今、友だちのペイリエが来たら、君が誰だかわからないから一から始めなければならないね、と言うところだ。実のところ、ペイリエと知り合ったのはいつだったっけ？　私たちが知り合うのは今日が初めてなのだ。だったら彼に言わねば。いったん帰ってそれからまた会いに来てくれないか、私のことを知らないかのようにね、要するに初対面みたいに。

今は誰を見ても何を見てもわからない。気づくと見知らぬ国にいて、そこではすべてが生まれたての色を帯び、不朽なる顕現の光を浴びる。だめですよ、あなた。その紳士に話しかけてはいけません。あなたはその方を知らないのだから、そんなぶしつけなことをしてはならないのです。それとその小石を踏んではいけませんよ、ひょっとして小石じゃないかもしれません、そこは真空かもしれません。完全な未知の世界にいる以上、用心にも用心を重ねなければなりません。

私の生きてきた時間はなんとわずかなことか！　私の誕生はつい今しがたのことなので、年齢をはかる物差しすらない。なにしろ生まれたてのほやほやなのだから！　まだぜんぜん生きてはいないのだから！　皆さん私はちっちゃな子どもです、まだほんの一日すらも生きてません。

今を除くかつて、オスマン通りの大改築に砂利を運搬するトラックの音が聞こえたことはなかった。今を除くかつて、春と平行して進みながら「死がこれとは違うものだったら……」などと言ったことはなかった。今を除くかつて、サクレ・クール寺院のドームに輝く黄金の太陽光が見えたことはなかった。今を除くかつて、男の子が私に近寄ってきて、その口で私を深々と見つめたことはなかった。今を除くかつて、一枚の扉ともう一枚の扉とそしてその距離のあいだの心優しい歌が存在することを知ることはなかった。

私にかまわないでください！ 私の死の隅々にわたって、今、生がぶつかってきたのです。

（無題 三）

その前では牛の舌が暴力腺になってしまうほど豊かな胸をした女がひとり。節度ある男がひとり、その根っからの下あごは宝石箱の蝶番に合わせて行進する能力あり。男の子がひとり、男の隣で、夫婦の動物的権利を逆さに身につける。

おお形容詞からも副詞からも解放された男の言葉を女がそのたったひとつの女格に活用させるのだ、システィーナ礼拝堂の何千人もの声が響く最中でも！ おお彼女のスカートは母の点にあってそれをおちびさんがまるで告解室で制裁するみたいに手にのせたりプリーツで遊んで、ときには母の瞳を大きく見開かせたりするのだ！

そうやって自らの任務のありとあらゆる紋章や記章を身につけた父と子と精霊を見ているのはとても楽しい。

（無題　四）

　熱望が尻尾を振って停止。命は突然真っ二つに切断。俺自身の血が女性線をつくって俺の体に飛び散り都市までもが不意に停止するこいつを見に出てくる。

「ここで何が起きているのか、ここにいる人の子の中で？」と都市が叫び、ルーブルの一室では男の子が別の男の子の肖像画を見て恐くなって泣く。

「ここで何が起きているのか、ここにいる女《ひと》の子の中で？」と都市が叫び、ルードウィヒ王の世紀に造られた彫像の手のひらど真ん中から一本だけ雑草が生える。

　振り上げた拳の高さで熱望が停止。そして俺は自分のうしろに隠れ、屈んで通るか背を伸ばしてうろつくか様子をさぐる。

（無題　五）

「家にはもう誰も住んでいない」と君は言う。「みな去ってしまった。居間も寝室も中庭もそこには誰もいない。もう誰もいない、みんな行ってしまったから」と。

　では君に言おう。誰かがいなくなるとき誰かが残る。人が通った場所はもはや孤独ではない。この世で唯一孤独な場所、人の孤独がある場所とは、人が誰も通ったことのない場所だ。新築の家は老築家屋よりも死んでいる。その壁は石か鉄でできていても人のものではないからだ。家とは建てた瞬間にではなく、そこに人が住んで初めてこの世に生を受ける。家は墓と同じく人によってのみ命を授かる。ここにこそ家と墓とのあいだのあの揺るぎない相似性が生まれる。家は人の生を、墓は人の死を糧とする違いがあるだけだ。なるほど家は立っているが墓は大地に寝ている。

　みな家から去ってしまった。それは事実だ。が、ほんとうはみな残っていたのだ。そしてその残っているものとは彼らの記憶ではなく、彼ら自身である。また、彼らは家のなかに残ったのではなく、家のために居続けるのだ。彼らの果たした役割や行為は汽車に乗り飛行機に乗り馬に乗り、あるいは歩いて、あるいは這いつくばって去ってゆく。家に居続けるものは彼らの臓器、現在分詞になって輪を描く代理人である。足音も口づけも贖罪も罪もみな去って行った。家に居続けるのは脚と唇、目と心臓である。否定と肯定、善も悪もみな消し飛んだ。家に居続けるのは行為の主体だ。

（無題　六）

戦闘ではなく抱擁によって、戦争ではなく平和によって体の一部を失った人がいる。憎しみではなく愛のせいで顔をもがれた。事故ではなく生活をふつうに送るなかでもがれた。人間の無秩序のなかではなく自然の秩序のなかでもがれた。顔面負傷兵の総帥ピコ大佐*は一九一四年の爆薬で口をやられた。私も知るこの障害者は太古からの不滅の空気によって顔をもがれたのだ。

生きた胴体に死んだ顔。生きた頭に釘で打ち付けられる強張った顔。私は一本の木がこちらに背中を向けるのを見たことがあり、別のときにはある道がこちらに背中を向けるのを見たことがある。背を向けた木は誰も生まれず誰も死んだことのない場所でしか育てない。背を向けた道はあらゆる死が存在し誕生は一度もなかった場所を進んでいくしかない。平和と愛のせいで、抱擁と秩序のせいで手足をもがれ、生きた胴体に死んだ顔をのせている人間は、背を向けた木の陰で生まれたのであり、そしてその人間の歳月は背を向けた木にわたってずっと過ぎていく。

顔が強張って死んでいる以上、この男のあらゆる精神生活、あらゆる動物的表情は、外部に自らを伝えるべく、毛むくじゃらの頭蓋や胸郭や体の隅々にまで逃げ込むことになる。彼の深いところにある存在の衝動は顔から退却し、彼の呼吸と嗅覚と視覚と聴覚と言葉とその存在の人間的輝きは、胸や肩や髪の毛や肋骨や両腕や両脚や両のつま先を通して機能し、自らを外に伝えることになる。

だが、顔をもぎ取られ、顔を覆われ、顔を閉ざされたこの男はいまだ完全無欠であり、足りないものなどなにもない。彼には目はないが、ものは見えるし、泣くこともある。彼には鼻はないが、匂えるし、息をする。彼には耳はないが、音は聞こえる。彼には口はないが、話すし、微笑みもする。彼には額はないが、ものを考え、内にこもったりもする。彼には顎はないが、人を愛するし、生存もしている。イエスは身体機能をもがれた人、目があってものが見えず、耳があって音が聞こえない人を知っていた。私は身体器官をもがれた人、目なしでものを見、耳なしで音が聞こえる人を知っている。

＊ピコ大佐〔El coronel Picott〕：仏軍大佐イヴ・ピコは第一次大戦で顔面を損傷し、戦後に自分と同様の顔面損傷兵を指す《グール・カッセ（壊れた顔）》という名称を広めたとされる。約三〇万人いた仏軍の重度負傷兵のうち約一万五千人が顔面損傷兵だったといわれ、社会的には第一次大戦のもっとも目に見える形での後遺症となっていた。

（無題　七）

四つの意識が
同時に私の意識に絡まる！
その動きが今の私の意識にほとんど
入りきらないことをわかってもらえたら！
これは圧倒的だ！　ひとつの丸天井の下にならない
内側であろうが外側であろうが
くっついておさまることもできる
二つ目の丸天井も　でも四つ目は絶対だめだ
というより　四つ目もいいかな
でも常に　そして結局のところ二つ目のごとく
私には受け止めきれない　これは圧倒的だ
ひとつの意識に絡まるこの四つの同時的意識について
私が蘊蓄を傾けてあげている皆さん自身が
私の集中的四足獣の前で
ろくに立っていることすらできない
そして私は彼に面会するから（必ずや）！

（無題　八）

痛みと喜びのあいだには三匹の生き物が待ち構え
うちの一匹は壁を見つめ
二匹目は悲しい気分を振りかざし
三匹目はつま先だって進むけれど
あんたと俺のあいだには
二匹目の生き物たちしかいやしない

俺の額にもたれかかり　その日は
空間に多くの正確さがあるというので
真剣に一致するも
結局のところ一定の大きさをもつ幸福というやつが
ああ！　俺のこの口から始まるのなら、
誰が俺の言葉について尋ねるのか？

永遠の瞬間的意味に
あてはまるのは

この黒い糸との転倒した出会いだが
お前の一時的お別れにあてはまるのは
不変なるものだけに過ぎず
お前の生き物　魂　俺の言葉

（無題　九）

テニス選手がそのボールを巧みに打つ瞬間
完全なる動物的無垢が彼の体を支配する
哲学者が
新たな真実を見つける瞬間
彼の全身は獣となる
アナトール・フランスは断言した
宗教的感情とは
人体のいまだ知られざる特殊な器官の
作用であると　ならば
こうも言えよう
その特殊な器官とやらが十全に機能する
まさにその瞬間
信者はいわば植物的ともいえる
生粋の悪意になるのだと
おお魂！　おお思考！　おおマルクス！　おおフォイ
エルバッハ！

彼女の酒だらだらと

私たちがすでに慈しみ深い年齢に達していたところだったか、父が私たちに学校へ行くよう命令した。愛の救済、二月の雨降る午後、母は台所で祈りの食べ物を用意していた。下の廊下では父と兄と姉たちがテーブルについていた。そして母が竈の火のすぐそばにしゃがもうとしていたそのとき、表のドアを叩く音が聞こえた。

「誰か来たわ!」と母。

「誰か来たわ!」と母その人。

「誰か来たわ!」と母が体全体で、無限のがらくた抱える内臓に触れつつ、来訪者の背の高さよりはるか上から言った。

「ちょっとナティーバ、誰だか見にいってちょうだいな」

するとの許しを待つことなく私たち全員に逆らって誰が来たのか見に出ていったのは息子のミゲルだった。

街路の時間が私の家族を制止した。母さんは反対に進みながら「二つに割るのよ」と言ったかのように出ていった。外は中庭と化した。ナティーバはそんな風な訪問と、そんな風な中庭と、母の手を思って泣いていた。するとそのとき苦痛と味覚が私たちの額に屋根をかぶせた。

「私が出て行かせてあげなかったから」と娘のナティーバ。「ミゲルは私に恥をかかせたのよ。ったくひどい話だわ」

副知事のごっつい右手が、父の右手が、おやじが、その子どもの子としての指の骨を暴露! おやじがもっと後に望んだかもしれない幸せはそうやって子に伝えられた。しかしながら

「じゃあ明日から学校だぞ」今週の観客の子どもたちを前に父ばっさり断言。

そしてそれが法、法の理《ことわり》、そしてそれが人生。

「老いた雌鶏の息子たちはどこにいるのかしら？」
「老いた雌鶏の雛たちはどこにいるのかしら？」
「可愛そうな子たち！　どこにいるのかしら！」

母さんは泣いていたに違いない、しくしく。もう誰も食事に手をつけようとしなかった。父の口には私の知りあいのスプーンが丸ごと入り、粉々に砕けて出てきた。友愛に満ちた口で息子の我を忘れた悲嘆はぐっさり貫かれた。

でもそのあと不意に、雨水とあのひどい訪問の中庭そのものの排水溝から、他人のものでも卵用でもない乱暴で黒い雌鶏が登場した。私の喉でコケコッコと鳴いた。年寄りの雌鶏で、孵化するに至らなかった雛たちに死なれて今は母らしくやもめ。その瞬間の忘れられた起源、雌鶏は息子たちに死なれてやもめ。卵はぜんぶ空の状態で見つかった。そのあと雌鶏は動詞を産んだ。

誰も追い払わなかった。仮に追い払っても、彼女の大いなる母の戦慄を前に、誰も甘えてコケコケ鳴いたりはしなかった。

死ぬ必然

一九二六年　パリ

皆さん‥

この場を借りて申し上げるが、死とは人に科される刑罰や苦痛や限界というよりはある種の必然なのであり、人間にかかわるあらゆる必然のなかでも群を抜いて不可避で取り消し難いものである。死ぬ必然は生まれる必然や生きる必然に勝る。生まれずにいることはできても、死なずにいることはできない。この世に「私は生まれなくてはならない」と言った人間はひとりもいない。いっぽう私たちはよく「私は死なねばならない」と言う。それに、生まれるのは、見たところとても簡単そうだ。この世に生まれてくるのはとても難しかったとか、生まれるのに多大な努力を要したとか言った人はひとりもいない。逆に死ぬのは思っているより難しい。このことは、死の必然が巨大で逆らいがたいものである証拠だ。周知のように、必然とは、それを満たすのが困難であればあるほど大きくなる。人は近寄り難いものにこそ憧れるのだ。

ある人に、あなたの母親は今なお健康ですよと手紙を書き続けたら、いつかその人は変な気がかりでいっぱいになってしまうだろう。なにも、自分はだまされているのではないか、ひょっとして母はもう亡くなってしまったんじゃないかと思うからではなく、あの巧妙な無言の必然が彼に襲いかかり、お前の母は死なねばならないと迫るからだ。その人はあれやこれやと計算したうえで、内心でこう思うだろう。「きっとそうだ。母がまだ死んでいないなんてあり得ない」。そして最後は、母がもう死んでいるという事実を知らねばならない苦渋に満ちた必然を感じるだろう。そうでなくとも、結局最後は母の死を事実とみなすようになるだろう。

イスラムの昔の伝説に、寿命が長くても五〇歳だった種族にあって三〇〇歳まで生きた息子の話がある。流浪の旅に出た息子が二〇〇歳のとき父の消息を尋ねると「元気だ」という答が返ってきた。だが、その五〇年後に村へ戻ったとき、彼は父が二五〇年前に死んでいたことを知った。彼は落ち着き払ってこう呟いた。「もう何年も前からわかっていたことだ」。当然である。父の死の必然は、彼のなかにあって、しかるべき時期から取り消し難い宿命的なものとなり、そしてその必然は宿命として果たされ、しかるべき時期に現実となったのだ。

ルベン・ダリーオは、神の悩みは死に至らぬこと、と言っている。人間について言えば、仮にその人間が意識をもち始めたころから自分が死に至ると確信しているならば、いつまでも幸せでいられることだろう。だが不幸にして人間とは自分の死を決して確信できない生き物だ。ぼんやりした不安、死の恐怖を感じてはいるが、実際には死ぬことを信じられずにいる。要するに、人間の悩みは、死を確信できないことにあるのだ。

(無題 一〇)❖

エッフェル塔の三百ある女性的状態が凍りついている。塔の文化ヘルツ波たてがみが、その望楼のうぶ毛が、デカルトの倫理体系に糊付けされたその生きた鋼が凍りついている。

私的約款による緑色を帯びたブローニュの森が凍りついている。

ブリアン*が「国民諸氏に呼びかける……」とのたまい、門衛がその人間的不安の錠剤、その単なる人間ポンプ、その永遠のパスカル的原則を自分でも気づかずにまさぐっている国民議会が凍りついている。

公的約款による灰色を帯びたエリゼ宮が凍りついている。

コンコルド広場を周航し、そのフリギア帽のうえに永遠を探索する時の音を響かせる銅像たちが凍りついている。

パリのカトリック教徒受難の賽が三の目からも凍りついている。

ノートルダムとサクレ・クールのゴシック尖塔からぶら下がる民間の雄鶏が凍りついている。

その目の届く範囲をはかるときに親指が二度現れることは決してないパリ田園の乙女が凍りついている。

ストラヴィンスキー『火の鳥』の二方向へ向かうアンダンテが凍りついている。

ソルボンヌのリシュリュー講堂の黒板に残されたアインシュタインの落書きが凍りついている。

パリ=ブエノスアイレス間二時間二三分八秒の航空券が凍りついている。

太陽が凍りついている。

大地の中心の炎が凍りついている。

真昼の父と平行する息子が凍りついている。

歴史の二度の逸脱が凍りついている。
俺の男としてのちっぽけな行為が凍りついている。
俺の性的なためらいが凍りついている。

❖冬の情景を謳いつつ、パリの名所や、ストラヴィンスキーやアインシュタイン等、当時のバジェホが興味をもって見聞録にもしばしば取りあげていた有名人を随所に詠み込んだ散文詩。
＊ブリアン〔Briand〕：政治家アリスティード・ブリアンは一九二六年当時のフランス首相だった。

III　赤字でタイプされた日付のない詩

天使祝詞❖

椰子の木に関してスラブ人
太陽に顔そむけるドイツ人　終わりなき英国人
カタツムリと約束のあるフランス人
わざとなイタリア人　空気のスカンジナビア人
まったき獣のスペイン人　かくのごとし
風により大地に数珠繋ぎにされた天
かくのごとし人間の限界のキス

だがボルシェヴィキよ　ただひとり君だけが
胸から下りるか上がって証明するのだ
その紛うことなき両腕を
その夫婦の身振りを
その父の顔を
その愛された男の両脚を
その電話の肌を
私の魂と
直角に交わるその魂を
その正直者の両肘を
その微笑みのなかにある白紙のパスポートを

人のため　我らの休息時に行動し
君はその死の長きにわたって
健康きわまる抱擁いっぱいにわたって殺す
あとで食事のときに君が楽しそうなのを私は見た
君の名詞たちのなかに草が生えるのを私は見た

だから私もできれば欲しい
君のその教義上の冷たい棒状の熱が
私たちを見つめる君のその付け足された眼差しが
君の冶金の歩みが
そのもうひとつの生の歩みが

さらに言っておく　ボルシェヴィキよ　君のその
地球規模で発散する残忍血統にこの心の弱さつまみ
善と悪の自然児
たぶん見栄で生きているって　言わせておけばいい
君の同時的な人徳が私にはとても辛い
だって知っているよね　私が毎日誰に対して遅れるのか
誰のなかで黙り込み　なかば片目になるのか

❖天使祝詞とはいわゆるアベマリアのことであるが、ここでは祝福される対象が聖母マリアからソ連のボルシェヴィキに変わっている。キリスト教における様々なイコンを現実の人間に置き換えていく後期に特有の手法がすでに垣間見える。

通行人への書状

俺のウサギの昼と
休憩中の象の夜を再開する

そして自分のなかでこう言います
こいつが俺の総量の大量の広大さ
こいつが俺の楽しい重量　小鳥にしては俺の下腹部を
まさぐった奴
こいつが俺の腕
自腹を切って翼になるのを拒否した奴
こいつらが俺の聖なる書物
こいつらが俺の警戒中の精巣ども

議事堂が俺の心の土砂崩れに乗っかって
国会が槍もって俺のパレードを閉幕させるあいだは
陰気な島が大陸を照らしてくれるでしょう

でも俺が命から
時間からではなく死んでしまえば
俺の二つの鞄が二になれば
こいつが俺の粉々のランプを収めた俺の胃になるはず
こいつが俺の歩みのなかで輪っかの苦しみを清めたあ
の頭
こいつらが単位ごとに心臓が数えたそのウジムシども
こいつが俺の連帯する肉体だったはずで
今は個人的な魂がそれを弔い中　こいつが
生まれながらの俺の蚤を潰した俺の臍だったはず
こいつが俺のモノモノ　俺のものすごいアレ

そのあいだ痙攣しながらつっけんどんに
俺の轡《くつわ》が回復して
ライオンの直接言語に俺が悩んでるのと同じく悩み
それで俺は二人のレンガ製の能天使のあいだで生きて

きたから
俺自身も回復して唇はにっこり

（無題　一一）

だから何も言うな
完璧に殺せるから
インクの汗をかけば
なんだってできるし　だから言うな……

みなさん　リンゴもってまた会いましょう
あとから赤子が通るでしょう
木製の巨大な心臓で武装した
アリストテレスの言い回し
マルクスの繊細で粗っぽく響く言い回しに
接木されたヘラクレイトスの言い回し……
こんなのが私の喉がじょうずに語るところ
完璧に殺せるよ

みなさん
紳士諸君　小包ぬきでまた会いましょう

それまではこの弱さから求めます　求めましょう
見たところすでに私のベッドで待ってくれていた
昼の訛りを
それと思い出の不吉な類似性を帽子のなかから求めます
だって時には泣き濡れた自分の巨大さをまんまと引き
受けるから
だって時には隣人の声に溺れて
トウモロコシの粒で年を数え
死人音頭で服にブラシかけ
泥酔して自分の棺桶に腰掛け
そして耐え忍ぶから

帽子　外套　手袋

コメディ・フランセーズの向かい側
カフェ・ド・レジャンスの奥に
安楽椅子とテーブルの個室がある
入ると不動の埃がもう起立して
我がゴム製の唇のあいだから
煙草の燃えかすが立ち上り
二筋の濃い煙が漂うカフェの胸
我が胸には悲しみの深い酸素
秋を秋たちに接木するのが肝要
秋を芽たちに同化するのが肝要
雲　半年ごとの　頬骨の　皺
街で募金する狂人の匂いが肝要
雪って温かい！　亀って素早い！
どうするって楽勝！　いつって即座！

白石に重なる黒石

雨ふるパリで俺は死ぬ
すでに記憶がある日に
俺はパリで死ぬ――　そして逃げない――
たぶん今日みたいな秋の木曜だ

木曜というのは　実はこの詩を書いている
今日も木曜で　上腕骨の装着に失敗したから
今日ほどに来し方をよくよく振り返り
孤独な自分を見たのは初めてだから

セサル・バジェホ死す　みんなが
よってたかってこいつを殴りつけた
棍棒で殴りつけたし　縄も
使った　それを見届けたのは
いくつかの木曜日と上腕骨数本
孤独　雨　道たち……

（無題　一二）

心臓的甘美による甘美！
房になった甘美　視線の時代
あの開かれた日々　倒れた木に俺が登ったとき！
そうやってお前のハトちゃんのハトを
お前の受動文を
お前の影とお前の影の偉大なる肉体的強さのあいだを
伝って

お前の下と俺
率直に言ってお前と俺
お前の錠前は鍵のせいで窒息
俺　上昇して　上がって
お前の太もものあいだで無限のことをやって
（ホテルマンの奴は野獣です
その歯もご立派で　俺としては魂の
蒼ざめた秩序を調整したりして
セニョール　ずっと向こうです……　一歩一歩……
さよならセニョール）

こういう動揺した持続することをすべてよく考えてみる
お前のハトをお前が飛ぶ高さに放してやる
そして時々幸せのあまり足ひきずって
例の引っこ抜かれた木の陰で休憩

俺のアレの肋骨
お前がにっこりと手で蓋をした甘美
着古されたようなお前のドレスは
愛するお前　ごっそりまとめて愛するお前
お前の病気の膝にぴったりはりつくよ！
今はお前が単純に見える　恥ずかしい気持ちでお前を
理解する

リトアニアで　ドイツで　ロシアで　ベルギーで　お前の不在の男
お前が携帯できる不在の男
その絆のなかで震える女のひきつる男

修復不可能なその尻尾の形にたたずむ愛するお前
俺が花咲くマッチで愛した愛するお前
quand on a la vie et la jeunesse,
c'est déja tellement !*

お前の偉大さと俺の最終計画のあいだに
もはや隙間がなくなってしまったら
愛するお前
俺はお前のストッキングに戻るから　キスしておくれ
お前の繰り返しのストッキングを伝って降りるから
わたしの携帯不在野郎　そう呼んでいいから

＊quand on a la vie et la jeunesse, c'est déja tellement！：仏語。「人には命と若さがあれば、それでもうじゅうぶん！」の意。

（無題　一三）

生が　この生が
俺は気に入っていた　その道具　そのハトたち……
ハトたちが遠くで自ら治める音を聞くのは楽しかった
奴らが自然のままに到来し　数を確定させる音
奴らが悲嘆のままに鳴らす動物起床ラッパを聞くのが

身をすくめて
肩ごしに聞いた
奴らの静かなる生産が
下水溝のそばで一三本の骨を傾ける音を
干からびたタイムの葉の内側で鉛が膨らむ音を
奴らのカブトホウカンチョウみたいな嘴
番のハトたち
雲の姪っ子である哀れなこいつらが
自らの肝臓をめくり……　生！　生！　これこそ生だ！

その伝統をぽっぽと鳴らすのはハトらにとっては赤色
倫理的な赤色だった　見張りのハトたち
たぶん錆びついた赤色
そのとき青っぽく落ちていたなら

奴らの基礎的な鎖
奴らの個別の渡り鳥による旅は
煙を出し肉体的苦痛をもたらし
権威ある柱廊を立てる

ハトたち　芳しく
消し難いハトたちは飛び跳ね
過酷な消化の道を
手探りで来て　やって来て
その燐をふくむ物事を語る
語り鳥

耳が大きな往来する鳥たち……

俺はもうこれ以上ベッドで肩越しに
骨ばって病んで
動物起床ラッパが鳴るのを聞くこともない　そのこと
がわかった

（無題　一四）

いつか戻る日まで　この石から
俺の最終的な踵が生まれてくるだろう
その犯罪ゲームと　その雑草と
その劇的執着と　そのオリーブの木と

いつか戻る日まで　継続して
無愛想な足の悪い男は正直にまっすぐに
井戸から井戸への俺の周航　だけど
人が善くあるべきなのはわかる

いつか戻る日まで　そしていつか
俺という動物がその判事たちのあいだを歩くまで
俺たちの勇ましい小指は大きくなるだろう
立派な無限の指の中の指が

(無題　一五)

最後に　あのいつまでも消えないいい香りぬきで
それぬきで
その憂鬱な商ぬきで
我がささやかな優位がそのマントを閉じる
我が諸条件がその小箱を閉じる

ああ　感覚がかくも皺くちゃに！
ああ　ひとつの固定概念が爪のあいだに入るなんて！

アルビノでザラザラで開かれた震えるヘクタールの
我が快楽落ちて金曜
でも我が哀しき哀愁は怒りと悲しみで構成され
その砂だらけの痛まない縁で
感覚が俺を皺くちゃにして俺を追い詰める

金の盗人たち　銀の犠牲者たち
俺が犠牲者たちから盗んだ金
　それを忘れるこの金持ちの俺！
俺が盗人たちから奪った銀
　それを忘れるこの貧しい俺！
忌まわしい制度　天と気管支と峡谷の名における気候
貧しくいるのにかかる巨額の金……

（無題　一六）

それは俺のロバの明るい両耳の日曜日だった
ペルーにいる俺のペルーロバの（悲しい話でごめん）
でも今日は俺の個人的体験ではすでに十一時になって
胸のど真ん中に刺さったただひとつの目の体験
胸のど真ん中に刺さったただひとつのロバの群れ
胸のど真ん中に刺さったただひとつの大災害

そうやって絵に描いた故郷の山たちが見える
ロバとロバの息子たちにあふれ　今日は両親も見えて
すでに彼らも絵になって信仰から戻る
俺の苦しみの地平線上の山々

その銅像で剣をかざして
ヴォルテールはマントを羽織り広場をにらみ
でも太陽が俺を貫いて門歯どもから
無機的肉体のある成長した数を追っ払う

するとくすんだ緑の夢が
見える　十七
忘れてしまった数の岩
腕の針のざわめきに響く歳月の音色
ヨーロッパの雨と太陽　なんて咳だ！　なんて暮らしだ！
週ごとに世紀を垣間見るとこんなに毛が痛い！
そして我が細菌周期は曲がり角から
つまり俺の震える愛国者的な髪型

（無題　一七）

人は悲しく　咳をする　しかしながら
その薔薇色の胸で喜ぶのだと
人にできるのは日々により
自らをつくることだけだと
人は陰気な哺乳類で髪を梳く……
と寒いなか公明正大に考えて

人は仕事からそっと生じ
そして上司は反響し部下は共鳴するのだと
時間のグラフは
人のメダルに刻まれた絶えざるジオラマで
人の目は半ば開くときに
遥か遠くの時間から
大衆の飢餓に関するその公式を学んだ……
と考えて

人はときどき
泣きたい顔して考え込むのだと
ものとして横たわるしかなく
腕のいい大工になって汗かき殺し
そのあと歌って昼飯食ってボタンをかける……
と易々と理解して

人は本当は動物である
それでも向きを変えるとその悲しみを俺の頭にぶつけてくる……
とも考えて

人の対立する各部品　人の便所
残忍な一日が終わってそれを消すときの人の絶望……
をついに点検して

人は俺が奴を愛し愛を込め憎んでいるのを
奴が結局俺にはどうでもいい存在なのを知っている……
と理解して

人に関する全般的な報告書を検討し
人がとてもちっちゃく生まれたのを示す
あの証明書を眼鏡をかけて見つめ……

俺は奴に合図する
奴が来て
俺は奴を抱きしめる　感激して
それ以上は何も要らない！　感激して……　感激して
……

（無題　一八）

今日は人生がつくづくいやになった
でも生きるのはいつだって好きだと前から言っていた
我が全体の一部に触れかけて
言葉の裏で舌に一発うって自制した

今日は撤退中の顎に触わって
この瞬間的ズボンのなかで自分に言い聞かせる
これだけの人生と皆無！
これだけの歳月といつも俺の週たち！
石と止まることのなかった悲しき成長とともに
埋められた俺の両親
全身で兄と姉たち　俺の兄と姉たち
そして最後に俺の停止してチョッキをつけた存在

人生はものすごく好きだ
でももちろん

我が愛する死と我がコーヒーも
そしてパリの生い茂る栗の木を見たり
そして言ったりするわけだ
目だこれはあれは　額だこれはあれは……　で繰り返す
これだけの人生と絶対に曲は間違わない！
これだけの歳月といつもいつもいつもいつも！

チョッキと言った
全体　部分　不安　《ほぼ》と泣かないように言った
隣にあるあの病院で俺が苦しんだのは本当だと
自分の身体器官を下から上まで見たのは
良くもあり悪くもあるのだと

たとえ腹ばいでも生きるのはいつだって好きなのかも
だって俺はこう言おうとしていたし　こう繰り返すか
ら

これほどの人生と皆無！　そしてこれほどの歳月と
いつも　さらにいつも　いつもいつも！

飢えたる者の輪

歯のあいだからくすぶって出る
声をあげつつ必死で
ズボンを下ろしながら……
胃はからっぽ　空腸はからっぽ
赤貧が歯のあいだから俺を
棒で袖をつまんで引きずり出す

腰かける石すら
もう俺にはないのか？
子どもを産んだ女とか子羊の母親とか
原因とか根とかが躓くあの石すらも
もう俺にはないのか？
俺の魂をしゃがんで通った
あのもうひとつの石すらも！
せめて
石灰かあのひどい石（卑屈な大海）

あるいはもう人にぶつける役にすらたたないあの石
あの石を今すぐくれ！

せめて罵倒のなかで貫かれ孤独に見出される石
その石を今すぐくれ！
せめてまっすぐな意識の足音がたった一度だけ鳴り響く
あの捻じ曲がって戴冠した石
というか少なくともあのもうひとつの石
立派な曲線を描いて投げられ真の本質を表明するなかで
自力で落下していく石
それを今すぐ俺にくれ！

ひとかけらのパン　それすら俺にはもうないのか？
これ以上俺はいつもあるべき人間ではいられない
でもくれ
腰かける石を

でもくれ
お願いだから腰かけるパンを
でもくれ俺に
スペイン語で
つまりなにか飲んで食べる物を　生きて休む場所を
そうすれば去るから……
変な形だ　このシャツはずたぼろで
汚れていて
そして俺にはもうなにもなく　これはひどい話

老いたロバたち考える

音楽家に会うなら
音楽家のかっこうをしたっていい
その魂にぶつかって　この手で彼の宿命を撫でまわし
てやってもいい
そっとしておいてもいいだろう　休止中の魂だから
結局のところ
その死んだ体をおそらく死んだままにしてやってもいい

彼は今日この寒さに膨れ上がるかもしれないし
咳をするかもしれない　彼があくびをするのが
俺の耳で不吉な筋肉の運動を二倍にするのが見えた
俺はこうしてある男と　彼のあり得る名札を語っている
さらに言うまでもなく彼の演奏するボルドと
あのまばゆい悲惨なフィラメントのことを
子犬を連れた銀の握りがある彼のステッキのことを
あと彼曰く

彼自身の陰気な義弟だという子どもたちのことを
だから今日は音楽家のかっこうをしたっていい
俺の素材を見つめた彼の魂にぶつかってもいい

でも自らの朝の足許で髭を剃る彼の姿を見ることは二
度とないのだ！
もう二度と　絶対にない　あるはずがない！
こりゃ見ものだ！　なんてなんてすごい！
彼の絶対ないは絶対のなかでも絶対あり得ないのだ！

一九三六年一〇月パリにて

これらすべてのうち発つのは私だけ
このベンチから　この靴から私は去る
私の大いなる状況から　私の行為たちから
私のばらばらに裂けた数から
これらすべてのうち発つのは私だけ

エリゼ宮から　あるいは月の
奇妙な路地裏をうろつくために
私の死亡が去り　私のゆりかごが発ち
そして人々に囲まれ孤独に自由に
私の人間的類似がうろうろして
その影たちを一枚ずつ片付ける

そして私はすべてから遠ざかる　だって
ほかのすべてはアリバイ作りに残るからだ
私の靴　靴ひもを通す穴　底についた泥も

あとボタンをかけた私自身のシャツの
肘の折り返しも

Ⅳ　黒字でタイプされた日付のない詩

土と磁気の

偽りなき途方もなくペルー的な力学
赤い山の力学！
理論的で実践的な土壌！
頭のいい畝たち　例：一枚岩とその随行！
ジャガイモと大麦とアルファルファの畑はすばらしい！
役立つものたちの見事な階層がつくる
風に運ばれる牛の鳴き声と
音なき古代を秘めた水がつくる耕作地！

向き合って誕生した第四紀トウモロコシたちが
足許を遠ざかる音が聞こえる
大地が天の技術に躓くとき
彼らが再開する匂いがする！

いきなりの分子！　つるつるの原子！

おお人の野原！
陽の照らす滋養に満ちた海の不在と
行きわたる大洋的感情！
おお金の内側に見出されし賢い気候！
おお頭のいいアンデスの野原！
宗教　野原　アヒルの子たち！
歩くときは散文で
止まるときは韻文の厚皮動物たち！
司法的な感情をこめて睥睨するげっ歯類！
おお私の大切な愛国のロバたち！
私の猿の

国家的で滑稽な子孫ビクーニャたち!
おお影とは鏡の厚さほどの距離しかなく
点によって命となり線によって塵となり
それゆえ私がイデアを伝い我が骨格に上り崇拝する光!

間延びしたコショウボクの時代に
こめかみからぶら下がるランプの時代に
素晴らしき杓から外されたランプの時代に刈り取れ!
囲い場の天使たち
とさかに無頓着な鳥たち!
真っ赤に怒ったロコト*といっしょに
揚げて食う雌クイあるいは雄クイ*!
(コンドル?　コンドルってのは実に困った奴さ!)
幸せな幹とできのいい茎に報いる
キリスト教徒の薪たち!
このわずかばかりの紙片から

私が敬う
玄武岩形成種たる
地衣類の家族!
四則算よ　樫の木を救い出し
正しく沈めるのに私はお前たちを間引く!
現行犯の坂たち!
涙ぐむラクダ*たち　我が魂たちよ!
我がペルー　世界のペルー
天空の麓に佇むペルーの山たちよ　私は寄り添う!
朝の星たちよ　この頭蓋骨と天頂にコカの葉を焼き
その香りをお前たちに移せたら　帽子を一振りして
私の十の神殿をむき出しにできたら!
種撒く腕よ　かがめ　そして立て!
疲れを知らぬ高みが噛みつき
キジバトの鳴き声も三つに割れる
瓦屋根の下には

真昼のおかげの雨が降る！
近代的な午後と
繊細で古代的な夜明けの循環！
人間以後にして以前のインディオ！
このすべてを私は二本のフルートで理解し
一本のケーナで己に理解させる！
それ以外のことはどうとでもなれ！……

❖ペルーの自然を題材にした詩。執筆当初は「農業に関する考察」という
いかにもプロパガンダっぽい題が付されていた。
＊ロコト〔rocoto〕：ピーマン大の激辛唐辛子。
＊雌クイあるいは雄クイ〔cuya o cuy〕：テンジクネズミ（モルモット）は
アンデス地域で家畜として食用にされる。
＊涙ぐむラクダたち〔Arquénidos llorosos〕：アンデス地域のラクダ類とは
リャマ、アルパカ、ビクーニャを指す。

土塊❖

発火する蝋燭の世界的効果により
直接の包皮　人は力ずくで
農民は霧の間近で機能し
髭は崇められ
足は実用的　そして谷は偽りなき女王

彼らは言葉の赴くがまま話し
瓶から主教命令を飲みつつ
意見を交わす＊
木陰で話しながら意見を交わすことも
私的記述について　欠けゆく月について
民衆の川について！（すごい！　すごい！　すごい！）

耳の遠い力と
燃え尽きぬ柴の機能
棒の歩み

棒の身振り
棒の改行
別の棒にぶら下がる言葉

肩から花咲く道具が彼らの肉を一枚ずつ剥ぎ
膝から彼ら自身がいくつも時代を経て天まで降りる
そして揺さぶり
さらに
その欠如を古ぼけた髑髏の形に揺さぶり
その重大な欠点を　その我慢強さを　その
赤い判事たちの血の悲しいグラスを帯で持ち上げる

彼らには頭があり　胴があり　四肢がある
ズボンがあり　中手骨もつ指と一本の棒きれがある
食べるために彼らは高度をまとった*
そして頑丈なハトで撫でながら顔を洗う

たしかにあの人々は
危険のなかで歳を重ね
その挨拶のなかで額をまるごと投げる
時計を持たず　息をすることを決して鼻にかけない
そして結局はこんな風に言うわけだ――　娼婦どももル
イス・タボアダ*も英国人も
奴らは勝手にしやがれ　奴らは勝手にしやがれ　奴ら
は勝手にしやがれ！

❖アンデスのインディオ農民たちをイメージして詠んだ詩。
＊瓶から主教命令を飲みつつ意見を交わす〔cambian ideas bebiendo orden sacerdotal de una botella〕：ワインを飲むことはキリスト教においては儀礼的意味をもつが、インディオにあってはただの酒。キリスト教に代表される西欧文化を表面的には受け入れつつ、実は独自の文化を今なお維持し続ける先住民インディオの逞しさが見事に表現されている。

＊食べるために彼らは高度をまとった〔para comer vistiéronse de altura〕：アンデス文化を支えたのはジャガイモという高地で栽培が可能な作物だった。近代的観点からすれば住みにくく思える高地アンデスを居住環境に選んだ人々の叡智がこの一行で表現されている。

＊ルイス・タボアダ〔Luis Taboada〕：スペインの作家。一九世紀末に軽妙な都市小説で人気を博しラテンアメリカでも読まれた。インディオの農民や鉱山労働者が、娼婦（＝搾取の象徴）と英国人（＝外資の象徴）とスペイン人大衆小説家（＝スペイン語文化の象徴）をまとめて否定するという結末。

（無題　一九）

鉱夫たちが鉱山から出てきた
来るべき彼らの廃墟を登り切り
爆発音でその健康を痛めつけ
その精神的機能を練りあげ
その声で坑道を
深い兆しの形に閉じた

その腐食性の埃は見るべきだった！
その高度の酸素は聞くべきだった！
口のくさび　口の鉄床　口の装置（すごいぞ！）

彼らの墳墓の秩序は
彼らの合成樹脂の誘導は　彼らの合唱する筈は
燃える障害の足許に集まって
尽きゆく金属　蒼ざめた小さい半金属に
おしこまれた

悲しみの悲しみ人たちは怒気の黄化色を知った

労働で頭に蓋をされ
ビスカチャ*の皮を履き
無限の小道を履き
目から物理的涙を流し
深みを造りだす者たちは
階段上に開く間欠的な空を
見上げながら降りる術と
うつむいて上る術を知る

彼らの本性の古代から伝わる遊戯を称えよ！
彼らの不眠の器官と野卑な唾液を称えよ！
強靭さ　刃と切っ先　その瞼を！
草と苔と蛙は彼らの副詞のなかに育て！
彼らの新婚のシーツを鉄で覆え！

女たち　彼らの妻たちは下まで！
彼らの家族にはたくさんの幸せを！
驚嘆すべきことに　鉱夫たちは
来るべき彼らの廃墟を登り切り
その精神的機能を練りあげ
その声で坑道を
深い兆しの形に開いたのだ！
彼らの黄ばんだ本性を称えよ！
その魔法のヘッドランプを
その立方体と菱形を　その合成樹脂の誘導を
その七種の視神経をもつでっかい目を
教会で遊ぶ彼らの子どもたちを
彼らの幼い寡黙な親たちを称えよ！
ごきげんよう！　ああ深みを造りだす者たちよ！……
(すごいぞ)

❖鉱山労働者を礼賛する詩。鉱山を舞台にした社会主義リアリズム小説『タングステン』との関係性がしばしば指摘されている。
＊ビスカチャ〔vizcacha〕：アンデス地域に生息するウサギに似たげっ歯類。アンデスウサギ。

塊茎の春

今度はその貧しさを
俺の前側の虚飾に向け斜めに引きずり
俺の踵のない躓きにその靴底を合わせてくる
ハゲタカのついばむが如く正確な春

俺は自分の浪費の布だったので春を失った
自分の拍手の鉛だったので春を遊んだ
温度計が用意され　終末が用意され　蛆虫が用意され
先日の俺の折り目は挫傷したので
逃亡するコオロギの子守唄聞いて俺は春を待ち
爪伸ばして肉となり辛抱強く春に別れを告げた

星辰の潜在的回数を
黒い雌鶏になる機会の数を
この悪党面した春は並べ立てた
俺の困窮した大衆と

俺のシャツを着た卑屈と
俺のソビエト的権利と俺の縁なし帽と

クスノキ科の轡《くつわ》の回数
象徴と煙草と世界と肉と
天蓋に覆われた転義の噛下
歌う睾丸のメロディに合わせて
俺の柔和な従順さの才能あふれる迸りは
石投げれば反駁可能でため息さえつけば勝てる……
様式の植物相は平たく
耳の薔薇による名誉のぬかるみに引用され……
びくっとして　ぴょんとなって　ぱんと蹴り
麗しの逃げ口上……　歌い……　汗かき……

（無題　二〇）

石の上で停止*
仕事もなく
汚らしく　おぞましく
セーヌの岸辺を行ったり来たり
そのとき貪欲な木の葉柄と引っかき傷を伴い
川から意識が芽生える
川から抱き合う狼どもでできた都市が上って下がる

停止者は都市の行き来を見る
記念碑みたいに　へこんだ頭に断食を抱き
胸に汚れなき虱を抱き
下腹部には
二つの重大な決断のあいだで黙る
そのささやかな音　骨盤の音を抱え
そしてその下
さらに下には

一枚の紙切れ　釘一本　マッチ一本……

労働者諸君　これこそが
仕事で外に向け汗かくあの男なのだ
今日その拒まれた血を内側に分泌する男なのだ！
大砲を鋳造する男　鉤爪が何本で鋼鉄になるか知る男
自らの血管を流れる前向きの糸を熟知する職工
ピラミッドの左官
静かなる柱列と輝く
挫折をくぐって降りる建設作業員
一人の停止者が三千万の停止者にまじり
群れをなしてさまよう
踵に描かれた絵のみの大跳躍！
断食の口から漂う煙！
胴は縁から縁に停止した残虐な道具で落下！
頬には悲しきバルブの想念！

鉄もまた炉の前で停止
種は空気におとなしくまとめられて停止
滑り合う石油は停止
光はその真正なる侮辱のなかで停止
月桂樹は成長を停止
流水は片足に絡まり停止
大地までがこの失業を前に呆然となり停止
彼の腱に描かれた絵のみの大跳躍！
彼の百歩が培った大規模の伝達！
エンジンが彼のくるぶしでぎゃんぎゃん雄叫び！
時計が彼の背後でそわそわ歩きつつブーブー文句！
聞こえるのは主人どもの咀嚼の音ばかり
同志諸君　奴らが飲むのは彼にはない酒や
出会う唾を間違えたパンだ
その咀嚼音を複数形で人らしく聞いて感じれば

稲妻が彼の頭に
その頭なき力をグッサリ突き刺す
そのとき下界でやっているのは　ああ！
同志よ　はるか下界では
紙くず　釘　マッチ
ささやかな音　虱の親父！

＊石の上で停止〔Parado en una piedra〕：paradoには「失業した」という意味だが、南米では《立っている、直立している》の意味でしばしば用いる。

（無題　一二）

騒動から騒動へ
君は僕の孤独につきあって上昇する
わかるんだ　手にパンを持ち足に道を持ち
爪先立ちで歩き　泡を吐くまで真っ黒く
この顔におぞましい役を演じさせていると

君はその気体の暴力を後ろへ向け
別の時代へ向けもう発射していたが　今では
陰気な名誉の腕で僕を支え
陰気な名誉の腕で物事の方向を支え
陰気な名誉の腕で要約された物事の死を支えてくれる

でも実際のところ
僕たちが生を論じるからには
そのときの事実が君の手のなかで鬣《たてがみ》を投げ
水をまくように君のざわめきを追うときには

君がカンガルーの合計で苦しむときには
僕を忘れて　僕をまだ支えておくれ　小計の同志よ
棘ある日付に鞭打たれたら
僕を忘れて　僕を胸で支えておくれ
二に立ち止まり僕を抱きしめるロバよ
二　三秒は自分の糞を疑っておくれ
空気が立ち上がって空になる様子を観察しておくれ
ちっちゃな君
でっかい君
踵もつ君　僕を愛して　僕についてきて……

いつかは地下室のツグミが
僕のすでにむき出しになった一トンを
歌うはずだということを分かっておくれ
（一羽のツグミが嘴のあいだで僕の一グラムの帯をつまんで歌いました）

この生まれつきのすすり泣きを履いて歌うはず
踵ある君
そして同時に痛々しく
僕の歩みを履いて歌うはず
聞こえないのは悪いことだ　でっかい君
それは侮辱で　葉っぱで
悲しみで　三つ編みの髪で　静かな煙なんじゃないかな

石の縁に立つ犬は
曲線を描く飛翔だ
これも分かっておくれ　上まででかい君
対岸の下の重み　大いなる沈黙の一時的重みも
きっと分かってもらえるでしょう
月々のそれと歳月から戻るあれはなおさらでしょう

(無題 一三)

今日はできれば積極的に幸せでいたい
幸せでいたいし　問いに生い茂る覚悟でいたい
狂ったように発作的に部屋を開け放ちたい
そして最終的に
我が肉体への信頼に横たわり問い詰めたい
僕は知りたいだけなんだ
僕がとった姿勢を試してみたいか知りたいだけなんだ
問い詰めたい　言い始める
どうして僕の魂をそう殴るのかと

だって本質的には僕も幸福でありたいし
杖や俗っぽい謙遜や黒いロバぬきでやってみたい
この世界の感覚とか
接続法の歌とか
僕の溝で失くした鉛筆とか
我が愛する落涙器官とか

頼れる兄弟　同志よ
偉大さ際立つ父　不死の子よ
友よ　競争相手よ　ダーウィンの記した膨大な書類たちよ
何時になれば僕の肖像画をもってきてくれるの?
快楽の時刻?　死に装束を着た快楽の?
もっと早く?　知るかよコイツしつこいなって?

慈悲の時刻に　同志よ
拒否と観察のうちにいる我が愛する隣人よ
君の太い首をロープもなしに自然に伝って
上ったり下がったりする僕の希望……

（無題　二三）

でもこの幸せが尽き果てる前に
さえぎって消してしまえ
お前の身振りが溢れないか測れ　溢れさせろ
広げればお前の幅に収まるか調べろ

こいつのことはその鍵のおかげでよく知っている
といってもときにはわからないことも　たとえば
この幸せが一人歩きするのか　お前の災いにもたれて
あるいは単にお前を喜ばせるべく指の骨を鳴らすのか
こいつが唯一無比で孤独で孤立した知識を備えている
のは俺にもよくわかっている

お前の耳では軟骨が素敵で
だから手紙をお前に書いて　お前のことを瞑想する
自分が幸せだと夢の中で思うのを忘れるな
幸せとは終わるときに奥深い事実となり

でもやって来るときはこういう死の
混沌とした香りをまとうのだと

お前の死に際して口笛を吹き
飛んでくる石に帽子をかぶり
お前は白く傾いて階段での戦闘に勝利する
茎の兵士　粒の哲学者　夢の機械工
（俺のことがわかるか　獣よ？
サイズのように比べてもらっていいのか？
お前は答えず　お前の言葉の年齢を通して
無言で俺を見る）

そうやってお前の幸せが傾けば
その不幸にも続かない幸せを
お前の舌が再び求め　別れるだろう
その前に乱暴に終わってしまうだろう

ギザギザになり冷酷無比の烙印を押され
そしてその時お前は俺がいかに瞑想するかを聞くだろう
そしてその時お前はお前の影がいかにこの俺の脱いだ
影であるかに触れるだろう
そしてその時お前は俺がいかに苦しんだかを嗅ぐだろう

(無題　一二四)

そしてもしこれほど多くの言葉の後に
言葉が生き残らないなら！
そして鳥たちの翼の後に
立ち止まる鳥が生き残らないなら！
すべてをご破算にして終わりにするのが
本当はいいんじゃないか！

死を生きるべく生まれてきた俺たち！
自らの災いを生きるべく
天から地に向かって立ち上がり
自分の闇を自分の影で消す瞬間を探る！
率直に言ってすべてをご破算にしても
どうでもいい話なんじゃないか　これ！……

そしてもしこれほど長い歴史の後に俺たちが
もはや永遠からではなく

家にいるとか考え込むとか
ごく簡単なことからも消えてなくなるなら！
そしてそれから俺たちが
星の位置から判断して
櫛やポケットの染みから判断して
どうやらまだ生きているということにふと気付くなら！
すべてをご破算にしたほうが
本当はいいんじゃないか！

こうも言えるだろう
俺たちは片目で大いに苦しみ
もう片方の目でも大いに苦しみ
見つめるときは両目で大いに苦しむのだと……
だったら……　そうさ！……　だったら……　言葉なんて！

V　日付のある詩

（無題　二五）❖

暑さ　我が黄金を抱えて疲れた俺が行くのは
我が敵がたった今愛してくれた場所
C'est Septembre attiédi,* 君のものだ二月よ！
まるでイヤリングをつけてもらったみたいだ

パリと四と五と俺の死んだ事実の
暑さのなかでの宙吊りになった焦燥
c'est Paris, reine du monde！*
まるでみんなでお漏らししたみたいだ

月ごとに大きさをもつ苦い葉たち
ルクサンブール公園の埃まみれの葉たち
C'est l'été,* 君のものだ上部胸膜の冬よ！
まるで葉たちが裏返ったみたいだ

暑さ　パリ　秋　暑さと都市の
ど真ん中にこんなにもの夏が！
C'est la vie, mort de la Mort！*
まるで俺の歩数が数えられているみたいだ

まるでイヤリングをつけてもらったみたいだ！
まるでみんなでお漏らししたみたいだ！
まるで葉たちが裏返ったみたいだ！
まるで俺の歩数が数えられているみたいだ！

一九三七年九月四日

❖バジェホにしては珍しく詩のなかでフランス語を用いている。ただしうち二行はスペイン語との混成。
＊C'est Septembre attiédi,：仏語。「これが温かい九月だ！」の意。
＊c'est Paris, reine du monde!：仏語。「これぞ世界の女王パリ！」の意。
＊C'est l'été,：仏語。「これが夏だ」の意。
＊C'est la vie, mort de la Mort!：仏語。「死のなかの死よ　これぞ生だ！」の意。

（無題　二六）

一本の柱が慰めを支えて
もう一本の柱
二倍になった柱　柱っぽく
暗い扉の孫みたいに
音は消え　一本は疲労の淵で耳をすまし
もう一本は取っ手どもと二杯ずつで酒飲み

この日の年を俺ひょっとして知らなかった？
この愛の憎しみを　この額の板を知らなかった？
この午後が数日分かかることを知らなかった？
皆無が膝をつけば絶無になることを知らなかった？

俺が見た柱たちが俺の声を聞いている
他の柱たちは俺の脚の悲しき二たち孫たち
これだけの火を銀から借りている
アメリカ大陸の銅の言葉で俺は言う！

三度目の結婚で慰められて
青白く生まれたばかりの俺は
自分の洗礼盤を閉じよう　このガラス窓を
乳首を持つこの驚きを
礼拝堂にあるこの指を
俺の骨格に心臓でつながっているこの指を

一九三七年九月六日

（無題　一七）

人生をくよくよ考え
血流の努力をくよくよ考えていると
存在がほっとして席を譲り
死刑を言い渡し
白いぼろ切れに包まれて落ちて
惑星的に落ちて
悲嘆に沸騰する釘も落ちて！
（公式のとげとげしさはつまり俺の左側のとげとげしさ
古ポケットの自分に考え込むこの右側）

すべてが楽しいけれど俺の楽しさだけは別で
すべてが長いけれど俺の無垢だけは別で
俺の不安だけは別！
しかしながら形から察するに俺は古臭く足を引きずって
前を見て進んでいるようだ
そして涙のせいで目を忘れる（とても面白い表現）

そして俺の星から俺の両足まで上る
俺は編む　編んだことの　ほら編んでる
追いかけてくるものを探すと　そいつは司教たちの間
から俺の魂の下を通って俺の呼気を越えて隠れる
というのが上昇する山羊乙女の
官能的な悲嘆
俺が土曜をなくした昨日の日曜に
不吉な石油を吐き出す奴

というのが死　大胆な夫を連れて

一九三七年九月七日

読んで歌うための詩

昼も夜も手のなかに俺を探し
一秒ごとに靴のなかに俺を見つける
そんな人間がいるのを知っているが
夜が台所の向こうで拍車をかけられ
埋葬されたのを知らないのだろうか？

俺の各部分からなる人間がいて
俺の腰回りが奴の正確な小石にまたがって行く時に
俺が奴に合体するのは分かっているが
奴は知らないのだろうか？　奴の肖像画と出ていった
硬貨は貯金箱に二度と戻らないことを

俺はその日を知っているが
太陽には逃げられてしまった
奴が例の表面的頻繁が地雷になっている
生ぬるい水と他人の価値を相手に

ベッドでした普遍的な行為を俺は知っている
その人間はひょっとするとあまりに小さいので
自分の足にも踏まれてしまうような奴じゃないか?

一匹の猫が俺とそいつとの境目になって
奴の水分率すれすれのところにいる
奴が街角で開いたり閉じたりするのが見える
奴の衣装　前は問いかけるヤシの木……
涙を交換する以外にやりようがある?

でも奴は俺を探しに探す　たいした話だよ!

一九三七年九月七日

(無題 一八)

訛りが俺の靴からぶら下がる
訛りが敗れ去り　輝き　琥珀の形に折れ曲がり
邪悪な影を色付けしながら吊るす音が
はっきりと聞こえる
そうするとサイズが大きすぎて
俺は木から判事どもに見られてしまう
奴らの背中で見られてしまう
前を向いて自分のハンマーに入っていくのを
女の子を見に立ち止まるのを
屎尿瓶の足もとで両肩をもちあげるのを

きっと俺のそばには誰もいない
どうでもいいし　いてくれる必要もない
きっともう出て行けと言われたんだ
はっきりとそう感じる

祈る奴のサイズは実に惨い！
屈辱　煌き　深い森！
俺にはもうサイズが大きすぎる　伸び縮みする霧
《上の》と《から》と《そばに》の素早さ
泰然自若！　泰然自若！　次に
あとで忌まわしい電話どもの音が鳴る
それが訛り　それが奴

一九三七年九月一二日

❖バジェホにとっての訛りとはフランス語のそれに加えて、ペルー特有のスペイン語も意味している。

（無題　一一九）

人の先端
その普遍的な灰を吸ったあとに
身をすくませるささやかな嘲笑
秘密の巻貝にぶつかるときの先端
手袋をはめてつかむ先端
六つの轡《くつわ》で支えられた月曜に先端
魂の音に耳をすませる出る先端

そうでなければ
兵士たちは霧雨だったかも
勇ましい見当外れから戻る際の四角い火薬でもなければ
致命的バナナでもなく　単に
シルエットの少しのもみあげに過ぎなかったかも
そうでなければ旅する義理の父たち
朗々たる使命を帯びた義理の兄たち

極度に恩知らずなゴムの道を行く娘婿たち
馬のごとく優美に歩く姿は
まばゆいばかりに光り輝くかも！

おお　逆光で幾何学的に考える！
おお　かくも素早くかくも芳しい威厳により
卑屈に死なない！
おお　歌わない　かろうじて
書く　せいぜい棒切れとか
不安な耳の切っ先で書く！

鉛筆の和音　まるで聞こえない鼓膜
屈強に半量ずつ鳴るカンカンカン
そしていい肉を暗記して食うこと
肉がなければハム
それと雌の蛆虫わかせたチーズをひとかけ
雄の蛆虫と死んだ蛆虫と

一九三七年九月一四日

（無題　三〇）

おおワインなきボトル！　おおこのボトルを残して逝ったワイン！
午後の曙が
五つの精霊で忌まわしく燃えた時はすでに遅く
パンも垢もないやもめ暮らし　おぞましい半金属に朽ち果てながら
耳の細胞で尽きながら

おお《いつも》よ　それほどの《いつも》なら《皆無》はないだろう！
おお我が親友ども　惨いごまかし
俺たちの不完全をつらぬく半端野郎
気まぐれでやんちゃな嘆き！

豚の崇高下劣な完成が
俺の全般的憂鬱に触れる！
夢に鳴り響く手斧が
手斧が
下品に下等に売られて合法的に腕白に
下劣にかつて俺の考えであったものに触れる！

それでも
お前とあいつとあいつらとみんなが
同時に俺のシャツに入ってきた
両肩には丸太が　大腿骨のあいだには棒切れが
特にお前は
俺に影響を与え
あいつは軽薄に赤い顔してお金をもって
そしてあいつらは別の重さの羽に乗りだらだらと

おおワインなきボトル！　おおこのボトルを残して逝ったワイン！

一九三七年九月一六日

❖ある日、食事する金にも困ったバジェホは、アパートにあったなかで唯一お金になりそうなワインを一本道端で売ろうとしたが、パリの通行人たちから怪しまれただけに終わる。部屋に戻ってやけっぱちでワインを飲んだ後に書かれた詩と言われている。

（無題　三二）

走って歩いて逃げていく
自分の足から……
自分の雲に雲を二つのせていく
偽作は腰かけ　手には悲しき《ため》たちと
忌まわしき《そのとき》たちが副木《そえぎ》され

あらゆるものから走り　無色の
抗議のあいだを歩き　上がっては
逃げ　下がっては
逃げ　地下室を通って
逃げ　悪を両腕に抱えて
逃げ
まっすぐひとりですすり泣きにどこまでも

どこへ行こうとも
険しく辛らつな踵から離れ

空気から　旅路から遠ざかり
ただ逃げに逃げに逃げに逃げるために
足から逃げ――　二本足で立ち　あまりに逃げたせいで
立ち止まっている男には――　なおも走りへの乾きがあるだろう

そして鉄を金で裏書すれば木すらなし！
そしてその落ち葉を覆えば鉄すらなし！
彼の両足以外は何もなし
彼の勇ましき悪寒以外は何もなし
彼の生きた《ため》たちと生きた《そのとき》たち以外は……

一九三七年九月一八日

（無題　三二）

低さの裏にようやく
山　顔を固定するあいだ
ようやく周囲にくすぶる暈《かさ》

立坑を記念した山
金の
無償の銀鉱脈に沿って

死んだ長いバルブだったものが
その夏の色調に確信をもって
這っていく帯がそれ
この自然発生の寡黙な枠
このやんごとなき靴踏みの
この皮の　俺が完全で卑猥でいられる
この本質的な指のきらめきの

片足一本による用事　硫黄の灯心
銀の金　そして銀と
俺の死と俺の深みと俺の丘でできた銀

通れ
俺の両腕に抱きついて
コルクの後か前に俺を抜け！
幾度も幾度も祈りの声を
平たい涙に満ちた散文の川を湧かせた山
哀願する段々平地によって　さらに彼方の
迸る塔によって形成された低い山
日中の霧と日中のアルコール
親愛なるキャベツたちの緑　補足する
生ぬるいロバたち　棒たちに材木たち
金の無償の銀鉱脈

一九三七年九月一九日

(無題　三三)

我が胸はその色を求めて求めず
その胸の急峻な道を俺は行き　棒もって泣き
幸せになろうとして　手のなかで泣き
思い出し　書き
頬に涙を打ち込む

悪はその赤色を求め　善は宙吊りの斧と
歩いて飛ぶ翼のよろめきにより
赤らんだその赤色を求め
人は求めず　はっきりと
あれを求めはせず
己の魂に横たわろうともせず
こめかみで角がずきずき痛む
二手類の　とても野蛮な　とても哲学的な人

という感じではほぼない感じの俺は
己の魂を救う鋤から下に引っ越し
規模においてはほぼ自画自賛
この犬野郎になぜ命があるのか知ること
俺はなぜ泣くのか　なぜ
太い眉毛で　不器用で　移り気な性格で
絶叫して生まれ落ちたのか
有能なアルファベットのリズムで
それを知り理解したところで
また恩知らずの男のせいで苦しむだけだ

って違う！　違う！　違う！　策略も外面もない！
苦悩ならいい　いいと猛烈に断言しよう
革みたいな　捕食性の　求めて求めず　空と鳥
苦悩ならズボンの前開きの上から下までもいい
二つの泣き声の争い　ただひとつの幸運の盗難
目隠しして歩くスピードに
サンダル履きで耐え忍ぶ無痛の道
一九三七年九月二二日

(無題 三四)

このことは
二枚の瞼の間で起き 俺は
鞘の中で震えた 怒りに燃え アルカリ性になり
身を焦がす冷たい火事の足もとの
淫らな昼夜平分時のそばに突っ立って

アルカリ性の大失態 これはいわば
ニンニクよりこっち側の シロップ感のこと
錆びのもっと内側 ずっと内側で
水が行き 波が戻るときの話
アルカリ性の大失態は
空の大掛かりな仕組みにも並外れて

このまま鞘の中で死んだら俺はどの槍どの銛を
投げればいいのか! 五本の従順な小骨どもを
聖なるバナナの葉で
目で まさか目そのもので包んでやるのか!
(そのときため息のなかでは
触覚の骨アコーディオンがつくられるそうだ
死ぬべき奴が死ぬときには
かわいそうに 時計の外で
靴を片方だけしっかり握って死ぬそうだ)
そのことをすっかり そして冠状に完全に
この声の向泣的意味*において分かったうえで
俺は自分自身を痛めつけ 夜に悲しく
自ら爪をはがして
それから何も持たずひとりで話し
俺の半年たちをチェックして
脊椎を膨らませるべく体に触れる

一九三七年九月二三日

＊向泣(こうきゅう)的意味〔el sentido llorante〕: llorante は造語で動詞 llorar の派生語と思われる。

（無題　三五）

残って温めたインクに溺れ
触覚の夜と抽象化の昼とが
交代する我が空洞に耳を傾けた

扁桃腺で未知数が震え
年間憂鬱　太陽の夜　月の昼
パリの夕暮れにきゅんときしんだ

そして今日の日暮れになってもまだ
至高にして聖なる恒常性を
母の夜と　二色の豊満な緊急の
可愛い曾孫の昼を消化してる

そしてまだ
飼いならされた朝と　瞬間から永遠に出現した
霧の下でたどり着くのだ　俺は俺まで

複座の飛行機に乗ってたどり着く

そしてまだ

今なお
俺が我が幸せな博士菌を勝ち取った
彗星の先端で
温まり　聞く耳もち　地球な　太陽な　月な
正体不明の俺は　墓地を突っ切り
左に曲がって草を裂くのだ
二本の十一音節詩行と
墓の歳月と無限リットルと
インクとペンとレンガと許しをもって

一九三七年九月二四日

(無題 三六)

平和 雌蜂 くさび 勾配
死者 デシリットル 梟
場所 田虫 石棺 コップ 色黒の女
無知 鍋 侍祭
滴 忘却
権限 従兄弟 大天使 針
教区司祭 黒檀 冷遇
部分 型 仰天 魂……

従順な サフラン色の 外側の 透明な
携帯できる 古い 一三の 血まみれの
撮られた 賢い 腫れた
関連する 長い 魅せられた 裏切りの……

燃えて 比べて
生きて 逆上して
殴って 分析して 聞いて 震えて

死んで もちこたえて 出世して 泣いて……
あとで これら ここに
あとで 上に
おそらく いっぽう 後ろに こんなにたくさん
かくも皆無
下に ひょっとして 遠くに
いつも あのこと 明日 どれだけ
どれだけ!……

恐ろしいもの 贅沢なもの とろくさいもの
いかめしいもの 実りなきもの
不吉なもの いらつくもの 濡れたもの 致命的なもの
あらゆるもの けがれなきもの 陰気なもの
苦いもの 邪悪なもの 触れられるもの 深いもの……

一九三七年九月二五日

（無題　三七）

打ちひしがれ　賢明に　まともに
唸っていた　身なりを整え　無用の心配をして　死体
のごとく　誓いを破って
行っていた　帰っていた　答えていた　思い切ってい
た
忌まわしく　緋色で　抑え難く

社会で　ガラスで　塵で　石炭で
去った　ためらった　黄金で話して　きらめいた
回転した　遵守で
ビロードで　涙で　撤退した

思い出す？　言い張る？　行く？　許す？
しかめ面で　終わっただろう
もたれて　ざらざらで　呆然として　壁のように
ぶつかって　ぼやけて　死ぬことを考えていた

尊敬に値せず　罰せられず
黒々と　嗅ぎまわるだろう　分かるだろう
口頭で　服を着るだろう
半信半疑で行くだろう　怖がるだろう　忘れるだろう

一九三七年九月二六日

（無題　三八）

で　どう？　青白い半金属*は君の体に効いている？
土埃が流れるむごたらしい川へと傾く
発火性の市民的な半金属は？

奴隷君　もう循環する時刻だ
二枚の心耳*に　滑りやすい第四紀の
喉指輪が形成される時間だ

奴隷のセニョール　魅惑の朝に
とうとう見えるよ
君のプルプル震える鼾の半身像が
君の馬にまたがる苦しみが見えるよ
健康な臓器　三つの取っ手がある臓器が通る
俺が君の単調な髪を一月ずつめくると
君の姑が泣いて
指で小骨をつくったりする

君の魂は君を熱心に見てみる気になって
君のこめかみは　ほんの一瞬　歩を刻む

そして雌鶏が無限をひとつずつ産み落とす
湯気のたつ音節からは美しい大地が現れる
君は兄のそばに立って君自身の絵を描く
ベッドの下で暗い色が轟き
タコどもが走り回ってぐちゃぐちゃにぶつかり

奴隷のセニョール　で　どう？
半金属は君の苦悩に作用するのか？

一九三七年九月二七日

＊半金属〔metaloide〕：ホウ素、ケイ素、ゲルマニウム等、金属と非金属の中間物質。
＊心耳〔aurículas〕：心臓の左右にある耳状の突起。

（無題　三九）

暑いからこそ寒いんだ
羨望の姉よ！
我が影をライオンが舐め
我が名をネズミが噛む
我が心の母よ！

底の縁に行くんだ
悪徳の義兄よ！
我が声を芋虫がつま弾き
我が声が芋虫をつま弾く
我が体の父よ！

我が愛が目の前にいるんだ
ハトの孫娘よ！
我が恐怖は跪き
我が焦燥は逆立ちする

我が心の母よ！

ある日ついに二がなくなるんだ
墓の妻よ！
眠れる毒蛇の快音を
我が鉄が奏でる
我が体の父よ！……

一九三七年九月二九日

（無題　四〇）

眼鏡を信頼　目ではなく
階段を信頼　決して段をではない
翼を信頼　鳥ではなく
君だけを　君だけを　君だけを

悪意を信頼　悪者ではなく
コップを信頼　でも決して酒をではない
死体を信頼　人間ではなく
君だけを　君だけを　君だけを

大勢の人を信頼　でももはや一人をではない
川床を信頼　決して川の流れをではない
パンツを信頼　両脚ではなく
君だけを　君だけを　君だけを

窓を信頼　扉ではなく
母を信頼　でも九か月をではない
運命を信頼　金のサイコロではなく
君だけを　君だけを　君だけを

一九三七年一〇月五日

地震❖

薪を語れば火を黙らせる？
地面を掃けば化石を忘れる？
論理的に思考すれば
我がほつれ髪は　我が肉の王冠は？
（答えろ　愛する暴君ヘルメネギルド*！
問え　愚鈍のルイ*！）

上を　下を　こんな高さまで！
木材　繊維の王国を追って！
イサベル*　入口の地平線と！
狡猾なるアタナシウス*たち　遠く　横へ！

全体　部分！
靴下に光をでたらめに塗る
この危機の大いなる平和に危険を塗る
私の彗星たちに練り上げられた蜜を塗る

体に目から流れた蜜を塗る
ルイよ問え！　ヘルメネギルドよ答えろ！
下を　上を　横に　遠く！
イサベル　火　死者の認定証
地平線　アタナシウス　部分　全体！
蜜の蜜　泉の涙！
木材の王国
ラクダの線を斜めにカット
我が肉の王冠の繊維！

一九三七年一〇月六日

❖原稿では題名が詩全体の下に記されていた。その位置もバジェホの意図した表現だとする説もある。この詩における歴史上の人名は《権威》を表すイメージであると考えられる。

＊ヘルメネギルド〔Hermenegildo〕：カトリックに改宗した西ゴート王国の王子（五六四―五八四）
＊愚鈍のルイ〔Luis, el lento〕：フランス歴代国王のいずれかを指すと思われる。
＊イサベル〔Isabel〕：英（エリザベス）西（イサベル二世）のいずれかの女王を指すと思われる。
＊狡猾なるアタナシウスたち〔astutos Atanacios〕：アレキサンドリアの司教でカトリック教義の確立者（二九五―三七三）。この詩では複数形になっている。

（無題　四一）

愚弄され善に順応し病的でひりひりする俺は
肉の先端を折り曲げてエースの札を繰り出し
そこで運命がハエの中で尽き
俺は自分を沈めるものを食って飲んだ

ばかでっかいかけら
数の棺　俺の借金の奴ら
俺の借金の奴ら　高く
やかましく紫色に俺が落ちるとき

突き当たりまで　そのとき
斧いっぱいで呻く時間
そのときすすり泣きの年
足首の日
肋骨の夜　息切らす世紀
不毛資質が　単調なサタンたちが

わき腹から
我が代理の雌馬のわき腹から跳ねる
でも食べた場所でどれだけ考えたか！
でも泣いた場所でどれだけ飲んだか！

これが人生　あるがままの
人生　彼方の　無限の
うしろ　そうやって自然発生的に
法的こめかみの前

こうして縄がバイオリンの足もとに横たわる
空気を声高に語り　稲妻を
とてもゆっくり語る声が聞こえたとき
そうやって間違った原因が折れ曲がり
俺たちは三人ずつ合一へと向かい
かくしてエースの札を繰り出し

遠ざかる者たちが俺を迎えに出てきて
運命がバクテリアの中で尽き
すべてはみんなのせいになる

一九三七年一〇月七日

（無題　四二）

アルフォンソ　わかるよ　見ているな
《いつも》たちが縦に並び　《皆無》たちが縦に並んで
暮らすあの容赦のない次元から
（その夜　君はリブテ街で
君の夢と俺の夢のあいだで眠りに就いた）
君の忘れ難きこのチョロ*は
パリの道を歩く君の足音を間違いなく
聞きとり　電話の向こうに黙る君を感じ
そして今度は君の最後の行為が金網で
重さをもち　深みに祝杯を
俺に祝杯を　君に祝杯を上げる番だ

俺はまだ
買い物先で du vin, du lait, comptant les sur* と言うとき
心をのぞかれないようコートに隠れるんだ
あのコートに身を隠すんだ　愛するアルフォンソ
組み立てられたこめかみの単純な光線の陰にね
俺はまだ耐え忍び　そして君は二度とそうすることは
ないのだね　兄弟！
（なんでも君はその数世紀にわたる苦しみのなかで
我が愛する存在よ
我が愛する所在よ
木製のゼロをつくっていたそうだね　違うかい？）
君がタンゴを弾いたキャバレーで
君の怒りに燃える怪物は心臓を弾き
君自身に護られて　君自身を思って
君のその影にそっくりな巨大な影を思って泣き
店主のムッシュ・フルガはすっかり老けた
彼にも言おうか　彼にも伝えようか　いやだめだ
アルフォンソ　それはやめておこう！

エコール・ホテルはずっと営業中で

人々はまだみかんを買っているが
さっきも言ったが俺は耐え忍んでいる
俺たち二人の死にあたっていっしょに耐え忍んだことを
うっとり思い出しながらね
君の存在としてのそのもうひとつの墓
君の所在としてのこのマホガニーの墓
その二重の墓の口が開くとき
俺は耐え忍び　シルバよ　君から酒を一杯もらうのだ
元気付けの一杯だってよく言ったっけ
そしてそのあとどうなるか見ようじゃないかと……

ここでもう一度祝杯だ　三人で
黙っていろいろ
ワインで世界でグラスで　祝杯を挙げた相手は
体だったことも一度ならずあり
思考だったことは一度としてなく

今日はまた一段と違っていて
俺はうっとりと苦々しく耐え忍び
厳しいキリストについては君の血を飲み
優しいキリストについては君の骨を食べ
なぜならアルフォンソ　俺は君を二人ずつ愛している
から
そしてこれについてはほとんど永遠に言えそうだから

一九三七年一〇月九日

❖アルフォンソ・デ・シルバ（Alfonso de Silva）はペルー生まれの作曲家、ピアノ奏者。パリの国立音楽院で学ぶなどエリート音楽家として知られた。バジェホのパリにおけるペルー人仲間だったが、ペルーに帰国後の一九三七年五月、三四歳にして亡くなっている。この詩はその死去の報を受けて書かれた。

＊チョロ〔cholo〕：ペルーで先住民の血が混じった人や、白人っぽい暮らしをする先住民などを指す蔑称、もしくは愛称。スペイン語圏ではしばしば混血ペルー人に対する愛称となる。バジェホは生前パリのスペイン語話者のコミュニティで《チョロのバジェホ》のあだ名で親しまれていた。

＊du vin, du lait, comptant les sur：仏語。「ワインとミルクを現金で」の意。

二つの星のあいだで躓いて

あまりにみじめで体すらもたない
人々がいる　髪は量的に
天才的不快はインチ単位で下に
方法は上に
忘却の奥歯よ　俺を探すな
彼らは空気から出て　心にため息を重ね　口蓋で鞭の
音をはっきり聞いているみたいだ！

彼らは生まれた石棺をかきむしり　皮膚から抜け出し
時刻から時刻へとその死を伝って上り
凍ったアルファベットを通り抜け地面まで落ちる

哀れなるこんなたくさん！　哀れなるたったこれだけ！
哀れなる人々！
眼鏡をかけて彼らの声を聞く俺の哀れなる部屋！
彼らがスーツを買うときの俺の哀れなる胸板！

汚らしく寄せ集められた俺の哀れなる白いフケ！

サンチェスの両耳に愛あれ！
腰かける人たちに愛あれ
見知らぬ男とその妻に愛あれ
袖と首と目をもつ隣人に！

虱を飼うあの人に愛あれ！
雨の日に穴の開いた靴を履く人に
二本のマッチでパンの亡骸を弔う人に
ドアで指を挟む人に
誕生日のない人に
火事で影を失った人に
動物に　オウムに見える人に
人に見える奴に　富める貧乏人に
真にみじめな人に　貧しい貧乏人に！

愛あれ！
おなかを空かせるか喉が渇いているが
のどの渇きを癒やすおなかも
空いたおなかを癒やす喉ももたない人に！

日中も月中も時中も働きずめの人に愛あれ
苦痛や恥ずかしさで汗を流す人に
両手の命令に従って映画館へ行く人に
自分に欠けているもので支払う人に
仰向けで寝る人に
子どものころをもう覚えていない人に愛あれ
帽子なき禿げ頭の人に
棘なき正義の人に
薔薇の花なき泥棒に
時計をはめて神を見た人に

名誉に恵まれ死なない人に！
転んでもまだ泣かない男の子に愛あれ
転んでしまってもう泣くことがない男に！
哀れなるこんなたくさん！　哀れなるたったこれだけ！
哀れなる人たち！

一九三七年一〇月一一日

さらばを思い出す別れ

ついに　とうとう　最後に
俺は帰る　戻った　そしてくたばる　そして呻く　鍵と
我が帽子と　このささやかな手紙を諸君ら全員に渡して
鍵の端には俺たちが金メッキを剥がす術を学んだ
金属があり　我が帽子の終わりには
このぼさぼさの髪した哀れな脳があり
最後の煙の容器はその劇的な紙の中に
この実践的な魂の夢は横たわる

さらば兄弟　聖ペテロたちに
ヘラクレイトスたち　エラスムスたち　スピノザたち！
さらば悲しきボルシェヴィキの司教たち！
さらば支離滅裂の統治者たち！
さらば水のなかのワインのごときワイン！
さらば雨のなかのアルコール！

俺自身にもさらばを言おう
さらばミリグラムたちの形式的飛行！
まったく同じやり方でさらば
寒さの寒さ　熱さの寒さよ！
ついに　とうとう　最後に　論理
火の境界線
あのさらばを思い出す別れ

一九三七年一〇月一二日

（無題　四三）

もしかすると俺は別人で　暁に向け　長い円盤
伸び縮みする円盤のまわりを行進する別人なのかも
致死性の　具象の　大胆不敵な横隔膜なのかも
ひょっとして待つときに思い出し　大理石にメモを書
くのかも
そこには真紅の人差し指　青銅の折りたたみベッド
不在の　偽の　怒り心頭の狐がいるのかも
ひょっとしてついには人間
藍色の憐憫を塗られた背中
ひょっとしてと自分に言い聞かせる　あちら側にはな
にもないのかも

海が円盤を寄こし　それを俺の喉に
少しだけ乾いた余白を残して伝える
実際これより酸っぱく甘くカント的なものはない！
でも他人の汗　でも血清

あるいはおとなしさの嵐
衰えたり上がったり　それも二度とない！

横たわり　細く　己を掘り返す
力ずくで入る混合は腫れあがり
脚もなく　大人のロバもなく　武器もなく
大いなる原子に刺さった針が一本……
いや！　二度とない！　昨日は二度とない！　あとでは
二度とない！

そしてそこからこの悪魔的結節
この首長竜の道徳的奥歯
これら死後の疑惑
この人差し指　このベッド　これらの切符

一九三七年一〇月二一日

自然の本

すすり泣きの教師よ―― と木に向かって言った――
水銀の棒　ざわめく
シナノキよ　マルヌの岸辺を行儀のいい生徒がひとり
本を読みながらお前のトランプ　お前の落ち葉を踏む
明白な水と偽の太陽のあいだには
彼の梢の三と　彼の黄金の馬

空の各章の校長よ　燃えるハエの校長
ロバのなかにある手動の落ち着きの校長よ
深い無知の校長よ　できの悪い生徒がひとり
本を読みながらお前のトランプ　お前の落ち葉を踏む
彼を発狂させる理性の飢え
彼を狂わせる錯乱の渇き

絶叫の技術者よ　意識ある強き木よ
川の　二重の　太陽の　二重の　狂信的な木よ
基数の薔薇たちを知り尽くした木　棘に
血が出るまで突き刺さった木よ　生徒がひとり
本を読みながらお前のトランプ　お前の落ち葉を踏む
剣をもつ　土と　火山の　早熟な彼の王

おお教師よ　かくも無知であったとは！
おお校長よ　かくも空中で震えるとは！
おお技術者よ　かくも深くおじぎするとは！
おおシナノキ！　おおマルヌ川沿いのざわめく棒！

一九三七年一〇月二一日

結婚行進曲

俺自身の行為の先頭に立って
手には冠　神々の軍団
首に否定の印　惨たらしく
マッチと切迫　愕然と
心と勇気　その二つの衝撃

視線の足もと　声をあげつつ
境界　力強く　獰猛な
間違えた泣き声が俺を飲みこみつつ

俺は発火する　俺の蟻は発火する
俺の鍵は発火する　その戦いで
俺は自分の跡の根拠を失くした

そのあと穂を一本原子で作り
俺はその足もとで我が鎌を発火する
すると穂がようやく穂になるだろう

一九三七年一〇月二二日

（無題　四四）

動物であるのはひどく恐ろしい
そのたったひとつの静脈循環で
父と母を支えた真っ白な動物であるのは
この晴れ渡る大司教的な素晴らしい日
そうやって夜を代表する日に
この動物は線状に
満足と呼吸を回避し
変身と現金を回避する

俺がそこまで人っぽいとしたら
まったく残念なことになりますね
でたらめ　生い茂る前提条件
その臨時の頸木《くびき》に屈服する
俺の腰の精神的蝶番
でたらめ……　その間
そういうこと　神の顔よりこっち側では
ロックとベーコンと一覧表では　獣の
青黒い首根っこでは　魂の鼻面では

そして芳しい論理において
月輝く素晴らしいこの日に俺は
あれとたぶんこれになるのが実践的に怖く
そのあれやこれの鼻先で死の香りを嗅ぐのは
大地と　生きたでたらめと　死んだでたらめ

おお　のたうちまわり　在り　咳し　体を縛る
原理を縛り　こめかみを縛り　肩を反対の肩に縛る
遠ざかり　泣き　それを八として
あるいは七として　六として　五として　あるいは
三つの力をもつ命とする

一九三七年一〇月二二日

強さと高さ

書きたいけれど　出てくるのは泡
言いたいことは山とあれど　はまるぬかるみ
口に出す数字に　和でないものなし
核なくして　書かれたピラミッドもなし

書きたいけれど　気分はピューマ
桂冠詩人を夢見て　玉ねぎと煮込まれ
口を出る咳に　霧に至らぬものなし
発展なくして　神も神の息子もなし

だったらいっそのこと食べに行こうよ
草を　涙の肉を　呻きの果実を
缶詰にされた僕たちの憂鬱な魂を

行こう！　行こう！　僕は怪我人です
もう飲んでしまったものをまた飲みに行こう
カラス君　行こう　君の彼女を孕ましにさ

一九三七年一〇月二七日

ギター

耐え忍び憎む喜びが俺の喉に
合成樹脂の毒を塗るも
剛毛はその魔法の秩序と
雄牛の如き巨躯を第一
第六
嘘つきの第八に埋め込みそのすべてに耐え忍ぶ

耐え忍ぶ喜び……って誰が？　誰を？
誰がって奥歯が？　誰をって社会を？
歯茎の憤怒の炭化物を？
隣人を怒らせずに生き
存在するにはどうすれば？

孤独な男よ　お前は俺の数以上の価値がある
そして辞書まるごと一冊よりも

韻を踏んだ散文よりも
散らばった韻文よりも価値があるのは
お前の鷲の機能と
虎の仕組みなのだ　優しき隣人よ

耐え忍ぶ喜び
テーブルで希望を待つ喜び
日曜にはあらゆる言葉とともに
土曜にはシナ時間とベルギー時間で
週日は二度唾を吐いて

スリッパ履きで待つ喜び
詩行の陰に身をすくめて待つ喜び
たくましく目にゴミ入れて待つ喜び
耐え忍ぶ喜び　それは左の拳

日々を泣き　月々を歌いつつ
腰に石を抱えて死んだあの女
弦とギターのあいだで死んだあの女の

一九三七年一〇月二八日

（無題　四五）

お前の大衆とお前の彗星の声を聞け
呻き声を諳んじるな瀕死のクジラ目よ
お前が惰眠をむさぼるその手術着の声を聞け
夢の持ち主たるお前の裸体の声を聞け

火の尾をつかみ　たてがみがその残忍な行路を
終える角をつかみ　己に語りかけろ
己を壊すのだ　ただし輪を描いて
己を作るのだ　ただし反った柱列の上に
己を大気的に描くのだ煙の人間よ
骸骨の速足で

死？　お前の服を集めて抵抗せよ！
生？　お前の死を分けて抵抗せよ！
幸せな獣よ　考えろ

みじめな神よ　額を外せ
そのうえで話し合おうじゃないか

一九三七年一〇月二九日

（無題　四六）

線で己の体に鞭打っていったいどうなる？
点が速足で追いかけてくると思ったところで？

肩からコートではなく
卵を羽織ったところでいったいどうなる？

生きていったいどうなった？
死んでいったいどうなった？

目があったところでいったいどうなる？
魂があったところでいったいどうなる？

私の同胞が私のなかでくたばり
風の役目が私のほっぺたで始まったところでどうなる？

涙を二粒数え

大地を泣き地平線を吊るしてどうなった？
自分が泣けないことを思って泣き
いかに笑ってこなかったかを思って笑いどうなった？
生きもせず死にもせず　だからどうなる？

一九三七年一〇月三〇日

周年

存在にはなんと多くの十四があったことか！
街角では霧へのなんたる信頼！
ヘルメットのなんたる合成ダイヤモンド！
甘味は増せば増すほど
長期的には表面はより深く！
たったわずか一のなかにどれだけの十四があったことか！

なんて仕事だ！
こんなに切るなんて　睫毛を
記憶から記憶へこんなに切断するとは！
黄色ければ黄色いほどえんじ色！
たった十四のなかにこんなにもの十四！

その街角では午後のアコーディオン
あの午後には朝のピアノ
肉のラッパ

バチ一本だけの太鼓
四弦なきギター　なんと多くの五弦！
馬鹿な友人たちとのなんと多くの集まり！
煙草はなんたる虎の巣窟！
存在にはなんと多くの十四があったことか！

幸せな他人の十五　他の奴らの十五よ
今お前に何を言えばいい？
単に　もう髪は生えないとか
奴らは手紙をとりに来たとか
俺が産み落とした存在たちが俺の前で輝いているとか
俺の墓には誰もいないとか
俺と俺の涙が混同されたとかそんなことか

存在にはなんと多くの十四があったことか！
一九三七年一〇月三一日

❖バジェホは一五年を人生の一区切りと見ていたらしい。一九〇七年(一五歳)には親元を離れて山間部の学校を転々とし始めた。一九二二年(三〇歳）には『トリルセ』の刊行。そして一九三七年（四五歳）の今、という視点で書かれた詩と思われる。

霊廟

昨日全般的な音が弔いながら
　時刻どおりに
　遠ざかるのが見えた
そのとき西から弓が　虹が
　悲しく正確に
　剥がれる音が聞こえた

分の寛大な時間が大いなる時間と
　無限に
狂ったようにつながっているのが見えた
というのもそのとき時刻は
　ゆるやかに
のろのろと二つの時刻に裂かれていたから
大地は地の底からただ理解され
　呼ばれるがままに

そうやって俺の話を乱暴に拒絶した
そして俺にそれが見えたからには　俺の話もまとめて
聞いてもらえるかな
俺がこの仕掛けに触れたからには　俺の闇も
　じっくりと
のんびりと　しげしげと見てもらえるかな

そして笞の傷の中にはっきりと
　精神的には
不可知に属す傷が俺に見えたからには
聞こえたからには　俺の鼻の
弔いの時間の小窓のことを考えたからには
　どうか優しく
慈悲深く哲学者どもに放り投げてくれよ俺を
でもこんな平たい歌にあたふた抑揚をつけるのは

もうやめよう　赤い骨も
もう要らないし　俺の脊髄で
　悲しげに
馬のごとくに屹立する魂の音も要らない
だって結局のところ人生とは
　情け容赦なく
わけ隔てなく怖いものだから絶対に

一九三七年一〇月三一日

（無題　四七）

人を砕いて子どもにし
子どもを砕いておそろいの小鳥にし
小鳥を砕いてちっちゃな卵にする怒り
貧しい者の怒りには
二杯の酢に逆らう一杯の油がにじむ

木を砕いて葉にし
葉を砕いてふぞろいのボタンにし
ボタンを砕いて望遠鏡でしか見えない穴にする怒り
貧しい者の怒りには
たくさんの海に逆らう二本の川が流れる

善を砕いて疑念にし
疑念を砕いて似通った三本のアーチにし
アーチを砕いて予期せぬ墓石にする怒り
貧しい者の怒りには

二本のナイフにも耐える鋼鉄がある
魂を砕いて肉体にし
肉体を砕いて不揃いの臓器にし
臓器を砕いて八番目の思考にする怒り
貧しい者の怒りは
二つの噴火口のあいだで静かに燃える

一九三七年一〇月ＺＹ日

（無題　四八）

男が女を見つめている
贅沢三昧な大地の悪意を込めて
直に見つめている
そして彼女の両手を見る
そして彼女の両胸を押し倒す
そして彼女の両肩を揺さぶる

そのとき俺はこの白い巨大な
熱烈な肋骨を押さえ自問するのだ
ではこの男は
子どもを育ちゆく父としなかったのだろうか？
ではこの女は子どもを
彼女の明白な性の建造者とはしなかったのだろうか？

というのも俺には今ひとりの子どもが見えるから
足が百本ある一生懸命で力強い子どもだ

どうやらこの子どもが二人の間で鼻をかみ
尻を振り服を着るのが二人には見えてないらしい
というのも俺はこの二人を認めているから
女のほうはその増大辞をつけた条件において
男のほうは金色の干草の語尾変化において

そしてそのとき俺は生きるのをやめることもなく
なおかつこの畏怖する馬上槍試合に
再び震えることもなく叫ぶんだ
父と息子と母の
遅まきながらも
つながった幸福！
もう誰も感じず愛さない
家族の丸い瞬間！
雅歌を奏でるのはどんな
音のない赤黒い色の幻惑から！

一流の大工はどの幹から！
折れやすいオールは誰の完璧な脇の下から！
両前脚の蹄はどちらの蹄から！

一九三七年一一月二日

二人の必死な子ども

いや　彼らの足首にサイズはない　彼らの両頬を
ぶつのはふにゃふにゃの拍車ではない
それはただの命だ　部屋着と頸木《くびき》の

いや　彼らの爆笑に複数形はなく
粘着質の永久《とわ》貝《がい》から出てきたからでもなく
裸足で海に入ったからでもなく
それは考え前進する爆笑　有限の爆笑である
それはただの命　命に過ぎない

わかる　デカルト的で自動人形的で死にかけで
真心あふれる要するに素晴らしい俺は直観する
骸骨のむごい眉毛の上には
何もない
ハトが手袋はめて与え
奪ったものと　手袋はめた

アリストテレス的で卓越したミミズの間には何もない
頸木の前にも後ろにも何もない
大海原には海などない
そして細胞の
深刻な誇りの中には何もない
あるのは命だけ　そうさ　すごい奴さ

広がりなき完全
事実の抽象的でおめでたい達成
炎の氷のように冷たい情熱的な達成
底の轡《くつわ》　形の尾
でもあれを
つまり俺がそのために風に吹かれて生まれ
それなりの愛情とドラマとともに育った原因を
俺の仕事が拒み
俺の感覚と俺の武器が巻き込んでしまう

それは据えつけられた舞台上の命に過ぎない

そしてこの方向で
奴の一連の臓器が俺の魂を消し
そしてこの言葉にし難い極悪の空で
俺の機械装置が技術的な口笛を鳴らし
俺は悲しい朝に午後を過ごし
そしてがんばって鼓動して寒い

一九三七年一一月二日

九匹の魔物

そして不幸なことに
世界では刻々と痛みが増し
一秒につき三〇分ずつ一歩一歩増していて
そしてその痛みの性質とは二倍の痛みで
その苦痛の肉食で獰猛な性格たるや
二倍の痛みで
そして汚れなき草の効能たるや二倍の
痛みで
人の存在における善とは二倍痛むことなのだ

人たる人よ
胸に　襟に　財布に　コップに　肉屋に　算数に
かつてこれほどの痛みがあったことはない！
これほどまで痛々しい愛おしさはかつてなかった
遠くのものがこれほど近くから襲ってきたことはない
火がこんな上手に

冷たい死の役割を演じたことはない！
保健相閣下　健康が
かくも致命的であったことはかつてない
頭痛が額からこうも額を抜き去ったことは！
そして箪笥の引き出しには痛みが
心臓の引き出しには痛みが
とかげの引き出しには痛みが

兄弟よ　人よ　不幸は増している
機械よりずっと先に　機械十台分の速度で
ルソーの家畜と　我らの髭と共に増している
我らの知らない理由で悪は増し
それは液体が自ら増し
泥や雲が自ら増して洪水になったということだ
苦痛は位置を逆さにし　眼房水が舗道に
垂直に零れ

目が見られ　この耳が聞かれ
そしてこの耳は一光時ごと九回鐘を鳴らし
一小麦時ごとに
九回爆笑し　一落涙時ごとに
九度雌の音を鳴らし　一飢餓時ごとに
九回歌を歌い　一度叫ばないたびに
九回雷鳴がとどろき　九回鞭がうなる

兄弟よ　人よ　痛みは我らを
後ろから襲い　横から襲い
映画館で我らを狂わせ
蓄音機で我らに釘を突き刺し
ベッドでその釘を抜き　我らの切符と
我らの財布めがけ垂直に落ちてくる
そして耐え忍ぶのはとても重々しいことだから　祈って
もいいだろう……

というのもそうした痛みの
結果として生まれる者もいれば
育つ者も死ぬ者もいるし
生まれて死なぬ者もいれば
生まれずに死ぬ者すらいて
生まれも死にもしない者までいるから(これが一番多い)
それにまた苦しみの
結果として　私は
頭まで悲しい　そしてくるぶしまでさらに悲しい
十字架に架けられたパンが見える　血まみれの
蕪が見える
玉ねぎが泣き叫んでいるのが
泣き叫ぶ穀物　たいていは小麦だ
塩が粉々に　水が逃げていく
ワインを　この人を見よ
雪かくも蒼ざめ　太陽かくも焼けついて!

兄弟よ　人よ　これが言わずにおれようか!
私にはもう耐えられない
こんな大きな引き出しには耐えられない
こんな大きな一分にも　こんな大きな
とかげにも　こんな巨額の投資にも
こんな遠くにも　渇きへのこれほどの渇きにもだ!
保健相閣下　何をすべきか?
ああ兄弟よ　人よ!　不幸にも
兄弟よ　すべきことは山のようにあるのだ

一九三七年一一月三日

（無題　四九）

男がひとりパンを担いで通りすぎる
俺はそのあと俺の分身について書くのか？
別の男が座って体をかき脇の蚤をつまんで潰す
精神分析を語ることになにか意味でも？
別の男が棍棒を握って俺の胸に飛び込んできた
俺はそのあと医者にソクラテスの話をするのか？
片足の不自由な男が少年の腕にすがって通る
俺はそのあとアンドレ・ブルトンを読むのか？
別の男が寒さに震えてごほごほと血を吐く
そのあと果たして深層の自我を語り得るか？
別の男がぬかるみで骨や残飯をあさる
どうすればそのあと無限について書けようか？
左官屋が屋根から落ちて死に二度と抱擁しない
そのあと比喩や隠喩を刷新するだって？
店主が客に売る商品で一グラムさばをよむ
そのあと四次元を語るだって？
銀行員が決算書をごまかす
どの面下げて劇場で泣けるのか？
社会の底辺で暮らす男が正座して寝る
そのあと誰でもいいからピカソについて語れだって？
誰かが葬式ですすり泣きながら歩く
そのあとでアカデミーにのほほんと入会する？

誰かが台所で銃を磨く
あの世について語ることに何か意味でも？
誰かが指を折って数えながら通り過ぎる
どうすれば叫ばずに非自己を語れようか？

一九三七年一一月五日

（無題　五〇）

今日とげが刺さった
今日とげが彼女に近くから　彼女に
近くから　彼女の生き方で
そのすでに名の知られたサンチーム硬貨で
その運命はとても痛かった
まったく
彼女のドアが痛んだ
彼女のガードルが痛んだ　そして彼女の喉を
乾かせ　悲しませた
喉の渇き　グラスが欲しいがワインは抜きで
空気の哀れな隣人から今日
彼女の教理のもうもうたる煙がこっそり吹き出した
今日とげが彼女に刺さった

広大な空間が彼女を
表面的な距離をとって巨大な鎖で追い回す

今日　風の哀れな隣人の
片頬から北が　片頬から西が出た
今日とげが彼女に刺さった

死に行く味気ない日々にいったい誰が
ひとかけらのカフェオレを買うだろう
彼女以外の誰が自分の足跡をたどって産み落とすまで
降りるだろう？
では土曜七時は誰になる？
人のちょうどそこに刺さる
とげたちは
哀れなものだ！
旅の哀れな隣人に今日
神託の最中に消された炎が刺さった
今日とげが彼女に刺さった

彼女はその痛みを痛んだ　若い痛み
子どもの痛み　ずきずきする痛み　それは
彼女の手に刺さり
喉を渇かせ　悲しませた
グラスが欲しいがワインは抜きで
可愛そうで哀れな女！

一九三七年一一月六日

（無題　五二）

愛する者を愛しその二つの顔にキスしたくなる日が
欲望が政治的にふつふつと湧いてくる日がある
指示詞的な愛が遠くから
やってくる　徐々に無理に愛したい別の思い
俺を憎む奴を　紙をちぎる奴を　ちっちゃな男の子を
泣いていた男を思って泣く女を
ワインの王を　水の奴隷を
怒りの奥に身を潜めた奴を
汗かく奴　歩く奴　その人格丸ごとを俺の魂で震わせる奴を
そしてだからこそ俺に話しかける奴の
髪を編んでやりたい　兵士の髪を整えてやりたい
大人にはその光を　子どもにはその偉大さを
泣けない奴のハンカチに
直接アイロンをかけてやりたい
そして悲しいときや幸せが痛いときには
子どもたちや天才たちを修繕してやりたい
善人がちょっとだけ悪人になる手伝いをしてやりたい
左利きの奴の右側に座り　唖者の問いに答えねば
できるだけ彼の役に
立たねば　足の不自由な奴がいれば
足を洗ってやり
隣に片目の男がいれば眠る手伝いもしてやらねば

ああこの愛は俺の愛　この愛は世界の愛！
人どうしの　教区の　成熟した愛だ！
それはちょうどいい時期に
土台から　公共の股間からやってくる
そして遠くからやってきて
歌手の襟巻きにキスをしたくなる
苦しむ奴がいればそのフライパンにキスをし

聾者がいればその頭蓋に響く大胆不敵な音にキスをし
俺が胸のなかで忘れたものを届けてくれる奴がいれば
彼のダンテとチャップリンと両肩にキスをしてやるのだ

俺が最後に願うのは
暴力のあの名高い縁にまできている今
心臓が胸でいっぱいの今　俺ができればやりたいのは
微笑む奴がいればゲラゲラ笑う手伝いをし
悪人がいればうなじの真ん中に小鳥をのせ
病人がいれば世話をして怒らせ
物を売る奴がいれば買いに行き
人殺しがいれば殺すのを手伝うこと――恐ろしい話――
そしてできることなら自分に対しよき人であること
何をおいても

一九三七年一一月六日

手拍子とギター

さあ二人いっしょだ　こっちだ
ついて来い　体をつかんでもって来い
いっしょに晩飯を食おう　この命を一瞬だけ
二つの命にしよう　死におすそ分けをしてやろう
さあお前自身を連れて来い　お願いだから
俺の名で文句を言ってくれ　魂をつかんでもって来い
闇夜の光に足もと照らし
そろりそろりと逃げるんだ

俺に来い　そうだ　おまえにもだ　そうだ
揃いのステップで　不揃いのステップで会い
別れのステップを刻もう
いつか俺たちが戻るまで！　いつか帰還のときまで！
無知な俺たちがいつか字を読むときまで！
いつか俺たちが戻るときまでしばしの別れだ！

銃なんかどうだっていい
俺の話を聞け
いいから聞け　銃弾がすでに俺の署名欄を
飛んでいたってかまわない
銃弾がお前の肉の匂いをくすぶらせていたって
かまわないんだ
今日こそは俺たちの星を
盲人の腕のなかに移そう
そしてお前が歌ってくれたら　二人で泣こう
可愛いお前よ　今日こそお前の揃いのステップで
俺の警告が届いたお前の信頼を受けて
俺たちは俺たちから二歩ずつ出ていこう
いつか俺たちが盲人になるまで
いつか
こんな戻るなんてと泣くときまで！

さあ
二人いっしょだ　お前の
その優しい人格をつかんで来い
いっしょに晩飯を食おう　この命を一瞬だけ
二つの命にしよう　我らが死におすそ分けをしてやろう
さあお前自身を連れて来い　お願いだから
なにか歌を歌ってくれ
お前の魂を鳴らして手を叩いてくれ
いつか戻るときまで！　そのときまで！
いつか発つそのときまでしばしの別れだ！

一九三七年一一月八日

肉体を耐え忍んだ魂

どうやらお前は内分泌線を患っているようだ
あるいはおそらく
この俺を　この俺の簡潔にして寡黙な慧眼を患っている
お前は透明な類人猿を患っている　あちらで　近くで
不吉な闇に包まれた場所で
お前は太陽を転がし　己の魂をつかみ
己の肉体のヨハネどもを引っ張って
己の首をくっつける　その様子が見える
お前は何が痛むのか知っている
何がお前の尻を飛び越えていくのか
何がお前伝いに縄で床に降りていくのかを
哀れな奴だが生きている　否定はするな
死んでも　否定はするな
お前の寿命が尽きても　ああ！　お前の時代が尽きても
そして泣いたところでお前は酒を飲み
血を流したところでお前はその雑種の牙に

そのわびしい蝋燭とお前の各部分たちに餌をやるのだ
お前は苦しみ　苛まれ　もう一度ひどく苦しむのだ
みじめな猿よ
ダーウィンの若造よ
俺を監視する警吏よ　冷酷極まりない微生物よ
そしてお前はそれを知り尽くしたあまり
逆に分からなくなり飛び跳ね泣き出し
そのあとお前は生まれたのだ　そのこともまた
遠くから見える　不幸者めが黙れ
偶然に与えられた道を耐え忍べ
己の臍にいつ？　どうやって？　と尋ねよ

我が友よ　お前は完全に
髪までできているな　三八年の今
ニコラスとかサンティアゴとかいう名前のお前
俺と　あるいはお前の流産といてくれ　あるいは

俺といてくれ
そしてお前のその巨大な自由に囚われたまま
お前のその自治的ヘラクレスに引きずられて……
でももしお前が指で二まで数えるなら
そのほうがひどい　否定するな兄弟よ

だめって？　いいけどだめって？
哀れな猿め！……　足を出せ！……　違う　バカ　手
だって言ってるんだ
お前の健康を祈る！　だから耐え忍べ！

一九三七年一一月九日

二頭立て

完全で　そのうえに生！
完全で　そのうえに死！

完全で　そのうえに全！
完全で　そのうえに無！

完全で　そのうえに世界！
完全で　そのうえに塵！

完全で　そのうえに神！
完全で　そのうえに無人！

完全で　そのうえに皆無！
完全で　そのうえに恒常！

完全で　そのうえに金！

完全で　そのうえに煙！
完全で　そのうえに涙！
完全で　そのうえに笑い！
完全で！

一九三七年一一月九日

（無題　五二）

国外追放されて俺の三倍の発展に座りに
来るであろう者がさっき通り過ぎた
犯罪的に通り過ぎた

奴がさっき俺の魂から体ひとつ分
こちら側に座った
俺を痩せさせようとロバで来た奴が
青白く立ったまま座った

今にも終わりつつあるものを
火の熱と動物が尻尾の下に飼っていた
巨大な代名詞を奴からさっきもらった

ついさっき
奴がその目でさらに遠ざける
遠い仮説に関する疑惑を俺に伝えた

奴がさっき善にそれ相応の名誉をもたらした
卑しい厚皮動物のおかげで
俺で夢見られたものと奴で殺されたものを通して

俺の背中の真ん中にその二度目の悲嘆を
俺の涙の真ん中にその三度目の汗を
奴がさっきつけた（一度目はない）

奴が来ないままさっき通り過ぎた

一九三七年一一月一二日

（無題　五三）

悪人が玉座を背負い
善人が悪人に付き添い歩いてくるとして
彼らが説教で《いい》祈りで《だめ》と言い
岩が道を二つに割るとして……

丘から山が
櫂から茎が　舵から杉の木が始まるとして
二百が六十を待つとして
肉がその三つの題に戻るとして……

火の概念に雪が余るとして
死体が私たちを見ようと寝そべるとして
稲妻が太った雷鳴になるとして
首長竜が仰け反ると鳥になるとして……

堆肥のそばに掘った穴がないとして

川に滑り落ちる遭難はない
自由な人間に自由になれる牢獄はない
空に大気はない　そして金に鉄はないとして……

猛獣が規律や匂いを示し
怒りが兵士で我が身を描き
私が習ったカプリンの花と
私に感染し私を救出する嘘が痛むとして……

そんなことが仮にあるとして実際にそうしたら
どっちの手で起こせばいい？
どっちの足で死ねばいい？
どう貧しくなればいい？
どんな声で黙ればいい？
どれほど分かればいい　そして誰のことを？

忘れも覚えもしない
閉め過ぎて扉を盗まれたことを
苦しみが少な過ぎて恨みがましいことを
考えすぎて口がなくなっていることを

一九三七年一一月一九日

(無題　五四)

億万長者は裸で一文無しで歩かせよ!
死の床を財宝で造る者に災いあれ!
挨拶する者には世界を!
空で種まく者には肘掛け椅子を
己の取り組みに終止符を打ち始まりを見守る者には涙を
拍車をつけた者には歩かせよ
新たな壁を育てぬ壁には速やかな死を
貧しきものにはその貧しさをすべて授けよ
笑う者にはパンを
勝利には敗北を　医者には死を
血には母乳あれ
太陽には蝋燭を一本足せ
二十には八百を
永久《とわ》なるものには橋の下をくぐらせろ!
着飾る者には蔑みを!
足は手の冠を被り　手のサイズに合わせよ

我が人格は私の隣に座れ!
あの腹に収まったことを泣け!
空気中に空気を見る者に祝福あれ!
鉄槌には釘の長い歳月を
裸の者には服を脱がさせよ
マントにはズボンを履かさせよ
銅はその薄片を犠牲にして輝け
泥から世界に落ちる者に尊厳あれ
口は涙を流せ　目は嗚咽せよ
鉄は自らの永続性を戒めよ
持ち運べる地平線には糸を
石の道には十二の都市を
己の影と遊ぶ者には球体を
夫婦には一時間からなる一日を
土を称えて耕す者には母を
液体には二枚の切手を貼れ

口に入れたものたちに点呼させよ
子孫たちは生かしめよ
鶉《うずら》は生かしめよ
ポプラと木の経歴は生かしめよ
海は円とは逆に自分の息子を負かせ
そして白髪には涙を
毒蛇は捨て置くがいい　人間諸君
七本の薪で炎に溝を掘れ
生きよ
高さは持ち上げよ
深みはより深く下げよ
波にはその推進を歩かせよ
丸天井の休止に成功を！
死のう我ら！
日に一度は己の骸骨を洗え
私の言葉を真に受けるな

暴君とその魂には脚の悪い鳥を
孤独に行く者には驚愕の染みを
天文学者にはスズメを　スズメと飛行士にもスズメを！
雨となり降り　陽となって晴れよ
ジュピターを　金の偶像を盗んだ者を監視せよ
己の文字を三冊のノートに書き写せ
既婚者からは彼らが口を開くときに学び
独身者からは彼らが口を閉ざすときに学べ
恋人たちには食べる物を与えよ
己の手に住む悪魔には飲む物を与えよ
正義を求めてうなじで戦え
皆が対等であれ
樫の木には任務を果たさせよ
豹には二本の樫の木の間で任務を果たさせよ
我ら生きるべし
我ら在るべし

水が大海原を胎動する音を感じよ
栄養を取れ
私は泣いているから過ちは想定してほしい
山羊の親子が崖を登るあいだは受け容れてほしい
神が人になりたがる癖をなくさせよ
諸君育つのだ……!
呼ぶ声がする　じゃあまたな

一九三七年一一月一九日

(無題　五五)

山あいに暮らす
山の鳥とは反対向きに
ここに　ある日の午後
ここに　捕われ　金属っぽく　決然と
誠実な男が裏切り者の孫たちに導かれて来た
そして俺たちはここに残った　だって
左利きの連中による握手はあっても
右側の十字架をつくる木はもはやなく
左側の釘をつくる鉄ももはやないから

ランプたちに導かれて盲目の誠実な男が来た
蒼ざめた男が　ここで
肉色の男にとって十分であるのが見えた
単なる謙虚から偉大な男が生まれた
戦争
俺の　俺たちのではない　このキジバトけ

自らを描き　自らを消し　卵を産み　殺された
酔った男を唇で樫の木にくっつけた　愛して
いたからだ　すると樫の木の
とげ　憎んでいたからだ
若馬のお下げ髪と
大国どものたてがみが編まれ
労働者は歌った　俺は幸福になった

蒼ざめた男は肉色の男を抱きしめた
そして酔った男は身を隠して俺たちに挨拶をした
場所がここで一日の終わりだったからだ
あの小広場よりたくさんの時間があろうか！
その人たちより優れた年があろうか！
その世紀より強い瞬間があろうか！

というのも俺が話しているのは
この時代に起きていること
シナやスペインで　世界で起きていること*に他なら
いからだ
（ウォルト・ホイットマン*は柔和な胸で息をして
いたが　食堂で泣いていたとき彼が何をしていたかは
誰も知らない）

でも我々のことに戻るなら
前に言っていた詩に戻るなら　あれはそのときのこと
つまり俺は見た　人というのは生まれ損ないであり
生き損ないであり　死に損ないであり　死にかけ損な
いであって
そして当然ながら
誠実な偽善者はやけを起こし
蒼ざめた男は（いつものあの蒼ざめた奴）

何かのせいで蒼ざめるだろうし
人の血と獣の乳の間で酔った男は
襲いかかり　与え　去ることを選ぶ
これらすべてが
今まさに
俺の雄の腹のなかで奇妙にざわついている

一九三七年一一月二〇日

＊シナやスペインで起きていること〔lo que ocurre en China y en España〕：一九三七年はスペインで内戦が激化し始め、また七月七日の盧溝橋事件をきっかけに日中戦争が始まっている。
＊ウォルト・ホイットマン〔Walt Whitman〕：ホイットマンはモデルニスモ以降のラテンアメリカ詩人に絶大な影響を及ぼしている。いわゆる自由詩や、さらにネルーダの詩集『大いなる歌』(Canto general) に代表されるような《国民詩》は、すべてホイットマンをその源流としているからだ。

❖この詩はソ連の共産主義体制を詠んでいるという説がある。それに従えば《誠実な男》はマルクスを、《蒼ざめた男》は冷徹なスターリンを、《肉色の男》はレーニンを、《酔った男》はトロツキーを指すというが、この解釈にはやや無理があるようにも思える。

（無題　五六）

つまりそれはズボンを履く場所
俺が大声でシャツを脱ぐ
一軒の家であって
そこには床と魂がひとつ　あと我がスペインの地図が
あるということ
たった今俺は俺を相手に
俺について話していた　そして
ちっぽけな本の上にとてつもないパンをひとつ置き
それから少し歌でも口ずさみたくなって
移動をした　つまり左側の命を右側に移してみた
もっとあとで全身を　おなかを
勢いよく自信たっぷりに洗ってみた
一回りして汚れる場所を探してみた
こんなに近くまで俺を連れてきた奴を引っ掻いてみた
それから頷いているのか泣いているのかよく分からない
地図の奴をきちんと整えてやった

俺の家は不幸にも家はひとつで
幸いにも床はひとつで　そこに住むのは
碑文が刻まれた我が愛するスプーン
もう文字を持たない我が愛しの骨格
ナイフ　変わらぬ煙草
実のところたまに
人生とは何かを考え出すと
どうしてもそれをジョルジェットに言いたくなるが
それはおいしいものを食べたり　午後に
お出かけしたり　立派な新聞を買ったりするため
ないときに備えて日をひとつとっておくため
あるときに備えて夜もひとつとっておくため
（って言い方をペルーではするんだよ——　と言い訳）
同じようにして俺は入念に苦しむわけだが
それは叫ばずにいるため　あるいは泣くためであり

それは目が人から自立して目の貧しさを有するから
要するに目には目の仕事があって　それは魂から滑り
魂に落ちるものなのだ

十五年を乗り越え
その後十五年　その前に十五年を乗り越えていれば
実際は誰だって自分が馬鹿になった気分になる
それは当然だし　そもそもどうしろというんだよ！
さらにひどい話だが　どうするのをやめろと？
生きるしかない　なるしかない
何百万個のパンの一個に
何千本のワインの一本に　何百個の口のひとつに
太陽と月から届く光のあいだで輝くものに
ミサのあいだはパンに　ワインに　我が魂に
今日は日曜だから

頭には考え事がうかび胸には涙がこぼれ
そして喉には巨大な塊のようなものがこみあげる
今日は日曜だから　こういうことは
何世紀も前からそうで　仮にそうでなければ
たぶんそれは月曜で　心臓に考え事がうかび
脳に涙がこぼれ
そして喉には人として生き耐え忍んできた俺が
今感じているこれの
息の根を止めたい気持ちがこみあげるかもしれない

一九三七年一一月二一日

（無題　五七）

何かがお前とお前から遠ざかるもののあいだで一致を見る。それは戻るというありふれた能力だ。そこからはお前にとって最大の悪夢。

何かがお前をお前のそばに残るものから遠ざける。それは発つというありふれた奴隷根性だ。そこからはお前にとって最もつまらない歓喜。

こういう形で俺は集団的個体性を目指し、同じく個体的集団性を目指し、そして、その両者の間を境界線のリズムで歩きながら横たわるか単に世界の縁で動かぬ歩みを刻んでいる奴らのほうを目指す。

何かはっきりと中立的なもの、容赦なく中立的なものが泥棒とその被害者の間で立ち上がる。この現象は外科医と患者の間にも見られるものだ。三角の太陽みたいなおぞましい半月はその両者をかくまう。というのも盗まれた品にも無関心な重みはあり、手術を受けた臓器にも悲しい脂肪はあるからだ。

幸せ者が不幸者になれず善人が悪人になれないということ以上に腹立たしい事実がこの世にあるだろうか？

遠ざかる！　残る！　戻る！　発つ！　社会のあらゆる仕組みはこれらの言葉で言い尽くせる。

一九三七年一一月二四日

(無題　五八)

結局俺は生ではなく死を表す言葉しかもたない。

そして結局のところ段階的自然と群れなすスズメの最終段階で己の影と手に手をとって眠りにつくのだ。

そして敬われるべき行為ともうひとつの呻き声から降りて時の揺るがぬ進行に思いをはせつつ休むのだ。

空気はこんな単純なのにどうしてゼンマイ?

鉄は鉄だけで存在できるのにどうして鎖?

セサル・バジェホよ、お前が愛を語る訛り、お前がものを書く動詞、耳に流れ込むそよ風だけが、お前の喉を通じお前について知る。

セサル・バジェホよ、だからかすかな誇りを抱き、毒蛇の模様をもち六角形の音を響かせる寝床を抱いて跪け。

肉体の蜂の巣に戻れ。美に戻れ。花咲くコルクの香りを嗅げ。そのしつこい類人猿が住む両側の洞窟を閉じろ。要するにそのいやな感じの鹿を修繕してやれ。己を哀れむのだ。

だって受動態の憎悪より濃いものはなく、愛より貧相な乳房はないのだから!

だって俺はもう二つのハープに乗ってしか歩けないのだから!

だってお前は俺が道具を使ってくどくど追いかけない限り俺が誰だか分からないのだから!

だってもうお前には小さな蛆虫しか食わせてやれないのだから!

だってもうお前はこんなにも俺のなかにいて骨と皮ばかりなのだから!

だってもう俺は二、三粒の臆病な豆ともう二、三粒の勇ましい豆を運ぶから!

というのも夜に俺の気管支で壊れる機能は昼のあいだに闇の司教が運んできて、朝に顔が白いのは俺自身のせいで、夜に顔が赤いのは我が労働者のせいだから。

そのことで同じようにこの俺の疲労感や、これらの残骸や、我が高名なる仲間たちの説明がつくわけだ。そのことで最終的に人間の幸福のために流すこの涙の説明がつくわけだ。

セサル・バジェホよ、
俺が囚われの身でいるのを知りながら、
お前が自由に横たわっているのを知りながら、
親戚たちがこんなに遅れるなんて嘘みたいだな！
仰々しくて糞みたいについているよ！
セサル・バジェホ、お前をほのぼのと憎むよ！

一九三七年一一月二五日

（無題　五九）

同志よあと少しだけ冷静に
とてつもなく巨大で北向きで完全で
残忍でちっちゃな冷静さをもって
個々の勝利でささやかな貢献をし
敗北の思い切った従属に耐えよ

君には溢れる陶酔がある　君の
肉体的分別ほどすさまじい狂気は
理性のうちにはない　君の
体験より合理的な過ちはない

でももっとはっきり言えば
それを黄金で考えれば君は鋼となる
ただし決して馬鹿には
ならぬこと　そしてこれほどの死にも

君の孤独な墓があるその生にも
我を忘れてのめりこむのを厭わぬこと

君には知る必要がある
走らず悲しまず君のその体積を抑制する術
君という分子的現実を丸ごと抑制する術を
それよりあちらでは君の万歳の行進を
それよりこちらでは君の伝説的罵倒を

君は鋼でできているという
ただし決して震えぬことだ　決して
爆発せぬことだ　我が計算の
代父よ　我が輝く塩の
誇張された代子よ

さあ行くがいい　解決せよ
君の危機を調べろ　足せ　追え
危機を断て　下ろせ　老いさせよ
運命　内なる活力　パンの
十四行詩　君が始動する
明白たる境界線にはこんなにもの免状と権力が！
こんなにもの総合的細部が君のそばに！
こんなにもの同一の圧力が君の足もとに！
こんなにもの厳格さとこんなにもの父親殺しが！

馬鹿げている
そんな苦しみの手法は
そんな組み立てられた悪性の光は
ただ冷静ささえあれば
真剣で特徴的で決定的な合図を送れるというのに

だから君
何が起きているのか教えてくれ
叫んではいるけれど　私はいつだって君に従うから

一九三七年一一月二八日

みじめな奴ら

もうすぐ朝が来る　腕に
ネジを巻け　寝床の下に自分を
探せ　もう一度頭で立って
真っ直ぐに歩いてみろ
もうじき朝が来る　コートを身につけろ

もうじき朝が来る　そのでっかい
腸をしっかり握れ　思索の前に
考えろ　だって恐ろしいぞ
不幸が我が身に降りかかるのは
歯がぽろりと抜け落ちるのは

飯にしたいだろうが俺としてはこう思う
嘆くな　嘆きや墓のそばで涙ぐむのは
貧しい人間のやることじゃない
己の体を繕え　思い出せ

白い糸を信じろ　煙草を吸え　腰の点呼をしたら
自分の肖像画の裏にでもしまっておけ
もうじき朝が来る　魂を身につけろ

もうじき朝が来る　誰かが通る
ホテルで片目が開いた
その目が鞭を打たれお前の鏡にぶつけられた……
震えているのか？　それは額から遠く離れた国
胃からすぐそばのところにある国家
まだ鼾の音がする……　この鼾はどの宇宙を盗む！
お前の毛穴はそれをどう判断し続ける！
十二がいくつあって　ああお前はかくも孤独なのか！
もうじき朝が来る　夢を身につけろ

もうじき朝が来る　お前の沈黙の
聴覚器官のために繰り返し言う

今すぐ飢えで左をとれ
今すぐ乾きで右をとれ　とにかく
金持ちに対して貧しくなるのは慎め
寒気をかきたてろ
愛する生贄よ　そこに俺の熱が回収されるのだから
もうじき朝が来る　体を身につけろ

もうじき朝が来る
朝が　海が　気象が旗を掲げて
お前の疲労の後を追う
お前のその昔ながらの誇りのせいでハイエナどもが
ロバの歩幅で己の歩幅を計算する
パン屋のおかみがお前を思う
肉屋のおやじがお前を思い　鋼と鉄と金属を
閉じ込めた斧にぴたぴた触れる　いいか忘れるな
ミサのあいだ我らに友はいない

もうじき朝が来る　太陽を身につけろ
もうじき朝が来る　息を
二つに畳め　その恨みがましい善意を
三つに畳め
恐怖と連結辞と誇張法に両肘をつけ
なぜなら股間を見れば分かる通り――　ああ！――不
滅の悪人であるお前は
今夜なにも生きず
すべてを死んでいる夢を見たのだから……

一九三七年一一月末から一二月第一週のいつか

死についての垂訓

そしてついに　あの部隊で行動する死の王国へ
やがて移るときには　前もっての角括弧
段落と鍵　大きな手と二重母音
なぜアッシリアの書見台　なぜキリスト教の説教台？
バンダル家具の強い引き
さらに少ないこの終わりから三音節前の黙想？

明日
陰茎をひけらかす試作品として
糖尿病と真っ白なおまるの中で
幾何学的な顔で　死人として終わるために
説教とアーモンドが必要となり
ジャガイモが文字通り余り
金が燃え雪の値が焼ける
この川の見世物が行なわれるのか？
そんなことのために俺たちはかくも死ぬのか？

ただ死ぬために
一瞬ごとに死なねばならないのか?
では俺が書く段落は?
では俺が高々と掲げる理神論の角括弧は?
では俺のヘルメットが壊れた部隊は?
ではあらゆる扉に通じる鍵は?
では検死官の二重母音は? 手は?
俺のジャガイモと俺の肉とシーツの下の俺の矛盾は?

狂った俺　狼な俺　小羊な
俺　思慮深い　馬を極めた俺!
書見台はたしかに生のすべて! 説教台も
死のすべて!
野蛮についての垂訓　つまりこれらの書類
終わりから三音節前の黙想　つまりこのぬけがら

こんな風に思案顔で金色に輝いて腕っぽくなって
俺は声と喉頭もつかって自分の獲物を
二瞬で守っていこう
そして祈るときの肉体的嗅覚については
そして歩くときの不動の本能については
生きている限り名誉に思おう——これは言っておかねば
俺の蝿たちは誇りに思うことだろう
だって真ん中には俺がいて　右にも
同じように　左にも同じようにいるのだから

一九三七年一二月八日

スペインよこの杯を我から遠ざけよ

『スペインよこの杯を我から遠ざけよ』

スペイン内戦で共和国側の支援活動を続けたバジェホが活動の傍らで書きためた内戦関係の詩だけを集めた詩集。刊行されたのはバジェホの死後だが、詩集の構想、題名ともバジェホ自身の意志によるもので、独立した詩集であるとみなすことができる。ただし詩の配置と各詩冒頭のローマ数字（本訳書では漢数字）については生前のバジェホが指示したものではなく、初版編者が恣意的に作成したもの。

一九三〇年前後から共産主義思想に傾倒し、三度のソ連参りを経ていたバジェホは、スペイン内戦勃発後は、第二共和国を擁護すべく積極的な政治活動に身を投じた。この詩集に収められた詩はすべて共和国派の兵士やシンパのみを擁護する立場で書かれたものであり、そういう意味では、感情移入をしにくい詩も多い。それは、二〇一六年現在の私たちにとって、すでに《共和国派の戦士とそのシンパ＝正義に殉じた犠牲者／フランコ率いる反乱軍とそのシンパ＝悪と暴力の権化》という安直な二項対立の図式が無効となっているからだ。それでもこの詩集には、バジェホが内戦に翻弄される人々を想像しつつそれまでの詩作で培ったあらゆる成果をつぎ込んだという意味で、いわば彼の集大成としての性格を見ることができるだろう。

題は、福音書におけるイエスの言葉を変形させたもの。マタイ福音書二六章三九節「わが父よ、もし得べくば此の酒杯を我より過ぎ去らせ給え」、あるいはマルコ福音書一四章三六節「アバ父よ、父には能わぬ事なし、此の酒杯を我より取り去り給え」、あるいはルカ福音書二二章四二節「父よ、御旨ならば、此の酒杯を我より取り去り給え」等、十字架にかけられる直前のイエスが神に向かって放った嘆きの言葉である（訳文はいずれも『文語訳舊新訳聖書』（一九九七年）を借用）。バジェホは呼びかけの対象をスペインと変えることで、信念に基づく自己犠牲がもたらす様々な苦痛を、詩によって共有しようと試みている。

一　共和国の義勇兵を称える❖

スペインの義勇兵よ　信じるに足る骨持つ
民兵よ　君の心臓が死へと行進するとき
君が世界の苦悩を抱いて殺しに向かうとき
本当のところ私はどうしていいか
どこに身を置くべきか分からず　走り　書き　拍手し
泣き　窺い　壊し　電気が消えて
我が胸には尽きよと言い　善には来いと言い
そして私は自分を壊したい
誰のものでもないこの額をさらし
ついには血の杯に触れ立ち止まる
我が大きさを建築家のあの有名な傾斜が阻み
その傾斜をもって私を敬う動物が己を名誉に思い
我が本能たちはその縄を伝って逆流し
我が墓の前では喜びがくすぶり
そして再び何をすべきか分からず　何もなく　私を
我が無地の石から　私を
ひとりにしてくれ
四手の獣にしてくれ　もっとこっち　もっともっと遠く
君の長き陶酔のつかの間は私の両手にあまるから
君のその両刃の迅速さに
偉大の服を着た我が卑小をぶつけよう！

昼の明快で丁寧で肥沃なある日
おお黒い二年[*]！　哀願する陰気な半年が重なりあい
火薬が己の肘を噛んで進んだ二年！
おお辛い痛みとそれより硬い火打石！
おお人民が打ちて叩いた轡《くつわ》！
ある日人民は捕われのマッチに火をつけ　怒りに燃え
このうえなく満たされ　丸まり　祈り
選択の両手でその誕生を締めくくった
すでに暴君たちは南京錠を引きずり

そして南京錠には奴らの死んだ微生物が……
戦闘？　違う！　激情だ　そして激情より前には
希望の鉄柵による痛みが
人の希望による人民の痛みが！
死と平和を求める激情は人民のもの！
死とオリーブ畑で戦う兵士の激情を肝に銘じよ！
かくして君の息では風が大気の針を変え
君の胸では墓がその鍵を交換し
君の前頭骨は殉教の第一の力に掲げられる

世界は声高に言う「スペイン人のやりそうなことだ！」
そしてそれは真実だから
秤にのせ至近距離でじっくり見よう
死んだ両生類の尻尾にもたれて眠るカルデロン*を
あるいは二枚の紙の切っ先と刃から「我が王国はこの
世のものでもあるがあの世のものでもある」と言って
いるセルバンテスを！
見よう　跪き鏡の前で祈っているゴヤを
そのデカルト的襲撃で平らな足を踏み出すごとに雲の
汗を流した勇者コル*を
あるいはケベード*　爆弾工作員たちの瞬間的祖父を
あるいはその小さな無限に喰らい尽くされたカハル*を
あるいは死なぬゆえ死ぬ聖女テレサ*を今なお見よう
あるいはそのテレサとひとつ以上の点において競うリ
ナ・オデーナ*を……
(あらゆる才知溢れる行為や声は人民から来て
人民へと向かう　まっすぐに　あるいは
絶え間なく流れるそよ風や　つきに見放された
苦々しい暗号を伝える桃色の煙に乗って)
かくして君の生き物は　民兵よ　君のこの疲れ切った
生き物は
動かぬ石に動かされ
我が身を捧げ　我が身を離し

上に向け衰弱し　もはや燃えない炎を伝って上る
弱者のもとへと上る
スペインたちを雄牛たちに分け与え
雄牛たちをハトたちに分け与え……

全世界により死んでいくプロレタリアよ！　いかなる
熱烈な苦悶のうちに
尽きるのか　君の偉大さ　貧しさ　押し流す渦
君の体系的暴力　君の理論的実践的カオス
偽りであろうとも敵をも愛するという君のダンテ的で
極めてスペイン的な欲望は！
足枷をはめられた解放者よ！
君の努力がなければ拡大は今なお取っ手をもたず
釘たちは頭をもたずにさまよい
日は古く鈍く赤いまま
我らが愛するヘルメットたちは野ざらしのままでいた
ことだろう！

その緑の茂みを担いで人のために倒れた農民よ！
君の小指は社会的に折れ曲がり
そして君の畑の牛は君の物理学と
鋤に結ばれた君の言葉と
君の借り物の空と共に残る
君の疲労に埋め込まれた粘土は
君の爪に残っていた粘土は歩き続ける！
畑に　都市に　戦場に
あの活発な群がる永久《とわ》を
建設する人々よ！　運命は決していた
すなわち君たちは光をもたらし　死とともに
その薄目を開く
君たちの口が無残にも倒れるとき
豊穣を載せた七つの盆がやって来る　世界の
すべては突如として黄金となり
そしてその黄金は
己の血の分泌を願う素晴らしき物乞いたちよ

そしてその黄金そのものがそのときに黄金となろう！

あらゆる人が愛し合い
君たちの悲しきハンカチの先をつまんで食べ
君たちの名において
君たちの不幸な喉の名において飲むだろう！
彼らはこの道中を立って歩きながら休み
君たちの軌道を思ってすすり泣き　幸運なる
彼らは君たちの
花咲く生まれつきのすさまじい帰還に合わせ
明日にすべき仕事を整理し　かつて夢見て歌った自ら
の姿になるだろう！

君の体を目指して道なき道を登る者には
君の魂の形まで降りていく者には
きっと同じ靴が似合うだろう！
唖者は絡み合って声を出し　足の悪い者は絡み合って
歩くだろう！
盲人は戻れば目が見え
聾者は鼓動すれば聞こえるだろう！
愚者は悟りを開き　賢者は悟りを閉じるだろう！
彼らは君たちが果たせなかったキスを受けるのだ！
死ぬのはただ死のみ！　蟻は
その野蛮な優しさに鎖でつながれた象に
パンくずを運び　完璧に宇宙的に生まれるべく
闇に流された子どもたちは帰還する
あらゆる人々は働き
あらゆる人々は産み出し
あらゆる人々は理解するだろう！

労働者よ　救世主よ　我らが贖い主よ
兄弟よ　我らの負債《おいめ》を赦したまえ！
太鼓がアダージョを打つときに言うがごとく
君の背中のなんとはかないその皆無！

君の横顔のなんと移り気なその恒常！
イタリアの義勇兵よ　君が放つ戦場の獣たちに混じり
足の悪いアビシニアのライオンが進む！
その全世界的な胸の先頭に立ち行進するソビエトの義
勇兵よ！
南の　北の　東の義勇兵と
そして君　曙の葬送曲を締めくくる西の義勇兵よ！
その名を抱擁の響きに
轟かす高名なる兵士よ！
大地に育まれた戦闘員よ　塵を
武器に
プラスの磁石を足に履き
個人的信条を有効にし
性格を際立たせ　副木《そえぎ》を飲み込み
肌を直《じか》にし
言葉を肩に担ぎ
魂に砂利の冠を被り歩く君よ！
寒い地域の　暖かい地域や
暑い地域の帯なす義勇兵よ
輪をなす英雄たちよ
勝者の隊列を組む犠牲者よ
生の義勇兵たちよ　スペインから　マドリードから
殺せと呼びかける声が聞こえてくる！

なぜならスペインでは別の奴らが殺しているからだ
奴らは子供を殺す　その立ち止まるおもちゃを
まばゆい母ロセンダを
馬と大声で話していた老アダンを
階段で寝ていた犬を奴らは殺す
奴らは本を殺す　その助動詞たちを
その無防備な第一ページを破り捨てる
奴らは彫像の端正な姿を破壊する
賢人を　賢人の杖を　賢人の仲間を

隣の散髪屋を――　おそらく私も髪を切ってもらった
あの善人もやがて災厄にみまわれた――
昨日目の前で歌っていた物乞いを
今日を泣いて過ごした看護婦を
両膝の頑固な高さに傾く司祭を奴らは殺す……

義勇兵よ！
生のため　善人のため
死を殺せ　悪人を殺せ！
搾取される者　搾取する者
あらゆる人々の自由のためにやるのだ
無痛の平和のために――　私は
額の足もとで寝るときこの平和を
声を立てて回るときこの平和を予測する――
やるのだ　何度でも言おう
私が手紙を送る文盲のために
裸足の天才と彼の子羊のために
倒れた同志たちのために
道の亡骸に抱きついた彼らの灰のために！

スペインの　世界の義勇兵よ
君たちに来てもらうべく
私は自分が善人となる夢を見　そこで見たのは
君たちの血だった　義勇兵よ……
このことがあってからいくつもの胸といくつもの焦燥と
祈りの年頃になった何頭ものラクダが過ぎ去った
今日は君たちの側から燃え上がる善が行進し
内在する睫毛の爬虫類が慈しみ深く君たちを追う
そして二歩また一歩
水は燃えるまでその境界を見るべくひたすらに流れ

❖一九三七年の初期に書かれたと推定されている。セルバンテスやゴヤ等歴史上の著名人が、共和国側の戦死者と同列に並べられているのが大きな特徴。

*黒い二年〔bienio〕：一九三一年に発足したスペイン第二共和制では不安定な政治が続き、一九三三年からの二年間は選挙に勝った中道右派が政権を握った。共和国内の最左派はこの時期を第二共和制における「黒い二年」と呼ぶことがある。この節では内戦勃発に至る前史が描かれている。
*カルデロン〔Calderón〕：ペドロ・カルデロン・デ・ラ・バルカ（一六〇〇—八一）。黄金世紀を代表する劇作家の一人。
*勇者コル〔Coll, el paladín〕：アントニ・コル、通称「海兵」は一九三六年マドリード戦線でダイナマイトを体に巻き自爆攻撃を敢行した。
*ケベード〔Quevedo〕：フランシスコ・ゴメス・デ・ケベード・イ・ビリェガス（一五八〇—一六四五）。独自の凝った文体で知られる黄金世紀の作家で、小説『ぺてん師ドン・パブロスの生涯』はラテンアメリカでも絶大な人気を博していた。
*カハル〔Cajal〕：サンティアゴ・ラモン・イ・カハル（一八五二—一九三四）。神経組織の研究で一九〇六年にノーベル医学生理学賞を受賞した医学者。
*聖女テレサ〔Teresa〕：テレサ・デ・ヘスス（一五一二—八二）。カルメル会を創設した修道女。
*リナ・オデーナ〔Lina Odena〕：スペイン共産党幹部。一九三六年九月ファランヘ党員によって殺害された。

二　戦場

エストレマドゥーラの男よ
君の足もとから狼の煙の音が聞こえる
種《しゅ》の煙
子どもの煙
二粒の小麦から立ち上る孤独な煙
ウィーンの煙　ローマの煙　ベルリンの煙
そしてパリの煙と　君の痛む虫垂の煙と
未来からついに立ち上る煙の音が
おお生よ！　おお大地よ！　おおスペインよ！
何オンスもの血よ！
何メートルもの血　どくどくと流れる血
馬上の血　徒歩の血　壁の血　直径なき血
四つずつの血　水の血
そして生きた血に混じる死んだ血よ！
エストレマドゥーラの男よ　おお！　生が君を殺し

死が君を生んだそのかいもなく
一人残されこの狼から君の姿を見る
君はどこまで我らの胸を耕し続けているのか！
エストレマドゥーラの男よ　君は知っている
穀物に込められた人民の触覚の
二つの声の秘密を　別の根に移り行く
巨大な根に勝るものはないことを！
エストレマドゥーラの肘つく男よ　隠遁してなお魂を
表し
肘を突く君は見つめる
死にはどれだけの生が入り得るか！

エストレマドゥーラの男よ　君の鋤の重みを
知る大地はなく　二つの時代にまたがる
君の頸木《くびき》の色以外の世界はなく
君の死後に残された家畜たちに秩序はない！

エストレマドゥーラの男よ　君は私に見せてくれた
この狼から見させてくれた　君が苦しみ
あらゆる人々のために戦うのを
個人が人になれるよう
男たちが人になれるよう
全世界が人になれるよう　そして
動物たちまでもが人になれるよう
馬が人に
トカゲが人に
ハゲワシが正直な人に
蝿が人に　オリーブの木が人に
土手までもが人に
この空までもがひとりのちっぽけな人にまるごとなれ
るまで戦うのを

そのあとタラベラから撤退し

ひとりずつの集団となって　飢えを武器に　ひとりず
つの群集となって
胸から額までを武器に
飛行機もなく　戦争もなく　恨みもなく
背を向けて敗北し
鉛よりも下へ向けて
勝利をおさめ　名誉により死ぬほど傷つき
塵に心を狂わせ　腕を歩かせ
いやいや愛し
大地のすべてをスペイン語で勝ち取り
さらに退却を重ね　そして彼らのスペインを
どこに置くべきかまだ分からず
世界の口づけをどこに隠すべきか
ポケットのオリーブの木をどこに植えるべきか分から
ない！

だがここからは　もっと後には
この大地の視点からは
悪魔的善が流れ込むその悲嘆からは
ゲルニカの大いなる戦場が見える
あの計算外の先験的な戦いが
平和のうちの戦いが　か弱き魂たちによる
か弱き体たちに対する戦いが　子どもが
殴れと言われたわけでもないのに殴る
その残虐な二重母音の下から殴る
その巧妙きわまるオムツの下から殴る戦いが
母が叫んで涙の背中で殴る戦いが
病人がその悪意と薬と息子で殴る戦いが
老人がその白髪と
過去数世紀と杖で殴る戦いが
司祭が神で殴る戦いが見える！
ゲルニカの寡黙なる守護者たちよ！

おお弱き者たちよ！　おお怒れる優しき人々よ！
君たちはのぼる　育つ
そして世界を力強い弱き人々で満たすのだ！

マドリードで　ビルバオで　サンタンデールで
墓地が爆撃された
そして不滅の死者たちが
用心深い骨たちと永久《とわ》の肩をもつ死者たちが墓の下で
地中深くで悪を　その死の底から邪悪な攻撃者たちを
不滅の死者たちが感じとり　目にし　耳にし
その未完の苦痛をふたたび手に取り
泣くのをやめ　待つのを
やめ　耐え忍ぶのを
やめ　生きるのをやめ
ついには死すべき人であるのをやめた！

すると火薬はふいに無となり
記号と印は互いに交わり
そして爆発から通りがかりに一歩進み
四足飛行からもう一歩
黙示録的な空からもう一歩
七つの金属から単純で正しい
集団的な永遠の単一なるものが！

父も母もなきマラガ！
小石も竈も白い犬すらなく！
無防備都市マラガ　私の死が歩いて生まれ
私の誕生が熱情に死んだ都市！
お前の足を追ってエクソダスを歩くマラガ！
悪の下　臆病の下　言語に絶するくぼんだ歴史の下を
お前の手には黄身　有機的大地！
お前の髪の先には白身　あらゆる混沌！

父から父へ　家族で
お前の子からお前の子へ　逃げるマラガ
海から逃げる海に沿って
鉛から逃げる金属を抜けて
大地から逃げる土の上を這い
お前を愛した深みの　ああ！
あの深みの命令に従いお前は逃げる！
殴られ　忌まわしい血の塊となり　悪党がはびこり
地獄に襲われ　楽園に襲われるマラガ！
かたいワインのうえを集団で歩き
紫の泡の上をひとりずつ歩き
静止したさらに濃い紫の嵐の上を
愛する四本の軌道に合わせて
殺しあう二本の肋骨から歩くマラガ！
我が微小なる血の
我が遠距離の赤面のマラガ！

生はお前の栗毛色の名誉に太鼓を打ち続け
お前の永久《とわ》の子たちに花火を打ち続け
お前の最後の太鼓に沈黙を打ち続け
お前の魂に無を打ち続け
お前の天才的胸骨にさらに無を打ち続ける！
マラガよ　その名と共には逝くな！
お前が逝ってしまえば
お前のすべてが
お前に向かって無限にまるごと逝ってしまう
私が狂うお前のその定められた大きさに合わせ
お前のその豊穣な靴底とそこにあいた穴に合わせ
お前のその病んだ鎌に結ばれた古いナイフに合わせ
槌に結ばれたお前のその丸太に合わせ逝ってしまう！
マラガ的な文字通りのマラガよ！
釘を打たれたお前はエジプトへ逃げ
お前の舞踊をそっくりな苦痛の中で引き伸ばし

球体の大きさはお前に取って代わり
お前は素焼きの水瓶と歌を失くして逃げ
外側のスペインと生まれつきの世界を連れて！
マラガよ　自らの権利のために！
そして生物の庭でさらにマラガ！
道に支えられる
マラガ！　追ってくる狼を気にし
待ち受ける狼の子を理由にするマラガよ！
マラガよ　私は泣いている！
マラガよ　私はただひたすらに泣く！

❖一九三七年九月以降に書かれたと推測されている。内戦初期の主要な戦場の情景が壁画のように羅列されている。

①内戦初期の一九三六年八月、中西部エストレマドゥーラのポルトガル国境沿いの都市バダホスが反乱軍に制圧され、その際、闘牛場に集められた数千人規模の共和国軍捕虜が処刑され、全世界に衝撃を与えた。

②同年九月、中部トレド近郊のタラベラが反乱軍の手に落ちた。タラベラは、アフリカから攻め込んだ反乱軍にとって首都マドリードを攻め落とすのに欠かせない要所だった。

③一九三七年四月二七日、反乱軍を支援するドイツの空軍が北部バスクの都市ゲルニカを空爆した。戦意喪失を狙った焼夷弾による民間人対象の無差別空襲という、従来はあり得なかった新しい《合理的殺戮》の形が、世界に衝撃を与えた。

④首都マドリードでは共和国側がここを最後の拠点としたため戦闘が長期化したが、北部カンタブリアのサンタンデールとバスクのビルバオは、一九三七年春までには反乱軍によって制圧された。

⑤一九三七年一月、南部アンダルシアの都市マラガが反乱軍によって制圧された。その直後、反乱軍による大規模な粛清を恐れた大量の市民がアンダルシア東部アルメリアを目指して脱出、その途中で海上からの大規模な艦砲射撃に遭い、多くが殺害された。内戦中に民間人が多数殺害された事件のひとつ。

三

彼は太い指で空によく書いた
「どうしハンザイ！　ペドロ・ロハス」
ミランダ・デ・エブロ生まれ　父にして人
夫にして人　鉄道員にして人
父にしてさらに人　ペドロとその二度の死

風の紙よ　彼が殺された　伝えよ！
肉のペンよ　彼が殺された　伝えよ！
あらゆる同志たちに今すぐに知らせるのだ！

彼の丸太を奴らが吊るした棒よ
彼は殺された
その太い指の足もとで彼は殺された！
ペドロとロハスが同時に殺された！

どうしハンザイ！

彼が字を書いた空の枕元で！
ペドロの
ロハスの　英雄の　殉教者の
臓物に巣食うハゲワシの「ハ」の字で同志万歳！*

彼の死が記録された　彼の死体からは
世界の魂にとって偉大な体が
見つかった
そした上着からは死んだスプーンが見つかった

ペドロもまた己の肉の子らに囲まれて
食事をしたものだ　掃除をし　テーブルに
色を塗り　全世界を代表して
優しく生きたものだ
そしてこのスプーンは彼の上着のなかで歩いた
目を覚まし　あるいは彼が寝ているときは元気に

常に　生きて死んだスプーン　そして彼の象徴たち
あらゆる同志たちに今すぐ知らせるのだ！
どうしハンザイ！　このスプーンの足元で永久に！

彼が殺された　死を強要された
ペドロが　ロハスが　労働者が　人が
空を見つめてちっちゃく生まれたあの男が
そしてそのあと大きくなって　赤くなって
細胞と《ノー》と《まだ》と飢えと破片を武器に戦った男が

彼はそっと殺された
妻フアナ・バスケスの髪のなかで
火の時刻　銃撃の年に
すべてがもう間近に迫っていたそのときに

ペドロ・ロハスはそうして死んだあと
立ち上がり　血に塗れた棺の台座に口づけをして
スペインを思って泣いた
それからまた空に指で書いた
「どうしハンザイ！　ペドロ・ロハス」
彼の死体は世界で満ちていた

一九三七年一一月七日

❖内戦初期に亡くなった共和国軍兵士のポケットからbとvの綴りを間違えたメモ書きが見つかったという報道にインスピレーションを受けて書かれた詩と言われる。二行目のスペイン語は¡Viban los compañeros! Pedro Rojas となっている。本来は Vivan と綴るべきところを（スペイン語ではvとbの発音に差がないため）学のない兵士が間違えてVibanと綴っていたという設定。

＊臓物に巣食うハゲワシの「ハ」の字で同志万歳！〔¡Viban con esta b del buitre en las entrañas〕：原文ではbuitre（ハゲワシ）のbに引っかけている。

四。❖

乞食たちがスペインのために戦う
パリで　ローマで　プラハで物乞いし
ロンドンで　ニューヨークで　メキシコで
ゴシック様式の拝む手で使徒たちの足に副署する
物乞いたちが地獄のごとく神に祈る
サンタンデールのため
誰もが二度と敗れぬ戦いを求めて
彼らは古くからの苦しみにその身を
まかせ　個人の足で立ち
社会の鉛を涙で流そうとする
そして乞食たちは呻き声で襲い掛かり
乞食であることのみをもって殺す

歩兵の物乞い
そこでは武器が金属から上に物乞いし
怒りが怒り狂った火薬よりこちら側で物乞いする

寡黙な軍勢は致死的なリズムで
その辛抱強さを発砲する
戸口から　自分自身から　ああ！　自分自身から
雷を履くときにも靴下を履かない
戦士か悪魔のごとき
潜在的戦士たち
力の称号を引きずり
パンくずを腰に装着し
二連装の銃には血と血をこめて……
詩人は武装した苦しみに敬礼する！

❖この詩はマルクス主義の文脈でいう、いわゆる《ルンペンプロレタリアート》を意識して書かれている。

五　死のスペイン的イメージ

奴がそこを通る！　呼びかけろ！　それが奴のわき腹だ！
死がイルン[*]を通過する！
奴のアコーディオンのステップ　奴の罵りの言葉
私が君に教えた奴の編み物のメートル
私が口を閉ざした奴のグラム……　みな奴なのだ！

呼びかけろ！　急げ！　奴は私に銃で狙いをつけている
私がどこで奴を負かすのかを察知しているようだ
私の策略　私の見事な法　私の恐ろしい法典のことを
呼びかけろ！　奴は人そっくりの姿で獣の間を歩き
我らがバリケードで眠っている間に
足に絡みついてくるあの腕にもたれ
夢のぐにゃりと曲がる扉のふちに立ち止まる

叫んだ！　奴が叫んだ！　生来の感覚の叫びを叫んだ！
恥じ入り　木々の間に倒れる己の姿を見て叫んだ
獣たちから遠ざかる己の姿を見て
奴が死だ！　と我らが言うのを聞いて
我らのもっとも偉大な関心をつんざいて！
（なぜなら奴の肝臓は君に教えた例の滴をつくるからだ
同志よ　奴は隣人の魂を喰らうからだ）

呼びかけろ！　敵の戦車の足元まで
奴を追い詰めなければならない
死とは死であることを余儀なくされた存在であり
その始まりと終わりを私は
すでに我が幻影たちの先頭に刻んでいる
たとえ奴がつまらない危険を冒そうとも
君が知る危険を冒そうとも
たとえ私を見ていないふりをしようとも

呼びかけろ！　暴力的な死とは存在ではなく

口数の少ない出来事であるに過ぎない
むしろ襲いかかってくる奴が似ているのは
軌道も幸せの歌ももたない単なる腫瘍だ
奴の大胆な時間が似ているのは曖昧な百分の一秒だ
奴の音のしない煌きは暴君どもの喝采だ
呼びかけろ　執拗に形にして呼んでいれば
奴はその三つの膝を引きずるようになるだろう
時として
時として謎の地球規模の分数が痛むのと同じように
時として私が体に触れて私を感じないように

呼びかけろ！　急げ！　奴は私に狙いをつけている
奴のコニャックで　奴の倫理的な類で
アコーディオンのステップと罵りの言葉で
呼びかけろ！　奴を思って私の目から流れる糸を見失っ
てはならない

奴の匂いから上を　哀れなる我が塵よ　同志よ！
奴の膿から上を　哀れなる我が副木《そえぎ》よ　中尉よ！
奴の磁石から下に　哀れなる我が墓よ！

❖この詩ではバジェホ自身が向き合っていた個人的な死のイメージに、内戦における人々の死のイメージが重ねられている。死を媒介にした一種の共感を詠んでいるという点では、この詩集の題名に込められた思いをもっともよく伝えている作品だと言える。

＊イルン〔Irún〕：北部バスクにあるフランス国境沿いの都市。内戦初期の一九三六年九月に反乱軍により制圧され、これにより共和国軍はフランスとの補給連絡路を断たれた。

六　ビルバオ陥落後の人の列

傷つき死んだ兄弟よ
正直な共和国の子よ　彼らが君の王座で歩いている
君の脊椎がその名を轟かせつつ倒れてから
彼らは今なお歩いているのだ　蒼ざめた者よ
その痩せた年一度の歳に　風を前に懸命に息を飲む君よ

両側の痛みにいる戦士よ
座って聞け　君の王座のすぐ近くの
突然の棒の足もとに横たわれ
振り向け
そこには新しい不思議なシーツが広がっている
彼らが歩いているのだ　兄弟よ　歩いているのだ
彼らは言った　ハトの切れ端で気持ちを表した
「なぜ！　どこで！……」

そして子どもたちは泣かずに君の塵をのぼる
エルネスト・スニガよ　手を置いて眠れ
概念を置いて眠れ
君の平和を休ませ　君の戦争を休ませろ

生により致命傷を負った同志よ
馬上の同志よ
人と獣のあいだの馬同志よ
高々と沈鬱に描かれた君の小さな骨たちが
スペインで人の列をつくる
きらびやかな襤褸切れの冠をかぶった人の列をつくる

だから座れ　エルネスト
彼らの足音を　君のくるぶしに白髪が生えてから
彼らがここで　君の王座で歩くその音を聞け

何の王座か？
君の右足の靴だ！　君の靴だ！

一九三七年九月一三日

❖バスクの基幹都市ビルバオは一九三七年六月一九日反乱軍によって制圧された。この前後から、バスクを中心とするスペイン北部一帯の共和国派のあいだで、子どもを国外へ集団疎開させる動きが加速した。

七❖

仲間たちよ　空気が何日も
風がもう何日も空気を変え
土地が刃を変え
共和国の銃がレベルを変えている
スペインがもう何日もスペイン的になっている

悪が何日も
諸軌道に召集をかけ　自制し
彼らの目を麻痺させその話を聞いている
義勇兵たちが何日も
裸の汗を流し肩からぶら下がっている
同志たちよ　世界がもう何日も
世界中が死までスペイン的になっている

ここでは何日も銃声が死んできた
精神の役割を果たす肉体が死んできた

仲間たちよ　魂はすでに我らの魂だ
空が何日も
この空に　日中の空に　巨大な脚の空に

何日も　ヒホン
何日も何日も　ヒホン
長いあいだ　ヒホン
多くの土地　ヒホン
多くの人　ヒホン
そして多くの神々　ヒホン
たくさんのなおたくさんのスペイン　ああ!　ヒホン

同志たちよ
風が何日も空気を変えている

一九三七年一一月五日

❖共和国の数少ない拠点だった北部アストゥリアスの都市ヒホンは一九三七年一〇月二一日反乱軍によって制圧された。

八。

こちらでは
ラモン・コリャールよ
君の家族が縄を伝って生き延び
後を継いでいる
君がそちらで　マドリードで　マドリード戦線で
七本の短剣と相対している今

ラモン・コリャール　貧農にして
兵士　君の義理の父の義理の息子でもある
夫にして　古の人の子に直接つながる息子よ！
苦しみのラモン　君　勇敢なるコリャールよ
マドリードの肝の据わった勇士ラモネーテよ
こちらでは
君の係累が君の髪型を大いに考えている！
涙のときにはそわそわとひらひらと泣き

太鼓が鳴れば歩き　大地に行けば
君が残した畑の牛に語りかけている！

ラモン！　コリャール！　君だ！　傷ついたら
悪あがきはせず降伏しろ　自分を抑えろ！
こちらでは
君の残虐な能力は小箱にしまわれたままだ
こちらでは
時を歩く君の黒っぽいズボンが
すでにひとりで歩く術　死ぬ術を身につけた
こちらでは
ラモンよ　君の義理の父が　あの老人が
娘と会うたび君を失う！

言っておこう！　こちらでは皆が
そうとは知らずに君の肉を食べたと

そうとは知らずに君の胸を
君の足を
しかし皆が君の塵を抱いた足跡に思いをめぐらせる！

皆が神に祈った
こちらでは
皆が君のベッドに腰かけ　君の孤独と
君のもちものに囲まれて声高に話す
君の鋤を誰が手に取ったのかは知らない　君のもとへ
誰が向かったか　君の馬から誰が戻ったかは知らない！

最後にラモン・コリャール　君の友がここにいる！
神の人よ　ごきげんよう！　殺せそして書け！
一九三七年九月一〇日

❖この詩のラモン・コリャールのモデルは「一」のアントニ・コルだと言われている。

九　共和国の英雄に捧ぐ短い祈り

彼の死んだベルトの端に一冊の本が残った
一冊の本が彼の死んだ死体から芽を吹いていた
英雄は運び去られ
彼の口は肉となり災いとなって我らの息に入った
我らは皆　臍を背負って汗を流し
空を旅する月たちは我らの後を追い
死者もまた悲しみに汗を流していた

そしてトレドの戦いで一冊の本が
一冊の本が　一冊の本が後ろから　一冊の本が上から
死体から芽を吹いた

伝えることと黙ることのあいだにある
紫の頬をした詩情
彼の心臓に寄り添っていた
倫理的書簡の詩情

本が残され　それ以外にはなにもなく　墓には
虫もなく
彼の袖の端には空気が残り　湿り気を帯び
蒸発し　無限になった

我らは皆　臍を背負って汗を流し
死者もまた悲しみに汗を流し
そして私は万感の思いを胸に一冊の本を見た
一冊の本が　一冊の本が後ろから　一冊の本が上から
死体から予告もなく芽を吹いた

一九三七年九月一〇日

一〇　テルエル戦線の冬

洗った拳銃から水が滴る！
アラゴンの夜の午後では
これぞまさしく
水の金属的恩寵だ
建設された草たちはあれども
燃え上がる野菜たちは　産業的な植物たちはあれども

これぞまさしく
化学の静かなる枝
一本の髪の毛に込められた爆薬の枝
頻繁とさらばに乗った自動車の枝だ

かくして人は　かくして死に答える
かくして正面から見つめ横から耳をすます
かくして水は　血と反対に　水からなる
かくして火は　灰とは逆に　その凍えた反芻動物を平

らにする

雪の下を行くのは誰だ？　殺しているのか？　違う
それはまさしく
生が二本目の縄を伝って尻を振っているところ

そして戦争はかくもおぞましく　人を惑わし
人を長細く穴だらけにする
戦争は墓をもたらし　落下をもたらし
類人猿の奇妙な跳躍をもたらすのだ！
仲間よ　死体たちのあいだでうっかり君の腕を
踏めば
君にもはっきりとその匂いがわかる
だって君にはもう見えている　君の睾丸に触れたとき
君は真っ赤になった
君は君の生まれついての兵士の口でそれを聞く

仲間よ　さあ行こう
脅しを受けた君の影が私たちを待っている
兵舎に放り込まれた君の影が私たちを待っている
真昼大尉よ　夜二等兵よ……
だから私はこの今際を語るとき
自分から遠ざかり大声で叫ぶのだ
我が死体を打倒せよ！……　そしてすすり泣く

❖中東部アラゴンの都市テルエルをめぐる攻防は一九三七年一二月から始まった。バジェホは当初この詩の舞台をマドリードにしていたが、一九三八年初期の推敲中、戦局が共和国側にとって不利になりつつあったテルエルに変更したという。

一一❖

私は死体を見つめた　その素早い目に見える秩序を
その魂の緩慢なる無秩序を
私は死体が生き延びるのを見た　彼の口には
二つの口のあいだで途切れた歳があった
誰かが死体に彼の数字を叫んだ「破片」
誰かが死体に彼の愛を叫んだ「この方がよかった！」
誰かが死体に彼の銃弾を叫んだ「これも死んでいる！」

そして死体の消化の秩序は保たれ
その裏で彼の魂の無秩序は無駄になった
人々が死体を放置し耳をすませたそのときだった
死体が
一瞬こっそりと生きかけた
だがその心を診察してみるとそこには日付が！
耳のそばで泣いてみるとそこにも日付が！

一九三七年九月三日

❖死体に付される《日付》とは身元不明者の死亡確認証明書のことである。

一二　群集

会戦の終わりに
戦闘員は死んでいた　彼のもとに男が来て
そして言った「死ぬな　こんなに愛している！」
だが死体はああ！　死に続けた

二人が近寄り同じことを繰り返した
「先に行くな！　がんばれ！　また生きるんだ！」
だが死体はああ！　死に続けた

二十　百　千　五十万の人々が集まり
叫んだ「これだけの愛が死の前で無力なのか！」
だが死体はああ！　死に続けた

何百万の人々が彼を囲み
そろって嘆いた「残ってくれ兄弟！」
だが死体はああ！　死に続けた

そのとき地球のすべての人々が彼を囲んだ
死体は悲しげに感激してみなを見ると
ゆっくりと起き上がり
間近の男を抱きしめ歩き出した……

一九三七年一一月一〇日

一三　ドゥランゴの瓦礫を弔う太鼓の音❖

スペインから立ち上る父なる塵よ
神があなたを救い　解き放ち　戴冠させますように
魂から昇りゆく父なる塵よ

火から立ち上る父なる塵よ
神があなたを救い　靴を履かせ　王座を与えますように
天にまします父なる塵よ

父なる塵　煙の曾孫よ
神があなたを救い　無限に昇らせますように
父なる塵　煙の曾孫よ

正しき者が朽ち果てる父なる塵よ
神があなたを救い　地上へ連れ戻しますように
正しき者が朽ち果てる父なる塵よ

椰子の木に育つ父なる塵よ
神があなたを救い　あなたに胸を着けますように
父なる塵　無の恐怖よ

鉄でできた父なる塵よ
神があなたを救い　人の形を与えますように
燃えながら歩む父なる塵よ

父なる塵　賤民の履くサンダルよ
神があなたを救い　二度とあなたを離しませんように
父なる塵　賤民の履くサンダルよ

野蛮な者たちが吹き飛ばす父なる塵よ
神があなたを救い　あなたに神々を巻き付けますように
原子たちに護られる父なる塵よ

父なる塵　人民の屍衣よ
神があなたを永久に悪から救いますように
父なるスペインの塵　我らの父よ

未来に向かう塵よ
神があなたを救い　導き　翼を与えますように
未来に向かう塵よ

一九三七年一〇月二二日

❖一九三七年三月末、ゲルニカ空爆に先立つこと約一か月前、同じバスクの小都市ドゥランゴをイタリア空軍が爆撃している。死者は二〇〇名程度であったが、このドゥランゴに共和国派の軍事的な拠点はなく、恣意的に民間人のみを狙った空爆という意味では（その無意味さにおいて）ゲルニカより悪質であったという説もある。

一四

気をつけろスペイン　他ならぬ君のスペインに！
槌なき鎌に気をつけろ
鎌なき槌に気をつけろ！
犠牲者には　本人はかまわず
拷問者には　本人はかまわず
無関心な者には　本人はかまわず気をつけろ！
一番鶏が鳴く前から
君を三度拒絶するような者には
そして後で君を三度拒絶したものには気をつけろ！
向こう脛なき頭蓋骨に
そして頭蓋骨なき向こう脛に気をつけろ！
新たなる権力者たちに気をつけろ！
君の死体たちを食らう者に
君の生者たちを死んだまま貪る者に気をつけろ！
忠実な者には百パーセント気をつけろ！
空気のこちら側の空に気をつけろ

そして空の向こう側の空気に気をつけろ！
君を愛する者たちに気をつけろ！
君の英雄たちに気をつけろ！
君の死者たちに気をつけろ！
共和国に気をつけろ！
未来に気をつけろ！……

一九三七年一〇月一〇日

一五　スペインよこの杯を我から遠ざけよ

世界の子らよ
スペインが落ちたら――　あくまで比喩だ――
天から
二枚の地層に端綱で握られた
スペインの前腕が　地に落ちたら
子らよ　そのへこんだこめかみの歳はどれだけに！
お前たちに伝えていたことは太陽でどれだけ早く！
古びた音はお前たちの胸でどれだけ素早く！
お前たちのノートの2はどれだけ古く！

世界の子らよ！　母なるスペインが
そのお腹を背負っている
我らの師が副木《そえぎ》を当てられている
母にして師
十字架にして丸太　なぜなら彼女はお前たちに高みを
めまいを　割り算を　足し算を与えたからだ　子らよ

スペインは彼女と共にいるのだ　係争中の親たちよ
落ちたら――　あくまで比喩だ――　スペインが
大地から下に落ちたら
子らよ　なんとお前たちは育つのをやめるのだ！
年が月をきつく罰するのだ！
歯は一〇本のままとなり
二重母音は一重の　メダルは涙のままとなろう！
子羊は大いなるインク瓶に
脚を結ばれたままとなろう！
お前たちはアルファベットの階段を降りてゆき
ついには苦痛が生まれた文字にまで至るのだ！
子らよ
戦士の子どもたちよ　今はただ
声をひそめろ　こうしているあいだもスペインは

動物の王国に　花々に　彗星たちに　人たちに
そのエネルギーを分け与えている
声をひそめろ！　彼女は今
その大いなる厳格さで　何をすべきか
分からぬまま　そしてその手には
喋る頭蓋骨をのせ　こいつが喋りに喋る
髪を三つ編みにしたあの頭蓋骨
あの命の頭蓋骨！
声をひそめよ！　お前たちに言う
声をひそめよ　音節たちの歌を　物質の
泣き声を　ピラミッドの静かなざわめきを　そして
二つの石と歩くこめかみのたてる音すらもひそめよ！
息をひそめよ！　そしてもし
前腕が落ちたら
向こう脛の鳴る音がしたら　夜になったら

天が地上の二つの辺獄と同じ大きさになったら
扉のたてる音に雑音が混じったら
私が遅れたら
周りに誰も見えなければ　先の折れた鉛筆たちに
脅されたら　もし母が
もしスペインが落ちたら――　あくまで比喩だ――
出よ　世界の子らよ　彼女を探しに行け！……

訳者解説

一　詩人の生涯

セサル・バジェホ（César Vallejo）は一八九二年にペルー中部のサンティアゴ・デ・チューコで生まれた。サンティアゴ・デ・チューコはアンデス山中の標高三一二〇メートルに位置する。征服初期の一五五三年にスペイン軍人と司祭によって建設された、植民地時代の風情を今なお残す小さな高原都市だ。今では主としてメスティソと呼ばれる混血の人々が暮らし、近隣で暮らす先住民インディオたちにとっては交易の場ともなっている。

一九世紀を生きた父フランシスコは町長も務めた有力者で、ガリシア出身のスペイン人司祭とチムー系インディオ女性との間に生まれたメスティソ一世だった。母マリアも別のガリシア人司祭とインディオ女性のあいだに生まれたメスティソで、セサルたちは生粋のメスティソ夫婦の間に生まれたメスティソ二世になる。一八五〇年生まれの母マリアにとってセサルは四二歳で出産した一一番目にして最後の子だった。幼いセサルは、いくつかの詩でもわかる通り、歳の近い姉アゲダ、ナティーバ、兄ミゲル（一九一五年に死亡）の三人を遊び相手とした。

アンデスの高原都市、包容力のある母、たくさんの姉と兄、父や神父が朗読する聖書や公教要理のスペイン語、市場を行き来するインディオたちの話すケチュア語、そのインディオとの血のつながり。バジェホの記憶と言葉に刻印された故郷の元型的風景だ。

バジェホの生家は現在博物館となっていて、中を見学することができる。日本から行くには、まず首都リマまで米国経由の二〇時間以上かかる空の旅を経て、その後、ペルー中部リベルタ県の沿岸都市トルヒージョまで空路一時間、バスに乗り換え、標高四千メートル級のプナ帯を通過する八時間の旅を経なければならない。着いてしばらくは酸素不足による高山病（ソローチェ）に苦しむことになる。

中等教育まで山岳部で過ごしたバジェホは、一七歳になった一九一〇年、トルヒージョ大学に入学するが、経済的理由から帰郷を余儀なくされ、しばらくサンティアゴ・デ・チューコで父の事務仕事を手伝った。その後は仕事を求めて自ら山岳部を転々とし、鉱山開発業者のもとで会計係をしたり、大農園の跡取り息子の家庭教師のような仕事もやった。二一歳になった一九一三年トルヒージョ大学に復学、一五年に文学部を卒業した。大学ではスペインロマン主義詩人を好んで読み、その成果を卒業論文「カスティーリャ語の詩におけるロマン主義」にまとめている。

卒業後のバジェホは当時トルヒージョで活躍していた知識人たちと交流を深めた。彼らは《トルヒージョのボヘミア》と呼ばれ、中には後に二〇世紀ペルー政界の大物となるビクトル・ラウル・アヤ・デ・ラ・トーレもいた。バジェホはリーダー格で同年輩の、これまた後に政界の大物になるアンテノール・オレゴから特に可愛がられ、出版文化に深く関わっていた彼を通じて外国の政治や文物に目を向けるようになった。そして、そうした交流のなか、新聞等に詩を投稿するようになる。この頃のバジェホはモデルニスモの詩に傾倒していた。

モデルニスモとはスペイン語で近代主義を意味するが、スペイン語文学史においては一九世紀後半から二〇世紀初頭にかけて現れた一連の詩人たちによる広い意味での《新しい詩のスタイル》を指し、英語文学等における様々な《モダニズム》と関係はない。モデルニスモ全盛の時代を象徴するのはニカラグア生まれの天才詩人ルベン・ダリーオである。ダリーオはチリやアルゼンチンやスペインの大都市を周遊、現地の文学者どうしの交流を促し、モデルニスモという言葉をひとつの文化現象にまで昇華させた。ダリーオはフランスの象徴派や高踏派、英国世紀末デカダン文学、ドイツロマン主義から米国のポーやホイットマン、さらには印象派やアールヌーヴォー等の造形芸術やワグナー等の音楽に至るまで、当時世界で流行していた諸芸術から、ありとあらゆるエッセンスを吸収した。その詩はギリシア・ローマ文化への憧憬は当然ながら、ジャポニズムまでを含む無際限な異国趣味に満ちていた。ダリーオは、八音節詩行のロマンセ等、どちらかと言えば簡素な詩形を好むスペイン語詩の構造を様々な形で革新し、詩のもつ音楽性を重視する発言を盛んに繰り返した。この時期のスペイン語圏ラテンアメリカ諸国の作家たちは、旧宗主国スペインの文化を享受するだけの従属的な立ち位置をようやく脱し、自ら世界へ向けて《ラテンアメリカ文学》を発信する最初の世代になったとも言われる。バジェホが傾倒していたモデルニスモ詩人は、ウルグアイでジュール・ラフォルグに影響を受けひたすら耽美的なソネットを書き続けていたフリオ・エレラ・イ・レイシグ、そしてアルゼンチンのレオポルド・ルゴーネスだった。

どちらかといえば裕福な作家たちによる貴族的趣味の実践だったモデルニスモは、自然主義的なリアリズム小説が幅を利かせるようになるにつれて、その流行も沈静化し、ダリーオが亡くなった一九一六年あたりを境に、その影響力を失っていく。このモデルニスモへの一種の反動として、ラテンアメリカ各地で新しい詩を書く世代が現れ始めた。バジェホをも含むこの世代を、スペイン語の文学史では、ポストモデルニスモと呼ぶこともある。バジェホやパブロ・ネルーダのようなこの世代の詩人たちにとっては、前の時代に一世を風靡したモデルニスモといかに距離を置くかが課題だった。

一九一七年の暮れ、バジェホは一種のミューズとして崇拝していた一五歳の少女との関係が破たんしたことをきっかけに、首都リマへ居を移す。翌一九一八年の八月には故郷の母が死去した知らせを受け取る。バジェホはリマ市内で中等学校の教師をしていたが、その学校経営者の娘オティリア・ビジャヌエバと交際し始めた。この関係は、バジェホが経営者一族に結婚を迫られ、それを断った結果、離縁させられ学校も解雇されるという、泥沼化の様相を呈した。おそらく妊娠していたと思しきオティリアは家族の手で蟄居させられ、その後バジェホの人生から姿を消す。この時期に書かれた『トリルセ』の多くの詩はこの悲惨な交際に着想を得ている。

リマやトルヒージョといったペルーの沿岸都市は、フンボルト海流とアンデス山脈の狭間に位置し、湿度は高いのに大きな雨は降らず、どんよりとした分厚い雲がしばしば空を覆う。特にリマは陰気な気候の都市である。これに対し、まさしく太陽に近いアンデス地域は、緑の沃野の上に突き抜けるような青空が広がる、楽園のような、色々な意味で陽気な気候だ。アンデスに生まれた人間にとって、首都リマへ出ることはある種の冥界下りにも等しい。バジェホがリマ等の沿岸都市を詠んだ詩にもそうした沈鬱なイメージが充満している。

一九一九年、二六歳になったバジェホは、それまで書きためてきた詩を推敲して第一詩集『黒衣の使者ども』の出版にこぎつけ、若手詩人としての名声を博するものの、学校での職を失い、結局トルヒージョへ帰還。翌一九二〇年、サンティアゴ・デ・チューコの七月聖人祭にあわせてアンデスへ帰郷する。『黒衣の……』の「土着三歌」でも詠まれているこの大祭が終わった夜、酔って暴徒化した町民が市役所に火をつける事件が発生した。容疑者の一人とされたバジェホは、逮捕を恐れて、沿岸部マンシーチェにあったアンテノール・オレゴ所有の農場に潜伏する。

祭の前日バジェホは故郷のホールで詩を朗読、聴衆が無反応なのに怒って「ルベン・ダリーオの後継者がわざわざ詩を朗読してやったのに貴様らはなぜ拍手をしないのだ！」と怒鳴ったそうである。そういう《都会帰りの嫌味な若造》には警察が目をつけて当然かもしれない。

結局トルヒージョで逮捕されたバジェホは、同市の刑務所に一一二日間拘束された。このときの体験が『トリルセ』の多くの詩に反映されている。ボヘミア・グループの仲間らの尽力により釈放されたバジェホはリマに舞い戻り、新たな詩集をまとめにかかる。その第二詩集『トリルセ』は一九二二年一〇月に刊行された。しかし、あまりに斬新なこの詩集に反応する読者は少なかった。この年のペルー文壇における主役はモデルニスモ詩人ホセ・サントス・チョカーノだった。

チョカーノはバジェホより二二歳年上の詩人で、ダリーオのような詩の伝道師的役割を担いたかったのか、政財界とのパイプを利用し、中南米各地を転々としていた。一九一三年からのメキシコ革命時にパンチョ・ビジャの下で働くなど派手な経歴を誇り、一九一五年からはグアテマラのマヌエル・エストラーダ・カブレラ大統領（ミゲル・アンヘル・アストゥリアスの小説『大統領閣下』のモデルにもなった独裁者）と懇意にしていたが、一九二〇年に同大統領が失脚、チョカーノもグアテマラの新政府によって拘束され、銃殺刑を言い渡される。結局、各国の作家や有力者による助命嘆願運動によって一九二一年に釈放され、無事リマに生還した。もともと政治家や金持ちに寄生するのが大好きなチョカーノは当時のレギーア大統領とも早速親しくなり、翌一九二二年ペルー国家から「桂冠詩人」の名を公式に授与されている。後に国民的詩人となったバジェホとは対照的に今では世界の誰も読まないチョカーノだが、当時はペルーを代表する詩人だった。

バジェホは一九二二年から二三年にかけて賞金目当てに短篇小説も書いている。幻想的な作風が目立つこれらの短篇は一九二三年に『音階』と題して刊行された。またこれとは別にポーの「ウィリアム・ウィルソン」をベースにした「野蛮な寓話」というアンデスが舞台の分身譚も発表している。教師の仕事にあぶれたバジェホに救いの手を差し伸べたのはやはりトルヒージョの友人オレゴだった。バジェホは彼の計らいでこの頃からトルヒージョの新聞『エルノルテ』に長めのコラムを書くようになった。しかし、放火事件で訴追が迫っているという噂が流れ、危機感を抱いたバジェホは、前々から温めていた渡欧の計画を実行に移す決断をし、一九二三年六月、オレゴの甥フリオ・ガルベスを伴ってカジャオ港から海路ヨーロッパへ発つ。もう三一歳になっていたバジェホが、その後ペルーの地を踏むことは、二度となかった。

七月にはパリに着き、仕事を探しつつトルヒージョの新聞にパリ見聞録を送って僅かばかりの生活費を得ていたが、やがて体調を崩し、翌一九二四年には入院、腸の手術を受けることになる。このときの体験を綴ったのが『人の詩』の「無題二」である。バジェホは入院の前後から二つの構想を温めていた。哲学的思弁や詩的散文に類するテクストを『職業的秘密に抗って』と題し、また先スペイン期のインカ王を主人公にした実録小説を『シリスの王国へ』と題して単行本にまとめようと考えていたようだ。前者のいくつかはバジェホの死後に散文詩として『人の詩』に含まれることになるが、それらはバジェホにとって単なる構想ノートだったこともあり、エッセイとも詩とも短篇小説とも分類しがたい断片的なテクストである。後者『シリスの王国へ』については、一九二四年から断片的にリマの新聞等に発表されているが、未完成に終わった。

健康を回復したバジェホは、一九二五年、スペイン政府によるペルー人向けの奨学金を受け取り（大学へはまったく行っていなかったが）マドリードへも頻繁に足を向けるようになる。また、ペルーの新聞数紙と連絡を取り、定期的にヨーロッパ見聞録を書くようになった。この頃にバジェホが書いた記事は膨大な数になり、そこには、一ペルー人作家が見た大戦間ベルエポックのヨーロッパ都市文化が活写されている。また翻訳にも手を染め、仏軍人シャルル・マンギンの南米航海記『ラテンの大陸について――ジュール・ミシュレ号に乗って』の共訳者としてペルーについての章をスペイン語に訳している。

一九二五年、詩「帽子　外套　手袋」にも詠まれているコメディ・フランセーズ近くのアパートに引っ越したバジェホは、同棲相手がいたにもかかわらず、隣で暮らしていた一六歳のフランス人少女ジョルジェット・フィリッパールと親しくなる。このときの高揚した気持ちを綴ったのが散文詩「生の発見」だとする説もある。

一九二六年にはスペインの詩人フアン・ラレーアと共同でスペイン語文芸誌『好意的な人々―パリ―詩』を編集する。一六ページの小雑誌となった創刊号にはチリの詩人ビセンテ・ウイドブロ、スペインからは詩人ヘラルド・ディエゴ、画家フアン・グリスの詩や文章を、また非スペイン語圏からはピエール・ルヴェルディやトリスタン・ツァラ等の翻訳原稿をとりつけた。この時代、バジェホはヨーロッパの様々な文化人と出会うことで、文学から政治に至るまで、その視野を急速に広げていったものと思われる。そして、このラレーアと創刊した雑誌の第二号（にして最終号）では創刊号のメンバーに加えてパブロ・ネルーダの詩の抜粋も掲載された。

すでに『二十の愛の詩と一つの絶望の歌』により人気を博していた若きネルーダは、一九二七年頃、モンパルナスの文学者や芸術家が集まるカフェでバジェホと何度か酒を飲んでいるようだ。このときのことをネルーダは晩年の回想録でこのように記している。

そのころ、私は偉大なチョロのセサル・バジェホと知り合った。彼は、粗皮のように触れがたい皺だらけの詩人だったが、超人間的な大きさをもつ壮大な詩人でもあった。

確かに、われわれには、知り合ってすぐにちょっとした齟齬があった。それはラ・ロトンドでのことだった。われわれが紹介されると、彼は垢ぬけのした彼のペルー訛りで私に挨拶してこういった。

「あなたはわれわれすべての詩人のうちでもっとも偉大な詩人です。あなたに比べうるのはルベン・ダリオだけです」

「バジェホ」私は彼にこういった。「もしわれわれが友人になることをお望みでしたら、二度とそんなことはけっしていわないで下さい。われわれが文学者として振舞い始めれば、われわれの間はやがてどこかで終わりになるでしょう」

私の言葉は彼を困惑させたように私には思われた。私の反文学的素養に押されて私は無作法になったのだった。ところが、彼は私より古い人種に属していて、品位と礼節の士だったのだ。彼がむっとしたのに気がついて、私は自分を容認しがたい田舎者のように感じた。

だが、そんなことは小さな雲のように通り過ぎた。まさにそのときから、われわれは本当の友人になったのだ。何年もあとのことだが、私がもっと長いあいだパリに留まっていたとき、われわれは毎日のように会った。そのとき、私は彼を知り、彼とますます親密になって行った。

バジェホは私に比べると、より背が低く、より痩せて、より骨ばっていた。また私よりインディオ的でもあって、ひどく黒い目とうんと高くて張り出した額をもっていた。インカ族のような美しい顔をしていて、疑う余地のないある威厳がその顔に寂しさを添えていた。すべての詩人と同様に見え坊で、彼の原住民的容貌についてそういわれるのを喜んだ。私が彼の顔を見て感心するようにと、わざと顔を上げて、私にいうのだった。

「どうだ、ちょっとしたもんだろう、ええ?」そして、それから静かに自嘲の笑いを見せるのだった。

彼の自己陶酔は、バジェホとあれほど多くの点で対蹠的な詩人ビセンテ・ウイドブロがときどき見せるものとはひどく異なっていた。ウイドブロは額に髪の毛の房を垂らし、チョッキに指を突っ込み、胸を張り、それからこう尋ねた。

「ナポレオン・ボナパルトに似て見えるかい?」

バジェホは、ただ外面的に見ただけでは陰気な男で、長いあいだ隠遁して薄暗がりのなかにいた人間のようだった。彼には生まれつき厳粛なところがあり、彼の顔はほとんど聖職者の固定した仮面のように見えた。だが、内面の真実はそうではなかった。私はたびたび(特に門番の娘だった横暴で高慢ちきなフランス女の彼の妻の支配からわれわれが彼を強奪するに至ったとき)、彼が喜んで小学生のように飛びはねるのを見た。そのあとで、また彼の厳粛さと彼の従順さに戻るのだった。(『ネルーダ回想録――わが生涯の告白』本川誠二訳、一九七七年、三笠書房、七四~七五頁)

一見すると陰気な男なのだが、飲んでみると実は面白い奴だった……という話は、実際ほかでもよく見かけるバジェホ像である。さて、バジェホはリマやトルヒージョの新聞雑誌にも定期的にパリ見聞録を書き続けていたが、一九二〇年代末期にはあまり詩を書いていない。むしろこの頃のバジェホが熱中していたのはマルクス主義関係の書物だった。

一九二八年、スペイン政府による奨学金も尽きたバジェホは、ペルー政府に申請して得ていた帰国援助金をつかってモスクワ旅行を企てる。三か月をかけベルリンとブダペスト経由でモスクワ訪問を達成したあとはすっかり共産主義思想に心酔し、ペルー共産党パリ支部創設に携わり、これ以降は詩人というより《ペルー人共産主義者》として知られるようになる。また、この年の暮、隣室に住んでいた少女ジョルジェットの母親が亡くなり、それを機に彼女の家に転がり込んで借金難から逃れると同時に、恋も成就させた。彼はこのジョルジェット、ネルーダいわく《横暴で高慢ちきなフランス女》と死ぬまでを共に過ごすことになる。バジェホ三六歳、ジョルジェット一九歳だった。

一九二九年にはジョルジェットを伴って再度モスクワを訪れた。

翌一九三〇年、世界恐慌の混乱下にあったペルーで軍人サンチェス・セーロが武装蜂起して政権を掌握すると、多くのリベラル系雑誌が休刊に追い込まれ、バジェホもヨーロッパ見聞録の投稿先を失ってしまう。モスクワ訪問記を掲載してくれる新たな媒体を探すべく、また『トリルセ』の第二版刊行の準備のため、彼はジョルジェットを伴いスペインを周遊、旅先でペドロ・サリーナス、ラファエル・アルベルティ、ミゲル・デ・ウナムーノといった作家と交流する。また、この年からバジェホは、共産主義プロパガンダの道具として演劇を重視するようになり、戯曲を執筆し始めている。そして、詩と小説やエッセイ等では終生スペイン語を用いたバジェホが、その創作において唯一フランス語も用いたのが、この戯曲だった。これはパリでの上演を意識していたためと思われるが、出来はいずれも惨憺たるもので、初の仏語戯曲『マンパール』をルイ・ジューヴェに送りつけたところ一笑に付された……というエピソードも残っている。この戯曲はバジェホが破り捨てたため、現在では断片しか読むことができない。続けて書かれた仏語戯曲『ロック・アウト』は題名通り労働者の職場封鎖ストを描いたものである。

さて、最初のモスクワ訪問以降、過激な共産主義思想をもつ外国人としてパリの公安当局にマークされていたバジェホは、二度目のモスクワ訪問や政治活動が原因で、一九三〇年一〇月、フランス内務省から国外退去命令を受ける。これにより、フランスの公安当局というよりはむしろ、駐仏ペルー外交団が、バジェホを要注意人物としてマークするようになった。彼はジョルジェットを伴い、一旦マドリードに拠点を移す。

一九三一年、マドリードで雑誌のインタビューに応じたバジェホは、ロシア旅行に前後して書いていた詩を『中央労働局（*Instituto central de trabajo*）』と題して刊行の予定だと述べている。幸いにもこの悲惨な題をもつ詩集が陽の目を見ることはなかった。ペルーの通信社と接点を失って原稿料すら入ってこなくなっていたバジェホは再び翻訳も手がけ、この年にはアンリ・バルビュスの小説『上昇』とマルセル・エイメの小説『名前のない通り』を立てつづけに訳している。ただし、バジェホはこれらの翻訳書を、プロレタリア文学としてスペインに紹介した。また、自らも社会主義リアリズムの長編小説『タングステン』を刊行している。ペルーの鉱山を舞台にした、これまた自らプロレタリア文学を謳った小説だった。スペイン共産党に正式登録したバジェホは、二度のロシア旅行をまとめたルポ『一九三一年のロシア――クレムリン脇での考察』を刊行、共産主義者としての政治色をますます鮮明にする。一〇月にはジョルジェットを伴い三度目のモスクワ参りを敢行、すぐさまその報告記を刊行しようとしたが実現しなかった。同時に、社会主義リアリズムの考え方に基づく作家の使命を綴ったエッセイ『芸術と革命』の刊行も目論んだが、これまた実現しなかった。さらに、ガルシア・ロルカ等の知己を通じて戯曲『ロック・アウト』の上演も目論んだようだが、スペインのリベラルな文学者たちも過激なペルー人に手を焼いたらしく、この試みも失敗に終わっている。

いっぽう、この年、珍しくマドリードの出版社から依頼されて書いた子ども向けの短篇小説がある。ペルーを舞台にいじめというテーマを扱ったこの短篇「パコ・ジュンケ」は、今でこそペルーのあらゆる小学校で必ず読まれる国民文学であるが、当時のスペイン人担当編集者は《あまりに悲し過ぎる》という理由からこれをバジェホに突き返したそうだ。

一九三二年、過激な政治活動を慎むこと、定期的に当局に出頭することを条件に、フランス帰国を許されたバジェホは、ジョルジェットとパリのアパートに帰還する。モンパルナスをうろつきながら詩や戯曲を細々と書き続けるが、収入も乏しく生活は困窮し、このあたりから安ホテルを次々と渡り歩く日々が始まる。体調も徐々に悪化、革命を訴えて走り回っているどころではなくなってきた。

それでも一九三三年には「ペルーで何が起きているか？」と題する論考を左翼系の雑誌に投稿している。これはバジェホが自国ペルーの歴史や社会情勢について西欧の人間向けに書いた貴重な資料と言える。この頃からスペイン内戦を経て死に至るまでバジェホはペルーをずいぶん気にしていたようだ。一九三四年には小説『タングステン』の一部をベースにしたペルーが舞台の大部の戯曲『コラーチョ兄弟』を書いていて、これはバジェホの戯曲にあっては比較的評価が高く、一九八〇年代以降のペルーでもしばしば上演されている。その後もバジェホは戯曲でなんとか成功をおさめようとあれこれ模索し続けていたが、やがて一九三六年七月スペインで内戦が勃発すると、詩以外のあらゆる創作活動を停止、共産主義者として奔走し始めた。

一九三六年一〇月二八日、戯曲の上演嘆願をめぐって知己を得ていた詩人フェデリコ・ガルシア・ロルカが、反乱軍によって殺害された。この報道に心を痛めたバジェホは後に『スペインよ……』を形成するいくつかの詩を着想し始めたと言われる。一二月にはバルセロナからバレンシアまで南下し、カタルニア反ファシスト民兵擁護委員会に潜り込んで情報収集活動をした。

一九三七年に入ったころ、バジェホは真の政治活動の場は故国にあると考え、ペルーへの帰国を積極的に考え始めた。駐仏ペルー外交団も、もはや革命家としてかなり目立つ活動をしていたバジェホの存在を気にかけていたらしく、一切の政治活動を慎むのであれば帰国の旅費を捻出するともちかけたらしい。しかし四月二六日にゲルニカで無差別爆撃が行なわれる等、スペイン内戦は激化の一途を辿り、結局バジェホはスペイン共和国軍の支援活動にまい進すべく、ペルー外交団からの帰国旅費支援の申し入れを断り、さらに七月には、スペインの三都市で開催された反ファシズムの一大宣伝イベント《第二回文化防衛のための国際作家大会》に参加する。

この大会には、アーネスト・ヘミングウェイ、ルイ・アラゴン、アンドレ・マルローら世界的に名を知られた作家のほか、ラテンアメリカ諸国からネルーダ、バジェホ、オクタビオ・パス（メキシコ）、ニコラス・ギジェン（キューバ）、ラウル・ゴンサレス・トゥニョン（アルゼンチン）等、後に大成する同世代の詩人たちが結集した。ちなみにバレンシアで撮影された映像が現存していて、これは生前のバジェホを撮影した唯一の動画だ。当時としては珍しく、一人だけカメラを意識して、じっとこちらを見つめているバジェホがそこにいる。

七月一二日、ゲルダ・タローの遺体も乗せていた汽車でパリに帰還したバジェホは、内戦で殺害された子どもたちの遺体を撮影した写真を何枚も持ち帰った。それらの写真は『スペインよ……』に収められた多くの詩にインスピレーションを与えたと言われる。一一月には渡欧時に同行していたペルー人フリオ・ガルベスがスペインで反乱軍に殺害された。いっぽう、体調が悪化し始めた九月以降、バジェホは急速な勢いで詩を書き始めた。もともとバジェホは短期間に集中して詩を書くタイプで、一九二一年に刑務所に収監されて『トリルセ』の多くを書いたとき、そしてこの死の直前の一九三七年末の三か月が、詩人としてはもっとも実り多い時期となった。『人の詩』と『スペインよ……』に収められた日付のある詩は、すべて一九三七年九月から一二月のあいだに書かれたものだ。いったんタイプで印刷されたそれらの詩は、その後も推敲を重ねられ、特にバジェホ自身が刊行を意識していた『スペインよ……』の推敲は一九三八年三月に入院するまで続けられた。

一九三八年三月二四日、原因不明の高熱が続いて人事不省の状態に陥ったバジェホは、ペルー政府外交団の支援でパリ市内の病院《アラゴ診療所》に入院する。当時のバジェホを知るペルー共産党の同志ゴンサロ・モーレの証言によれば、診療所の担当医はバジェホがペルー出身者だということで熱帯特有の伝染病、黄熱病か何かだと考えてろくな治療もしなかったそうである。また病院の無策に業を煮やしたジョルジェット夫人が占星術師等いかがわしい民間医療師を大勢呼んだりしたことで、バジェホの関係者と診療所との信頼関係が悪化したともいう。正確な病名もわからず、手術も受けられないまま、バジェホは四月一五日に死亡した。享年四六歳だった。

バジェホの遺体が政治利用されたと言われるのは、ペルー代表団が葬儀に神父を立ち会わせようとしたのにバジェホのペルー共産党系の仲間たちが反抗し、フランスの反ファシスト作家連合に働きかけて独自に無宗教葬儀を実行させるという経緯があったからである。葬儀ではルイ・アラゴンが弔辞を読んだ。翌一九三九年、ジョルジェット夫人と関係者が亡き詩人の残した原稿を集めて二冊の詩集『人の詩』と『スペインよこの杯を我から遠ざけよ』を刊行した。バジェホの亡骸は一九七〇年に移されたモンパルナスの墓地に今も眠る。

二　文学史におけるバジェホ

バジェホは二〇世紀初頭のいわゆる前衛文学のスペイン語圏における重要な詩人の一人とみなされている。フランス象徴主義の流れを汲みつつ、イタリアの未来派、ドイツの表現主義、英米におけるイマジズム、そしてダダイズムやシュルレアリスムなど一つの国や言語、さらには表現手段やジャンルを越えて拡大したこの時期の前衛文学は、第一次世界大戦という西欧の人々の人間観を根底から覆した惨事を背景に、一九世紀までの文学に関する伝統的価値観から大胆に逸脱した実験的手法を積極的に試み、文学表現の可能性を飛躍的に拡大することに成功した。南米出身のバジェホはなんらかの《イズム》を提唱したわけでもなく、渡欧後にも特定の運動体に属したことはないが、ペルーで彼が詩集『トリルセ』二百部を細々と刊行した一九二二年にジェイムズ・ジョイスが『ユリシーズ』を、T・S・エリオットが『荒地』を、そして二年後の一九二四年にアンドレ・ブルトンが『シュルレアリスム宣言』を世に送り出しているという時代状況を考えても、また、彼の詩の当時にしては極めて特異な文体を考えても、やはりペルーのスペイン語前衛詩人と呼ぶのが一般的には適当であろうと思われる。

標高三千メートルを越すアンデスの楽園のような高原都市に生まれたバジェホは、青年時代を過ごした首都リマや渡欧後に拠点としたパリなど、いわゆる近代都市における人間の生活の身近にある不条理、疎外感、孤独、挫折といったものを誰よりも鋭敏に知覚し、それを詩という素材を使ってそれまで誰も見たことがない形にしていった。今日のペルーにも未解決のまま残るアンデス山岳部（＝前近代的共同体）と沿岸部（＝近代都市社会）のいわば文化的落差そのものが、メスティソ二世であるバジェホの斬新な詩を生み出したひとつの源泉になっていたともいえるだろう。

バジェホの詩では人間の生、死、性、病といった誰もが共有する根源的なテーマが中心になっているが、その言葉遣いに特徴的なのは肉体に対する執着である。スペイン語の corazón は英語の heart と同様、目に見えない人の心を表すこともあるが、バジェホの詩の大半では臓器としての心臓の意味で用いられ、生命の核として強固なイメージを付与されている。他にも骨、胸郭、爪、歯、鼓膜、性器、さらには肉体から排出される涙、唾液、尿、糞便等、こうした肉体に関係するイメージがバジェホの詩を根底で支えている。亡き母の遺体そのものを建造物としてイメージした「トリルセ六五」がその分かりやすい例である。死して滅びぬあなた……というこの詩の印象的なリフレインは、単なる綺麗事や理想的願望を詠んでいるのではなく、生物学的な死の後にも残存する《肉体の尊厳》を詠んでいると考えるべきだろう。

ラテンアメリカ文学におけるバジェホは、パブロ・ネルーダやホルヘ・ルイス・ボルヘスらと並んで、一九二〇年代になんらかの形で前衛的な詩を書いた詩人として分類される。ネルーダは一九五〇年に刊行した長編詩『大いなる歌（*Canto general*）』において叙事詩的な作風を取り入れるなど、その後は文体の幅を前衛という枠に留まらない規模に広げてゆき、ボルヘスは前衛時代の自作詩を若気の至りと自己否定するようになった。これを思えば、一九三八年に亡くなったバジェホは、この世代で唯一、前衛詩人のまま生涯を終えた詩人とみなすこともできる。また、スペイン内戦と深くかかわったバジェホは、実際にスペインの詩人ヘラルド・ディエゴやフアン・ラレーアと親交を結ぶなど、多くの優れたスペイン人詩人ともなんらかの形ですれ違っている。スペイン内戦をテーマとする『スペインよこの杯を我から遠ざけよ』はいわゆる内戦文学の貴重なテクストの一つに数えられている。広義のスペイン語詩という観点に立つならば、フェデリコ・ガルシア・ロルカ、ラファエル・アルベルティ、ホルヘ・ギジェンといった二〇世紀を代表する優れた詩人たちの列にも加えられるべきかもしれない。

いっぽうペルーにおけるバジェホを考えるとき、詩人としてひとつの古典と化していることは言うまでもないのだが、もうひとつ、いわゆるアンデス系文学の先駆者とみなされているという事実を忘れるわけにはいかない。バジェホは小説『タングステン』等を除きアンデスを直接とりあげて創作をしたわけではないが、アンデス出身者が特定の既存西欧文学の規範に依拠することなくスペイン語で《内発的に》独自の詩的言語を生み出したという点は、後続のペルー人作家、とりわけ、子ども時代に教師バジェホに教わった経験をもつシロ・アレグリーアや、あるいは二〇世紀ペルーでもっとも重要な作家といえるホセ・マリア・アルゲーダスのような、いわゆるインディヘニスモの作家たちにとって重要であった。アルゲーダスはあるエッセイで、バジェホの『トリルセ』における詩的言語の革命はペルーにおけるスペイン語とケチュア語の相克の中からこそ生み出されたものだと述べている。先住民共同体をはじめとするアンデス文化をどのように表象していくか、という難しい課題と向き合うにあたって、バジェホの詩は、今なおひとつの貴重な参照軸として機能しているといえよう。

三　翻訳について

本訳書の底本には César Vallejo, *Poesía completa. (Nueva edición, actualizada y aumentada)* Introducción, edición y notas de Ricardo González Vigil, Ediciones Copé, Lima, 2013. を使用した。二〇一三年に刊行されたこの詩全集は、ペルーを代表するバジェホ研究者リカルド・ゴンサレス・ビヒールが、長年にわたる世界中での文献学的調査や各種先行研究の成果を丹念に精査したうえで作成した、現時点での《完全版》といえるものである。なお、本書では、底本のなかに含まれていたいわゆる若年詩、すなわち『黒衣の使者ども』以前にバジェホがリマやトルヒージョの雑誌等に掲載していた詩等は収録しなかった。それらは専門研究を行なう学者の興味にのみ資するものであり、訳者としてはバジェホ自身もそれらを日本語全集に含めることは望まなかったと信じている。

なお『トリルセ』の各詩には原文ではローマ数字が付されているが本書では漢数字とした。いっぽう『人の詩』の無題の詩については、日本語読者が参照するのに便利なよう、日本語版独自の通し番号を付した。スペイン語の詩全集各版や各国語の翻訳版では、これらの詩は無題のまま掲載され、目次では第一行が題の代わりとなっていることが多いということを申し添えておく。

韻文なので原書の行数は基本的に踏襲しているが、二言語の構造上の違いから単語レベルで提示箇所が本来の行から移動しているところも多々ある。そうした場合も、最終的には行数を揃えるよう調整すると同時に、可能な限りで原文と同じ行に同じ語をはめ込むよう努めた。

基本的には現代日本語の口語訳を意識したが、モデルニスモの文体が色濃く残る『黒衣の使者ども』のなかのソネット形式を中心とする《リジッドな形式に則った詩》については、若干の文語訳めいた文体も採用している。これについては、原文の特徴に基づいて客観的選別をしたわけではなく、あくまで訳者の主観に基づく判断であったことをお断りしておく。

句読点は散文詩と判断した作品を除いて削除している。原文では句読点が意味を帯びていることも多いので、この判断には異論もあるとは思うが、本書では日本語読者にとっての読みやすさを最優先し、また日本語現代詩の現在の趨勢に従うこととした。

スペイン語では疑問符・感嘆符が文頭にも付される。複数行に渡る疑問文・感嘆文がどこから始まったのか、訳文では判別しがたいところもあると判断し、四〜五行に渡って続く場合はその第一行末に敢えて原文にはない疑問符・感嘆符を付していることもある。

一人称単数人称代名詞は《僕》《俺》《私》等を適宜使い分けた。これまた特に客観的基準があるわけではなく、訳者の主観によるものである。バジェホは行頭に等位接続詞y（英語andに相当）を置くのを好むが、これについては文頭にある場合はできるだけ訳すよう心がけた。逆に、文中のyがたまたま行頭にあった場合は、訳していない。スペイン語以外の諸言語について、ケチュア語についてはルビなどを振ったが、数少ないフランス語については詩内での異質性を強調すべく原語のまま残した。また『トリルセ』に頻出するスペイン語の造語についてであるが、たとえば品詞の種類をずらしただけの派生語に類するものは、日本語では比較的日常的に行なわれる変化なので、その奇抜さを訳語に反映しにくかった。造語の訳で日本語でも完全にオリジナルな造語とした場合には注釈に記しているので参照願いたい。

訳注は『トリルセ』のみすべての詩に付したが、他は固有名詞や造語の説明など必要最低限な情報にとどめた。

四　謝辞

本書刊行にあたり様々な方々に助けられた。スペイン語文学の外国語翻訳に助成金を出してくれるスペイン文化省（とスペイン人の皆さん）にはどれだけ感謝しても足りないだろう。本シリーズの企画監修をされた寺尾隆吉さんには本書の企画段階から面倒をみていただいた。稲本健二先生には詩の翻訳をめぐる議論に時間を割いて何度もお付き合いいただいた。バジェホ研究のコミュニティにはその研究成果を通じて今なお御世話になっているが、韓国やメキシコやペルーで行なわれた国際シンポで実際に知己を得られた皆さんからは直接多くを教わった。そういう場所で必ず浴びた質問「で、日本語への翻訳はどうなっているのか？」については本書をもっていちおう答を出すことができたと考えている。また、二〇一四年にリマとトルヒージョで行なわれたシンポでは、詩人でラテンアメリカ文学の研究・翻訳もされている田村さと子さんと同席する機会に恵まれた。バジェホの生誕地サンティアゴ・デ・チューコへの見学ツアー等を通じ、田村さんから日西語の現代詩に関する様々なお話をうかがうことができたのは、訳者にとってこの上なく貴重な体験だった。翻訳にあたって英仏伊語等の各版を適宜参照したが、同じ漢字をつかう中国語版も参考になった。これに関して、大阪大学外国語学部スペイン語専攻を二〇一五年度に卒業された丁一さんが、卒業論文で訳者のゲラをもとに日中訳の詳細な比較分析を行ない、これは訳者にとっても教わるところが多かった。丁さん、どうもありがとう。

ペルーでも大勢の方に御礼を言わねばならないが、やはりまずはバジェホに関するほぼ完ぺきな蔵書を有する友人ホルヘ・キシモト（Jorge Kishimoto Yoshimura）に。彼の蔵書に日本語版バジェホ全詩集を加えることができるなんてこんな嬉しいことはない。次は、かつてリマのカトリカ大留学中にお世話になり、今は研究者としてその後を追いかけているリカルド・ゴンサレス・ビヒール教授（Ricardo

González Vigil）に。そして、今から三〇年前大阪外国語大で最初にスペイン語を教わり、その後カトリカ大で文学理論からバジェホまであらゆる文学の扉を開いてくださった故オスカル・マビーラ（Oscar Mavila）教授に。この他、ペルーとの関係でこれまで有形無形の恩恵を訳者に授けて下さったあらゆる国籍のすべての皆さんに改めて心から感謝したい。

最後になるが、現代企画室の太田昌国氏と小倉裕介氏には企画から校正に至るまで全面的な支えとなっていただいた。訳者として心より感謝申し上げる。

訳者あとがき

セサル・バジェホはペルー人の誰もが知る国民的詩人である。スペイン語圏全域でも多少の文学的教養がある人は必ず知っているビッグネームだ。英米やフランスやドイツといった欧米語圏でも詩を読む人のあいだでは人気があるスペイン語詩人のひとりである。俳優のサム・シェパードはバッドランズ放浪を綴ったエッセイ集『モーテル・クロニクルズ』（畑中佳樹訳、筑摩書房）のエピグラフにバジェホの詩の一節を用いている。スウェーデンの監督ロイ・アンデルソンが撮った映画『散歩する惑星』はバジェホの詩「二つの星のあいだで躓いて」に着想を得たそうだ。ラテンアメリカ文学のなかでも、たとえばアルゼンチンのホルヘ・ルイス・ボルヘス、チリのパブロ・ネルーダ、メキシコのオクタビオ・パスといった大詩人たちに匹敵する評価を得ている詩人なのだが、日本ではまとまった形での翻訳がなかったことから、今までほとんど知られてこなかった。

スペイン語圏の文学では詩が盛んである。こうした詩人の作品が翻訳されることはあまりない。一九七九年に集英社が篠田一士を編者とする『世界の文学』全集を刊行しているが、その三七巻『現代詩集』に収められたスペイン語圏詩人はビセンテ・ウイドブロ（チリ）、ニカノール・パラ（チリ）、オクタビオ・パス、ホルヘ・ギリェン（スペイン）、パブロ・ネルーダ、ラファエル・アルベルティ（スペイン）、セサル・

バジェホと七人いる。なのに、今なお日本では、ネルーダですら全集という形で詩を読むことはできないし、ギリェンやアルベルティといったスペインの詩人たちも同様に翻訳作業が進んでいない。文芸翻訳に多少なりともかかわっている身として我ながら情けなく思う。

バジェホは難しいと言われる。でも実際にその詩を読んでみれば、心にすっと入る作品もあれば、いっこうに入ってこない作品もあるに過ぎず、それは世界のどの詩人でも同じことが言えるのではないだろうか。相手は詩だ。美術館で絵に向かうのと同じで、自分の五感に入ってくるものから優先的に鑑賞すればよいだろう。本書では、個々の詩の末尾に最低限の注釈を付したが、この部分は展覧会で絵画の横に付してあるキャプションみたいなもので、まったく読まずとも詩を味わうことはできる。本書は一ページから順を追って読む必要すらない。近くに置いていただき、たまたま開いたところに目をひく詩があれば読んでくれたらいいし、それが生理的に受け付けないなら途中で読むのをやめてもいいし、逆に気になった詩行が、なにかが引っかかった作品があれば、できれば何度も再読してほしい。

バジェホはペルー人であるが、ペルーのことを知らずとも彼の詩は読める。ラテンアメリカ文学や中南米の地域事情をあらかじめ知っていただく必要もないし、スペイン語という言語の特殊性を意識してもらう必要もない。日本語読者の皆さんには、ここで読んでいただいたバジェホの詩の世界をなんらかの形で咀嚼し、自分の体の一部とし、場合によってはどこかでアウトプットしていただきたい。特に、若い中高生の皆さんに読んでいただきたい。二〇歳までに翻訳詩に親しんだ経験をもつ人は、大人になって必ず翻訳文学のよき読者になる、と私は考えているからだ。

同時代の似たような傾向の詩人と読み比べてみるのもいいだろう。英語、仏語、独語など西欧のいわゆる中枢にある文学とは少し毛色が異なるという意味においては、たとえばヴラジーミル・マヤコフスキーなどロシアの詩人といっしょに読むことを勧めたい。土曜社が私の敬愛する小笠原豊樹さんの新訳でマヤコフスキー叢書を刊行中だが、私も本書の翻訳をしていたあいだ『背骨のフルート』や『戦争と平和』を繰り返し読んで、作品世界はまったく異なるものの、一九三〇年前後に二人の詩人が放っていた強烈な詩的エネルギーにどこか似通ったものが感じられ、とても不思議に思っていたものだ。日本で言うと、たとえば『トリルセ』が刊行された二年後の一九二四年には宮澤賢治が詩集『春と修羅』を自費出版している。仮に『トリルセ』が珍奇、難解だというのなら、賢治の詩だってそうとうに難解で珍奇であるのに、私たちはそれをなんとなく面白がって読んでしまっているのではないだろうか。本書のことも、自分の好きな詩を見つけてやろう……　くらいの気軽な気持ちで読んでみてはどうだろう。翻訳だからといってかまえて読む必要はないし、勉強や研究をしていただく必要もない。単に詩として接してもらいたい。

最後に私の好きなバジェホをあげておこう。

最初の詩集『黒衣の使者ども』は題からして仰々しく、二一世紀の特に私みたいな関西在住の日本人にしたら「これはシンドイな……」と感じる作品も多いのだが、いいものもあるにはある。世界的には詩集と同じ題の巻頭詩が有名で、たとえばlos heraldos negros, che guevaraでネット検索すれば、ユーチューブなどでチェ・ゲバラの生朗読を聞くこともできるだろう。私が好きなのは、アンデスに住む両親への思いを綴った「遠い道のり」である。

第二詩集『トリルセ』では母への思いを詠んだ「六五」が世界的に有名だが、私としては異様な生命力に満ち溢れた「二五」を推したい。オランダフウロってなんだ？　と思うかもしれないが、どうか気にせず読んでもらいたい。

円熟期の『人の詩』からは「二つの星のあいだで躓いて」だろうか。誰しもが人生で経験するであろう、辛いこと、痛いこと、惨いこと、卑小なことなどが、ここにはすべて網羅されているように思う。

スペイン内戦をモチーフにした『スペインよこの杯を我から遠ざけよ』のなかでは「群衆」が非常に有名で、小説家ロベルト・ボラーニョもある短篇のなかでこの詩に触れているほどなのだが、私が好きなのは「共和国の英雄に捧ぐ短い祈り」である。ここにある《紫の頬》とは死体のことだ。バジェホは終生肉体に関係する言葉にこだわった。そして最後は死体（スペイン語で cadáver）という言葉にこだわった。その集大成とも言えるイメージがこの詩に結晶している。

これ以外でも、本書にあなたが好きなバジェホがもし見つかれば、無能な訳者としてそれに勝る喜びはない。

二〇一六年六月一二日

【著者紹介】

セサル・バジェホ César Vallejo（1892−1938）

ペルーの詩人。生前に刊行した詩集は『黒衣の使者ども』（1919 年）と『トリルセ』（1922 年）の 2 冊。他には遺稿を整理した詩集『人の詩』『スペインよこの杯を我から遠ざけよ』（共に 1939 年）等。死後に評価が高まり、今日ではパブロ・ネルーダ、ホルヘ・ルイス・ボルヘス、オクタビオ・パスらと並び 20 世紀ラテンアメリカ詩を代表する詩人とみなされる。

【訳者紹介】

松本健二（まつもと・けんじ）

大阪大学外国語学部准教授。ラテンアメリカ現代文学。訳書にロベルト・ボラーニョ『通話』（白水社）、ホルヘ・エドワーズ『ペルソナ・ノン・グラータ』（現代企画室）などがある。

ロス・クラシコス 4

セサル・バジェホ全詩集

発　行　2016 年 7 月 31 日初版第 1 刷　1000 部
定　価　3200 円＋税
著　者　セサル・バジェホ
訳　者　松本健二
装　丁　本永惠子デザイン室
発行者　北川フラム
発行所　現代企画室
東京都渋谷区桜丘町 15-8-204
Tel. 03-3461-5082 Fax 03-3461-5083
e-mail: gendai@jca.apc.org
http://www.jca.apc.org/gendai/
印刷所　中央精版印刷株式会社

ISBN978-4-7738-1609-9 C0098 Y3200E

ロス・クラシコス スペイン語圏各地で読み継がれてきた古典的名作を集成する。企画・監修＝寺尾隆吉

① **別荘**

ホセ・ドノソ著／寺尾隆吉訳

小国の頽廃した大富豪一族が毎夏を過ごす「別荘」。大人たちがピクニックに出かけたある日、日常の秩序が失われた小世界で、子どもたちの企みと別荘をめぐる暗い歴史が交錯し、やがて常軌を逸した出来事が巻きおこる……。「悪夢」の作家ホセ・ドノソの、二転、三転する狂気をはらんだ世界が読む者を眩惑する怪作。

三六〇〇円

② **ドニャ・ペルフェクタ** **完璧な婦人**

ベニート・ペレス＝ガルドス著／大楠栄三訳

一九世紀後半のスペイン。架空の寒村、オルバホッサを舞台に、一見すると良い人間たちが、自己確信の強さから次第に不寛容になり、ついには〈狂信〉が最悪の破局をもたらす過程を描く人間悲劇。スペインの「国民作家」ベニート・ペレス＝ガルドス初期の代表作にして、ルイス・ブニュエルが映画化を試みた愛読書。

三〇〇〇円

③ **怒りの玩具**

ロベルト・アルルト著／寺尾隆吉訳

稀代の大悪党に憧れ、発明を愛する誇り高き少年が、貧困に打ちのめされた果てに選びとった道とは？ 二〇世紀初頭ブエノスアイレスの貧民街とそこに生きる孤独な人間の葛藤、下層労働者の「その日暮らし」をみずみずしいリアリズムで描き出す、後進に決定的な影響を与えた「現代アルゼンチン小説の開祖」の代表作。

二八〇〇円

税抜表示　以下続刊（二〇一六年七月現在）